KB115251

한국 대표 단편선 06

해설과 함께 읽는 **메밀꽃 필 무렵 / 사평역** 외

한국 대표 단편선 06

해설과 함께 읽는 **메밀꽃 필 무렵** / 사평역 외

초판 1쇄 2019년 11월 27일   초판 3쇄 2024년 08월 15일
지은이 전도현

펴낸곳 서연비람

등록 2016년 6월 29일 제 2016-000147호
주소 서울시 강남구 남부순환로 2909, 2층 201-2호
전자주소 birambooks@daum.net

ⓒ서연비람 2019, Printed in Korea.

ISBN 979-11-89171-01-8 (54810)
ISBN 979-11-958474-4-0 (전6권)

값 12,000원

해설과 함께 읽는

메밀꽃 필 무렵 / 사평역 외

전도현 엮음

서연비람

이 책을 추천하며

이 책이 청소년들을 위해 만들어졌다는 말을 듣는 순간 내 귀가 번쩍 뜨였다.

한창 자라는 청소년들에게 좋은 소설을 읽어주겠다니 참 아름다운 인간교육이라는 생각을 해본다. 소설은 그 시대가 창출한 가장 강렬한 정신적 유산이자, 미래를 지향하는 상상적 공간일 텐데, 커가는 청소년들로 하여금 그걸 성장의 발판으로 삼게 하겠다니 반갑지 않을 수 없다. 대학에서 소설을 가르치고 연구하고 또 직접 창작을 해온 사람으로서, 문학이 인성개발에 미치는 영향을 높게 평가함은 당연하며, 한바탕 성장과 발육을 향해서만 치닫는 청소년기야말로 좋은 소설을 많이 읽을 때라는 생각을 늘 해온 사람이다.

강소천 선생의 「꿈을 찍는 사진관」을 읽으면서 자랐다. 중학생이 되어 처음 도시로 나간 시골소년 앞에 갑자기 나타난 이 동화집은 나로서는 세상에는 없던 신대륙이나 마찬가지였다. 어떻게 이토록 아름답고도 신비한 글 세상이 존재할 수 있을까. 나는 그동안 모르고 살았던 책들을 찾아 읽기를 계속하였다. 그리고 훨씬 훗날 미국에 가서 한국문학을 소개할 기회가 있었는데, 무엇을 가르칠까 고심하다가 나는 결국 나의 성장기에 읽은 「꿈을 찍는 사진관」을 갖고 가서 읽어주기로 하였다. 그때 그들은 대학생이었지만 그들이 한국을 이해하는 정도는 아직 중학생이었을 것이기 때문이다. 그렇게 한 학기 수업을 마치고 귀국했을 때 나는 내가 미국에 다녀왔다는 생각보다 그들의 세상이 태평양을 건너 우리 대한민국까지 뻗친 것을 보는 것 같아 마음 뿌듯했던 기억이 있다.

이번에 〈서연비람〉이 엮어낸 『해설과 함께 읽는 한국 대표 단편선』이 오늘의 청소년들에게도 같은 즐거움과 보람을 안겨줄 것으로 기대한다. 읽어라! 모르겠거든 알 때까지 읽어라! 이것이 내가 대학에서 가르치고 연구하고 또 소설을 쓰면서 얻은 올바른 소설독법 가운데 하나다. 여기에 친절한 해설까지 곁들였으니 서연비람의 독자들이야말로 천군에 만마를 얻은 셈이다. 모두 6권 40편의 아름다운 단편소설 모음집이 될 것이다. 새로운 작품을 발굴한다는 등의 이유를 걸어 괜히 낯설거나 정체가 불명한 책을 만들기보다는, 좀 해묵어보이더라도 우리 조부모 때부터, 부모 때부터 대를 이어 읽히고 검증을 받아온 모범적인 작품들을 선별하고자 노력한 책이다.

편편이 '작가 소개-작품 해설-작품-선생님이 들려주는 그 시절 이야기'의 순서를 밟아 읽는 이들로 하여금 쉽게 이해할 수 있도록 완벽을 기하였다. 그중에서도 특히 '선생님이 들려주는 그 시절 이야기'는 이 책이 고안한 아주 특별한 코너로서, 그동안 그 어떤 책에서도 보지 못한 선생과 학생의 실체를 여기서 만나게 될 것이다. 학습은 꼭 배워서만 안다기보다 그것을 가르치던 선생님의 회초리와 함께 기억된다는 말이 있다. 배우고 가르치는 일에서 그만큼 교사의 역할이 중요하다는 말일 것이다. 여기 실린 단편들도 그렇게 선생님이 들려주신 그 시절 이야기와 함께 오래 기억될 것을 바라는 마음이다.

송하춘 고려대학교 명예교수

책머리에

이 책은 한국 현대 소설의 세계에 첫발을 들여놓는 청소년들을 위해 만들어졌다. 이제 청소년기에 접어드는 중학 시절은 자아와 세계에 대해 눈떠가는 때이다. 감수성이 예민하고 주변 환경의 영향을 많이 받으며, 신체적 성장과 함께 정서적·사회적 발달도 활발히 이루어진다.

이러한 시기에 접하는 소설 작품들은 다양한 삶의 간접 체험을 제공하여 인생과 세상에 대한 폭넓은 인식을 자극하고 세련된 정서를 길러 준다. 또 예비 수험생들인 학생들로서는 작품에 대한 지식과 감상 능력을 갖추기 위해서라도 반드시 읽어야 하는 대상이다.

소설의 이해와 감상에서 가장 중요한 것은 많은 작품을 직접 읽는 일이다. 그러나 학생들이 막상 현대 소설 작품을 집어 들고 독서를 시작하면 적지 않은 곤란을 느낀다. 초등학교 시절에 접하던 동화 위주의 이야기들과는 현격한 차이가 있기 때문이다.

우선 수많은 낯선 단어들이 학생들에게 당혹감으로 다가온다. 교과서 수록 소설 중에는 거의 100년 전의 작품을 비롯하여, 지금과 상당한 시간적 거리가 있는 시기에 창작된 작품들이 많다. 이들 작품의 어휘와 표현은 웬만한 교양을 갖춘 어른들에게도 쉽지 않다.

또 작품 내용들도 자상한 설명이 없으면 잘 이해되지 않는 부분이 많다. 삶과 사회에 대한 경험 자체가 많지 않은 데다 시대적 격차가 크기 때문이다. 식민지 피지배와 극도의 가난, 분단과 전쟁, 급속한 산업화와 도시화로 이어져 왔던 우리의 근현대사는 아직은 어린 학생들이 자연스럽게 받아들이기에는 무거운 내용이 아닐 수 없다.

필자는 이 같은 학생들의 어려움에 주목하여, 눈높이에 맞는 해설로써 작품 이해를 돕고자 하였다. 책의 제목을 '해설과 함께 읽는 한국 대표 단편선'으로 삼은 것도 이 때문이다. 책의 구성과 체제는 다음과 같다.

우선 첫머리에서 '작가 소개'를 통해 우리 문학사에 기록된 대표적인 작가들의 생애와 소설 세계를 소개하였다. 작가들의 삶과 창작 경향에 대한 이해가 작품 감상의 발판이 되어줄 것이다.

다음으로 줄거리와 주제, 기법적 특징 등을 정리하여 '작품 해설'란에 실었다. 특히 주제와 핵심적인 특징에 초점을 맞춰 기술하여 작품 이해를 돕고자 하였다. 이 해설은 작품 감상 전에 읽어도 좋고, 독서 후에 자신의 느낌과 견주어 보며 읽어도 좋을 듯하다.

그리고 작품의 원문 아래에는 어려운 어휘에 대한 '뜻풀이'를 각주 형식으로 제시하였다. 지금은 잘 쓰이지 않는 옛말과 난해한 한자어, 시골 사람들의 토속어와 방언 등에 대해 그 말뜻과 쓰임새를 가능한 한 쉽고 자세하게 풀이하였다. 이를 통해 학생들이 어휘력을 키우면서 원문의 의미를 정확하게 파악할 수 있을 것이다.

마지막으로 작품 말미에는 '선생님이 들려주는 그 시절 이야기'라는 코너를 통해 작품 이해의 바탕이 될 내용들을 설명하였다. 시대적·공간적 배경, 당시 사람들의 관습과 생활상, 기타 작품에 등장하는 요소들의 이해에 필요한 내용을 대화체로 기술하였다. '서연'과 '태환'이라는 가상의 학생이 질문하고, 선생님이 답하는 형식이다. 이처럼 또래 친구들이 질문하는 형식은 학생들로 하여금 친근함을 느끼면서 주체적인 문제의식을 갖고 작품을 대하게 만들 것으로 기대한다.

　아무쪼록 학생들이 이러한 해설과 도움말을 통해 한국 현대 소설 읽기의 어려움과 부담을 덜고, 재미와 감동을 만끽하면서 작품 감상 능력을 키워 나가기를 바란다.

엮은이 전도현

시공간적 배경의
상징적 의미

김승옥 「서울, 1964년 겨울」 / 이효석 「메밀꽃 필 무렵」

제목으로 표현된 시공간적 배경이 작품의 주제를 상징적으로
드러내는 소설들이다. 도시에서의 삭막한 인간관계와 낭만적인
자연 속의 순수한 애욕이라는 주제가 배경을 통해 환기되고 있다.

서울,
1964년 겨울

김승옥 (1941~)

작가 소개

　김승옥은 1941년 일본 오사카에서 태어났다. 1945년 광복이 되자 부모를 따라 귀국하여 전남 순천에서 성장했고, 순천고등학교를 거쳐 1965년 서울대학교 불문학과를 졸업하였다.

　초등학교와 중학교 시절 월간 『소년세계』와 교지 등에 동시와 콩트를 투고하는 등 문학에 관심을 가졌다. 대학 재학 중에는 교내 신문인 『새세대』 기자로 활동했고, 『서울경제신문』에 시사만화를 연재하며 그림으로 학비를 조달하기도 하였다.

　대학 졸업 후 샘터사 편집장을 지냈고, 1993년에는 세종대학교 국문과 교수로 부임하였다. 그러나 2003년 뇌졸중으로 쓰러져 교수직을 사임하고 오랜 기간 투병 생활을 하였다.

　그는 1962년 단편 「생명연습」이 『한국일보』 신춘문예에 당선되어 문단에 등장하였다. 같은 해 김현, 최하림, 서정인, 김치수 등과 함께 동인지 『산문시대』를 창간하고, 이곳에 「환상수첩」, 「건」, 「누이를 이해하기 위하여」 등의 단편을 발표하며 작품 활동을 전개하였다.

　이어 1964년에는 「역사」, 「무진기행」 등을 발표하였고, 이듬해에는 단편 「서울, 1964년 겨울」로 동인문학상을 수상하며 작가적 명성을 확고히 하였다.

　1976년에는 「서울의 달빛 0장」으로 이상문학상을 수상하였고, 1980년에는 『동아일보』에 장편 『먼지의 방』을 연재하기 시작했으나 광주민주화운동이 터지고 군부의 검열이 가해지자 자진해서 연재를 중단하였다. 1981년 특별한 종교적 체험을 한 뒤로는 신앙생활을 하며 더 이상 소설 창작을 하지 않고 있다.

그의 소설은 집단적인 사회 역사적 문제보다는 개별적 존재로 살아가는 평범한 인물들의 일상과 내면에 초점을 맞춘다. 이를 통해 현대인들이 도시적 삶에서 느끼는 소외감과 고독감, 허무감을 묘사하거나, 이기적이고 세속적인 현실 속에서 참된 자아와 사랑을 잃어버리며 고뇌하는 모습을 그려낸다.

이런 주제 의식은 참신한 감수성과 감각적인 문체에 의해 생생하게 형상화된다. 그의 작품에서 일상의 사소한 대상들과 생활의 실감은 유려한 언어를 통해 이채롭고 풍부한 감각으로 표현되고 있다. 또 작품의 구성에서도 형식적 완결성을 갖추며 뛰어난 미학적 성취를 보여 준다.

이처럼 개성적이고 현대적인 언어와 감각으로 도시 소시민의 자의식과 내면세계를 그려낸 그의 작품 세계는 전후 폐허의 현실 속에서 전쟁의 상처와 허무 의식, 실존적 의미를 천착하던 50년대 소설과는 확연히 구별되는 것이었다.

이런 점으로 인해 그는 '감수성의 혁명'을 일으켰다는 평가를 받으며, 1960년대 한국 소설을 대표하는 작가로 자리매김하고 있다.

작품 해설

이 소설은 1960년대 서울을 배경으로 고독한 세 인물이 우연히 만나고 헤어지는 이야기를 통해 현대인의 단절된 인간관계와 소외감을 그린 작품이다.

1964년 겨울밤, 서울의 한 선술집에서 세 남자가 만난다. 김씨 성을 가진 구청 직원 '나'와 대학원생 '안', 가난뱅이로 보이는 서른대여섯 살짜리 '사내'이다. '나'와 '안'이 먼저 인사를 나누고 대화를 하게 되지만, 무의미한 이야기로 서로 겉돌거나 사소한 이야기를 주고받으며 시간을 보낸다. 그러다가 둘이 자리를 옮기려는 차에 사내가 동행을 청해 합류한다.

그 후 사내가 자신은 서적 외판원인데 오늘 아내가 급성 뇌막염으로 죽어 시체를 병원에 팔았다며, 그 돈을 함께 다 써 버리자고 제안한다. 이에 세 사람은 거리를 배회하며 돈을 쓰다가 소방차를 뒤따라가 불구경을 하는데, 사내는 불길 속에서 아내의 환영을 보고 남은 돈을 그 속에 던져 버린다.

'나'와 '안'은 이제 헤어지려 하지만, 사내가 간청해 셋은 여관에 투숙한다. 여기서 '나'와 사내는 한 방에 들자고 하지만, '안'의 반대로 각자 다른 방에 든다. 다음 날 아침 '나'와 '안'은 사내가 자살한 것을 발견하고, 서둘러 여관을 빠져나와 헤어진다.

이상의 줄거리가 보여주듯, 이 소설은 세 사람이 선술집에서 우연히 만나 하룻밤을 함께 지내는 이야기를 담고 있다. 그중 한 사람이 자살로 생을 마감하는 결말을 보이지만, 이야기는 비극적이라기보다는 쓸쓸한 풍경으로 다가온다. 그것은 세 인물의 만남이 철저히 고립되고 단절된 인간관계를 보여주기 때문이다.

등장인물들은 '김', '안', '사내' 등과 같은 호칭으로만 불린다. 이름과 정체성이 분명하게 드러나지 않는 이 같은 호칭은 현대 도시를 살아가는 개인들이 비개성적이고 익명적인 존재임을 암시한다. 이처럼 익명화된 존재들은 파편화되고 고립되어 있으며, 이들 사이의 진정한 만남이나 교감은 이루어지기 어렵다.

인물들의 대화와 행동들이 이를 잘 보여준다. '나'와 '안'은 서로 이야기를 나누지만 진심을 표현하지 않으며, 무의미하거나 개인적인 자의식을 드러내는 사소한 말들을 주고받을 뿐이다. 그리고 외판원 사내와 동행하면서 그의 사연과 고뇌를 알고는 부담스러워 하며 떠나고 싶어 한다. 사내의 간청에 의해 여관에 투숙했을 때도 그의 자살을 짐작하면서도 외면하고, 다음 날 아침에는 여관을 도망쳐 나와 헤어진다.

작가는 이 같은 인물들의 만남과 헤어짐의 과정을 냉정하고 건조한 문체로 묘사하여, 인간적 유대를 상실한 도시적 삶의 황폐함과 소외 의식을 인상 깊게 부각하고 있다. 이런 점으로 인해 이 소설은 산업화와 도시화에 접어든 60년대 우리 사회의 풍경을 날카롭게 포착한 작품으로 높이 평가받고 있다.

서울, 1964년 겨울

1964년 겨울을 서울에서 지냈던 사람이라면 누구나 알고 있겠지만, 밤이 되면 거리에 나타나는 선술집1 — 오뎅과 군참새2와 세 가지 종류의 술 등을 팔고 있고, 얼어붙은 거리를 휩쓸며 부는 차가운 바람이 펄럭거리게 하는 포장을 들치고 안으로 들어서게 되어 있고, 그 안에 들어서면 카바이드3 불의 길쭉한 불꽃이 바람에 흔들리고 있고, 염색한 군용(軍用) 잠바를 입고 있는 중년 사내가 술을 따르고 안주를 구워 주고 있는 그러한 선술집에서, 그날 밤, 우리 세 사람은 우연히 만났다.

우리 세 사람이란 나와 도수 높은 안경을 쓴 안(安)이라는 대학원 학생과 정체는 알 수 없었지만 요컨대 가난뱅이라는 것만은 분명하여 그의 정체를 꼭 알고 싶다는 생각은 조금도 나지 않는 서른대여섯 살짜리 사내를 말한다.

먼저 말을 주고받게 된 것은 나와 대학원생이었는데, 뭐 그렇고 그런

---

1 선술집 : 술청 앞에 서서 간단히 술을 마시게 되어 있는 술집
2 군참새 : 참새의 털을 뽑고 내장과 대가리, 발을 떼어 낸 뒤, 간을 하여 구운 음식
3 카바이드 : 탄화칼슘의 상품명으로서, 물과 반응하면 밝은 빛을 내며 타는 아세틸렌가스를 발생시키는 물질. 예전에 편리한 고체 연료로서 활용되어 용접용이나 포장마차의 조명으로 많이 쓰였다.

자기소개가 끝났을 때는 나는 그가 안씨라는 성을 가진 스물다섯 살짜리 대한민국 청년, 대학 구경을 해보지 못한 나로서는 상상이 되지 않는 전공(專攻)4을 가진 대학원생, 부잣집 장남이라는 걸 알았고, 그는 내가 스물다섯 살짜리 시골 출신, 고등학교는 나오고 육군 사관학교를 지원했다가 실패하고 나서 군대에 갔다가 임질5에 한 번 걸려 본 적이 있고, 지금은 구청 병사계6(兵事係)에서 일하고 있다는 것을 아마 알았을 것이다.

자기소개는 끝났지만 그러고 나서는 서로 할 얘기가 없었다. 잠시 동안은 조용히 술만 마셨는데, 나는 새카맣게 구워진 군참새를 집을 때 할 말이 생겼기 때문에 마음속으로 군참새에게 감사하고 나서 얘기를 시작했다.

"안 형, 파리를 사랑하십니까?"

"아니오. 아직까진……."

그가 말했다.

"김 형은 파리를 사랑하세요?"

"예."

라고 나는 대답했다.

---

4 전공 : 전문적으로 연구하는 어떤 분야나 학문
5 임질 : 임균의 감염으로 일어나는 성병
6 병사계 : 주로 지방 행정 기관에서, 병역에 관한 사무를 맡아보는 한 부서

"날 수 있으니까요. 아닙니다. 날 수 있는 것으로서 동시에 내 손에 붙잡힐 수 있는 것이니까요. 날 수 있는 것으로서 손안에 잡아 본 것이 있으세요?"

"가만 계셔 보세요."

그는 안경 속에서 나를 멀거니 바라보며 잠시 동안 표정을 꼼지락거리고 있었다. 그리고 말했다.

"없어요. 나도 파리밖에는⋯⋯."

낮엔 이상스럽게도 날씨가 따뜻했기 때문에 길은 얼음이 녹아서 흙물로 가득했었는데 밤이 되면서부터 다시 기온이 내려가고 흙물은 우리의 발밑에서 다시 얼어붙기 시작했다. 쇠가죽으로 지어진 내 검정 구두는 얼고 있는 땅바닥에서 올라오고 있는 찬 기운을 충분히 막아 내지 못하고 있었다. 사실 이런 술집이란, 집으로 돌아가는 길에 잠깐 한잔하고 싶은 생각이 든 사람이나 들어올 데지, 마시면서 곁에 선 사람과 무슨 얘기를 주고받을 데는 되지 못하는 곳이다. 그런 생각이 문득 들었지만 그 안경쟁이가 때마침 나에게 기특한 질문을 했기 때문에 나는 '이놈 그럴듯하다.'고 생각되어 추위 때문에 저려 드는 내 발바닥에 조금만 참으라고 부탁했다.

"김 형, 꿈틀거리는 것을 사랑하십니까?"

하고 그가 내게 물었던 것이다.

"사랑하구 말구요."

나는 갑자기 의기양양해져서 대답했다. 추억이란 그것이 슬픈 것이든지 기쁜 것이든지 그것을 생각하는 사람을 의기양양하게 한다. 슬픈 추억일 때는 고즈넉이 의기양양해지고 기쁜 추억일 때는 소란스럽게 의기양양해진다.

"사관학교 시험에서 미역국을 먹고 나서도 얼마 동안, 나는 나처럼 대학 입학시험에 실패한 친구 하나와 미아리에 하숙하고 있었습니다. 서울엔 그때가 처음이었죠, 장교가 된다는 꿈이 깨어져서 나는 퍽 실의7에 빠져 있었습니다. 그때 영영 실의해 버린 느낌입니다. 아시겠지만 꿈이 크면 클수록 실패가 주는 절망감도 대단한 힘을 발휘하더군요. 그 무렵 재미를 붙인 게 아침의 만원8된 버스간이었습니다. 함께 있는 친구와 나는 하숙집의 아침 밥상을 밀어 놓기가 바쁘게 미아리 고개 위에 있는 버스 정류장으로 달려갑니다. 개처럼 숨을 헐떡거리면서 말입니다. 시골에서 처음으로 서울에 올라온 청년들의 눈에 가장 부럽고 신기하게 비치는 게 무언지 아십니까? 부러운 건 뭐니 뭐니 해도, 밤이 되면 빌딩들의 창에 켜지는 불빛, 아니 그 불빛 속에서 이리저리 움직이고 있는 사람들이고, 신기한 건 버스간 속에서 일 센티미터도 안 되는 간격을 두고 자기 곁에 예쁜 아가씨가 서 있다는 사실입니다. 때로는 아가씨들과 팔목의 살을 대고 있기도 하고, 허벅다리를 비비고 서 있을 수도 있어서 그것 때문에 나는 하루 종일 시내버스를 이것저것 갈아타면서 보낸 적도 있습니다. 물론 그날 밤에는 너무 피로해서 토했습니다만……."

---

7 실의 : 어떤 일을 행하거나 이루려는 의지나 욕구를 잃어버림.
8 만원 : 정한 인원이 다 참.

"잠깐, 무슨 얘기를 하시자는 겁니까?"

"꿈틀거리는 것을 사랑한다는 얘기를 하려던 참이었습니다. 들어 보세요. 그 친구와 나는 출근 시간의 만원 버스 속을 스리꾼9들처럼 안으로 비집고 들어갑니다. 그리고 자리를 잡고 앉아 있는 젊은 여자 앞에 섭니다. 나는 한 손으로 손잡이를 잡고 나서, 달려오느라고 좀 멍해진 머리를 올리고 있는 손에 기댑니다. 그리고 내 앞에 앉아 있는 여자의 아랫배 쪽으로 천천히 시선을 보냅니다. 그러면 처음엔 얼른 눈에 뜨이지 않지만 시간이 조금 가고 내 시선이 투명해지면서부터 나는 그 여자의 아랫배가 조용히 오르내리는 것을 볼 수 있습니다……."

"오르내린다는 건…… 호흡 때문에 그러는 것이겠죠?"

"물론입니다. 시체의 아랫배는 꿈쩍도 하지 않으니까요. 하여튼…… 나는 그 아침의 만원 버스간 속에서 보는 젊은 여자 아랫배의 조용한 움직임을 보고 있으면 왜 그렇게 마음이 편안해지고 맑아지는지 모르겠습니다. 나는 그 움직임을 지독하게 사랑합니다."

"퍽 음탕한 얘기군요."

라고 안은 기묘한 음성으로 말했다. 나는 화가 났다. 그 얘기는, 내가 만일 라디오의 박사 게임 같은 데에 나가게 돼서 '세상에서 가장 신선한 것은?'이라는 질문을 받게 되었을 때, 남들은 상추니 오월의 새벽이니 천사의 이마니 하고 대답하겠지만, 나는 그 움직임이 가장 신선한 것이

---

9 스리꾼 : 쓰리꾼. '소매치기'의 비표준어

라고 대답하려니 하고 일부러 기억해 두었던 것이었다.

"아니 음탕한 얘기가 아닙니다."

나는 강경한 태도로 말했다.

"그 얘기는 정말입니다."

"음탕하지 않다는 것과 정말이라는 것 사이엔 어떤 관계가 있죠?"

"모르겠습니다. 관계 같은 것은 난 모릅니다. 요컨대……."

"그렇지만 그 동작은 '오르내린다'는 것이지 꿈틀거린다는 것은 아니군
요. 김 형은 아직 꿈틀거리는 것을 사랑하지 않으시구먼."

우리는 다시 침묵 속으로 떨어져서 술잔만 만지작거리고 있었다. 개새
끼, 그게 꿈틀거리는 게 아니라고 해도 괜찮다, 하고 나는 생각하고 있
었다. 그런데 잠시 후에 그가 말했다.

"난 방금 생각해 봤는데, 김 형의 그 오르내림도 역시 꿈틀거림의 일
종이라는 결론을 얻었습니다."

"그렇죠?"

나는 즐거워졌다.

"그것은 틀림없는 꿈틀거림입니다. 난 여자의 아랫배를 가장 사랑합니
다. 안 형은 어떤 꿈틀거림을 사랑합니까?"

"어떤 꿈틀거림이 아닙니다. 그냥 꿈틀거리는 거죠. 그냥 말입니다. 예
를 들면…… 데모10도……."

---

10 데모 : 많은 사람이 공공연하게 의사를 표시하여 집회나 행진을 하며 위력을 나타내는 일

"데모가? 데모를? 그러니까 데모…….."

"서울은 모든 욕망의 집결지입니다. 아시겠습니까?"

"모르겠습니다."

라고 나는 할 수 있는 한 깨끗한 음성을 지어서 대답했다.

그때 우리의 대화는 또 끊어졌다. 이번엔 침묵이 오래 계속되었다. 나는 술잔을 입으로 가져갔다. 내가 잔을 비우고 났을 때 그도 잔을 입에 대고 눈을 감고 마시고 있는 게 보였다. 나는 이젠 자리를 떠나야 할 때가 되었다고 다소 서글픈 기분으로 생각했다. 결국 그렇고 그렇다. 또 한번 확인된 것에 지나지 않다고 생각하면서, '자, 그럼 다음에 또…….'라고 말할까 '재미있었습니다.'라고 말할까, 궁리하고 있는데 술잔을 비운 안이 갑자기 한 손으로 내 한쪽 손을 살그머니 잡으면서 말했다.

"우리가 거짓말을 하고 있었다고 생각하지 않으십니까?"

"아니오."

나는 좀 귀찮은 생각이 들었다.

"안 형은 거짓말을 했는지 모르지만 내가 한 얘기는 정말이었습니다."

"난 우리가 거짓말을 하고 있었던 것 같은 느낌이 듭니다."

그는 붉어진 눈두덩을 안경 속에서 두어 번 끔벅거리고 나서 말했다.

"난 우리 또래의 친구를 새로 알게 되면 꼭 꿈틀거림에 대한 얘기를 하고 싶어집니다. 그래서 얘기를 합니다. 그렇지만 얘기는 오 분도 안돼서 끝나 버립니다."

나는 그가 무슨 이야기를 하고 있는지 알 듯하기도 했고, 모를 것 같기도 했다.

"우리 다른 얘기합시다."

하고 그가 다시 말했다.

나는 심각한 얘기를 좋아하는 이 친구를 골려 주기 위해서, 그리고 한편으로는 자기의 음성을 자기가 들을 수 있는 취한 사람의 특권을 맛보고 싶어서 얘기를 시작했다.

"평화시장 앞에서 줄지어 선 가로등 중에서 동쪽으로부터 여덟 번째 등은 불이 켜져 있지 않습니다……."

나는 그가 좀 어리둥절해하는 것을 보자 더욱 신이 나서 얘기를 계속했다.

"……그리고 화신백화점 육 층의 창들 중에서는 그중 세 개에서만 불빛이 나오고 있었습니다……."

그러자 이번엔 내가 어리둥절해질 사태가 벌어졌다. 안의 얼굴에 놀라운 기쁨이 발하기 시작했기 때문이다.

그가 빠른 말씨로 얘기하기 시작했다.

"서대문 버스 정류장에는 사람이 서른두 명 있는데, 그중 여자가 열일곱 명이고 어린애는 다섯 명, 젊은이는 스물한 명, 노인이 여섯 명입니다."

"그건 언제 일이지요?"

"오늘 저녁 일곱 시 십오 분 현재입니다."

"아."

하고 나는 잠깐 절망적인 기분이었다. 그 반작용인 듯 굉장히 기분이 좋아져서 털어놓기 시작했다.

"단성사 옆 골목의 첫 번째 쓰레기통에는 초콜릿 포장지가 두 장 있습니다."

"그건 언제?"

"지난 십사일 저녁 아홉 시 현재입니다."

"적십자 병원 정문 앞에 있는 호두나무의 가지 하나는 부러져 있습니다."

"을지로 3가에 있는 간판 없는 한 술집에는 미자라는 이름을 가진 색시가 다섯 명 있는데, 그 집에 들어온 순서대로 큰 미자, 둘째 미자, 셋째 미자, 넷째 미자, 막내 미자라고 합니다."

"그렇지만 그건 다른 사람들도 알고 있겠군요. 그 술집에 들어가 본 사람은 꼭 김 형 하나뿐이 아닐 테니까요."

"아 참, 그렇군요. 난 미처 그걸 생각하지 못했는데. 난 그중에 큰 미자와 하룻저녁 같이 잤는데, 그 여자는 다음 날 아침 일수(日收)[11]로 물건을 파는 여자가 왔을 때 내게 팬티 하나를 사주었습니다. 그런데 그 여자가 저금통으로 사용하고 있는 한 되들이 빈 술병에는 돈이 백십 원 들어 있었습니다."

"그건 얘기가 됩니다. 그 사실은 완전히 김 형의 소유입니다."

우리의 말투는 점점 서로를 존중해 가고 있었다.

---

11 일수 : 남에게 돈을 빌려주고 원금과 이자를 합한 금액을 일정하게 날마다 거둬들이는 일. 여기서는 어떤 물건을 외상으로 주고, 그런 방식으로 대금을 받아가는 것을 말함.

"나는……."

하고 우리는 동시에 말을 시작하기도 했다. 그럴 때는 번갈아서 서로 양보했다.

"나는……."

이번에는 그가 말할 차례였다.

"서대문 근처에서 서울역 쪽으로 가는 전차의 트롤리12가 내 시야 속에서 꼭 다섯 번 파란 불꽃을 튀기는 것을 보았습니다. 그건 오늘 밤 일곱 시 십오 분에 거길 지나가는 전차였습니다."

"안 형은 오늘 저녁엔 서대문 근처에서 살고 있었군요."

"예, 서대문 근처에서만……."

"난 종로 2가 쪽입니다. 영보빌딩 안에 있는 변소 문의 손잡이 조금 밑에는 약 2센티미터 가량의 손톱자국이 있습니다."

하하하하, 하고 그는 소리 내어 웃었다.

"그건 김 형이 만들어 놓은 자국이겠지요?"

나는 무안했지만 고개를 끄덕이지 않을 수 없었다. 그건 사실이었다.

"어떻게 아세요?"

하고 나는 그에게 물었다.

"나도 그런 경험이 있으니까요."

---

12 트롤리 : 전동차의 폴 끝에 달려, 공중의 전선으로부터 전동차로 전력을 공급받는 작은 쇠바퀴

그가 대답했다.

"그렇지만 별로 기분 좋은 기억이 못 되더군요. 역시 우리는 그냥 바라보고 발견하고 비밀히 간직해 두는 편이 좋겠어요. 그런 짓을 하고 나서는 뒷맛이 좋지 않더군요."

"난 그런 짓을 많이 했습니다만, 오히려 기분이 좋았……."

좋았다고 말하려고 했는데, 갑자기 내가 했던 모든 그것에 대한 혐오감이 치밀어서 나는 말을 그치고 그의 의견에 동의하는 고갯짓을 해버렸다.

그러나 그때 나는 이상스럽다는 생각이 들었다. 내가 약 삼십 분 전에 들은 말이 틀림없다면 지금 내 옆에서 안경을 번쩍이고 앉아 있는 친구는 틀림없는 부잣집 아들이고 높은 공부를 한 청년이다. 그런데 왜 그가 이래야만 되는가?

"안 형이 부잣집 아들이라는 것은 사실이겠지요? 그리고 대학원 학생이라는 것도……."

내가 물었다.

"부동산만 해도 대략 삼천만 원쯤 되면 부자가 아닐까요? 물론 내 아버지 재산이지만 말입니다. 그리고 대학원생이라는 건 여기 학생증이 있으니까……."

그러면서 그는 호주머니를 뒤적거리면서 지갑을 꺼냈다.

"학생증까진 필요 없습니다. 실은 좀 의심스러운 게 있어서요. 안 형 같은 사람이 추운 밤에 싸구려 선술집에 앉아서 나 같은 친구나 간직할 만한 일에 대해서 얘기하고 있다는 것이 이상스럽다는 생각이 방금 들었습니다."

"그건…… 그건……."

그는 좀 열띤 음성으로 말했다.

"그건…… 그렇지만 먼저 물어보고 싶은 게 있는데요. 김 형이 추운 밤에 밤거리를 다니는 이유는 무엇입니까?"

"습관은 아닙니다. 나 같은 가난뱅이는 호주머니에 돈이 좀 생겨야 밤거리에 나올 수 있으니까요."

"글쎄, 밤거리에 나오는 이유는 무엇입니까?"

"하숙방에 들어앉아서 벽이나 쳐다보고 있는 것보다는 나으니까요."

"밤거리에 나오면 뭔가 좀 풍부해지는 느낌이 들지 않습니까?"

"뭐가요?"

"그 뭔가. 그러니까 생(生)이라고 해도 좋겠지요. 김 형이 왜 그런 질문을 하는지 그 이유를 조금은 알 것 같습니다. 내 대답은 이렇습니다. 밤이 됩니다. 난 집에서 거리로 나옵니다. 난 모든 것에서 해방된 것을 느낍니다. 아니, 실제로는 그렇지 않을지도 모르지만 그렇게 느낀다는 말입니다. 김 형은 그렇게 안 느낍니까?"

"글쎄요."

"나는 사물의 틈에 끼여서가 아니라 사물을 멀리 두고 바라보게 됩니다. 안 그렇습니까?"

"글쎄요. 좀……."

"아니 어렵다고 말하지 마세요. 이를테면 낮엔 그저 스쳐 지나가던 모든 것이 밤이 되면 내 시선 앞에서 자기들의 벌거벗은 몸을 송두리째 드러내 놓고 쩔쩔맨단 말입니다. 그런데 그게 의미가 없는 일일까요? 그런, 사물을 바라보며 즐거워한다는 일이 말입니다."

"의미요? 그게 무슨 의미가 있습니까? 난 무슨 의미가 있기 때문에 종로 2가에 있는 빌딩들의 벽돌 수를 헤아리는 일을 하는 게 아닙니다. 그냥……."

"그렇죠? 무의미한 겁니다. 아니 사실은 의미가 있는지도 모르지만 난 아직 그걸 모릅니다. 김 형도 아직 모르는 모양인데, 우리 한번 함께 그거나 찾아볼까요. 일부러 만들어 붙이지는 말고요."

"좀 어리둥절하군요. 그게 안 형의 대답입니까? 난 좀 어리둥절한데요. 갑자기 의미라는 말이 나오니까."

"아 참, 미안합니다. 내 대답은 아마 이렇게 된 것 같군요. 그냥 뭔가 뿌듯해지는 느낌이 들기 때문에 밤거리로 나온다고."

그는 이번엔 목소리를 낮추어서 말했다.

"김 형과 나는 서로 다른 길을 걸어서 같은 지점에 온 것 같습니다. 만일 이 지점이 잘못된 지점이라고 해도 우리 탓은 아닐 거예요."

그는 이번엔 쾌활한 음성으로 말했다.

"자, 여기서 이럴 게 아니라 어디 따뜻한 데 가서 정식으로 한 잔씩 하고 헤어집시다. 난 한 바퀴 돌고 여관으로 갑니다. 가끔 이렇게 밤거리를 쏘다니는 밤엔 꼭 여관에서 자고 갑니다. 여관엘 찾아든다는 프로가 내게는 최고죠."

우리는 각기 계산하기 위해서 호주머니에 손을 넣었다. 그때 한 사내가 우리에게 말을 걸어 왔다. 우리 곁에서 술잔을 받아 놓고 연탄불에 손을 쬐고 있던 사내였는데, 술을 마시기 위해서 거기에 들어온 것이 아니라 불이 쬐고 싶어서 잠깐 들렀다는 꼴을 하고 있었다. 제법 깨끗한 코트를 입고 있었고, 머리엔 기름도 얌전하게 발라서 카바이드의 불꽃이 너풀댈 때마다 머리칼의 하이라이트가 이리저리 움직이고 있었다. 그러나 어디선지는 분명하지 않았지만 가난뱅이 냄새가 나는 서른대여섯 살짜리 사내였다. 아마 빈약하게 생긴 턱 때문이었을까. 아니면 유난히 새빨간 눈시울 때문이었을까. 그 사내가 나나 안(安) 중의 어느 누구에게라고 할 것 없이 그냥 우리 쪽을 향하여 말을 걸어 온 것이다.

"미안하지만 제가 함께 가도 괜찮을까요? 제게 돈은 얼마 있습니다만……."

이라고 그 사내는 힘없는 음성으로 말했다.

그 힘없는 음성으로 봐서는 꼭 끼워 달라는 건 아니라는 것 같았지만, 한편으로는 우리와 함께 가고 싶은 생각이 간절하다는 것 같기도 했다. 나와 안은 잠깐 얼굴을 마주 보고 나서,

"아저씨 술값만 있다면……."

이라고 내가 말했다.

"함께 가시죠."

라고 안도 내 말을 이었다.

"고맙습니다."

하고 그 사내는 여전히 힘없는 음성으로 말하면서 우리를 따라왔다.

안은 일이 좀 이상하게 되었다는 얼굴을 하고 있었고, 나 역시 유쾌한 예감이 들지는 않았다. 술좌석에서 알게 된 사람끼리는 의외로 재미있게

놀게 되는 것을 몇 번의 경험으로 알고 있었지만, 대개의 경우, 이렇게 힘없는 목소리로 끼어드는 양반은 없었다. 즐거움이 넘치고 넘친다는 얼굴로 요란스럽게 끼어들어야만 되는 것이었다. 우리는 갑자기 목적지를 잊은 사람들처럼 사방을 두리번거리면서 느릿느릿 걸어갔다. 전봇대에 붙은 약 광고판 속에서는 예쁜 여자가 춤지만 할 수 있느냐는 듯한 쓸쓸한 미소를 띠고 우리를 내려다보고 있었고, 어떤 빌딩의 옥상에서는 소주 광고의 네온사인이 열심히 명멸하고[13] 있었고, 소주 광고 곁에서는 약 광고의 네온사인이 하마터면 잊어버릴 뻔했다는 듯이 황급히 꺼졌다 간 다시 켜져서 오랫동안 빛나고 있었고, 이젠 완전히 얼어붙은 길 위에는 거지가 돌덩이처럼 여기저기 엎드려 있었고, 그 돌덩이 앞을 사람들이 힘껏 웅크리고 빠르게 지나가고 있었다.

종이 한 장이 바람에 쉭 날리어 거리의 저쪽에서 이쪽으로 날아오고 있었다. 그 종잇조각은 내 발밑에 떨어졌다. 나는 그 종잇조각을 집어 들었는데, 그것은 '미희(美姬)[14] 서비스, 특별 염가(特別 廉價)[15]'라는 것을 강조한 어느 비어홀의 광고지였다.

"지금 몇 시쯤 되었습니까?"

하고 힘없는 아저씨가 안에게 물었다.

---

13 명멸하다 : 불빛이 켜졌다 꺼졌다 하다.
14 미희 : 얼굴과 몸매가 아름다운 여자
15 염가 : 매우 싼 값

"아홉 시 십 분 전입니다."

라고 잠시 후에 안이 대답했다.

"저녁들은 하셨습니까? 난 아직 저녁을 안 했는데, 제가 살 테니까 같이 가시겠어요?"

힘없는 아저씨가 이번엔 나와 안을 번갈아 보며 말했다.

"먹었습니다."

하고 나와 안은 동시에 대답했다.

"혼자서 하시죠."

라고 내가 말했다.

"그만두겠습니다."

힘없는 아저씨가 대답했다.

"하세요. 따라가 드릴 테니까요."

안이 말했다.

"감사합니다. 그럼……."

우리는 근처의 중국 요릿집으로 들어갔다. 방으로 들어가서 앉았을 때, 아저씨는 또 한 번 간곡하게 우리가 뭘 좀 들 것을 권했다. 우리는 또 한 번 사양했다. 그는 또 권했다.

"아주 비싼 걸 시켜도 괜찮겠습니까?"

라고 나는 그의 권유를 철회16시키기 위해서 말했다.

---

16 철회 : 이미 제출했던 것이나 주장했던 것을 도로 거두어들이거나 취소함.

"네, 사양 마시고."

그가 처음으로 힘있는 목소리로 말했다.

"돈을 써 버리기로 결심했으니까요."

나는 그 사내에게 어떤 꿍꿍이속[17]이 있는 것만 같은 느낌이 들어서 좀 불안했지만, 통닭과 술을 시켜 달라고 했다. 그는 자기가 주문한 것 외에 내가 말한 것도 사환[18]에게 청했다. 안은 어처구니없는 얼굴로 나를 보았다. 나는 그때 마침 옆방에서 들려오고 있는 여자의 불그레한 신음 소리를 듣고만 있었다.

"이 형도 뭘 좀 드시죠?"

라고 아저씨가 안에게 말했다.

"아니 전……."

안은 술이 다 깼다는 듯이 펄쩍 뛰고 사양했다.

우리는 조용히 옆방의 다급해져 가는 신음 소리에 귀를 기울이고 있었다. 전차의 끽끽거리는 소리와 홍수 난 강물 소리 같은 자동차들의 달리는 소리도 희미하게 들려오고 있었고, 가까운 곳에선 이따금 초인종 울리는 소리도 들렸다.

우리의 방은 어색한 침묵에 싸여 있었다.

"말씀드리고 싶은 게 있는데요."

---

17 꿍꿍이속 : 남에게 드러내 보이지 않고 어떤 일을 꾸며 도무지 모를 셈속
18 사환 : 관청이나 학교, 사무실 따위에서 잔심부름을 하기 위하여 고용된 사람

마음씨 좋은 아저씨가 말하기 시작했다.

"들어 주시면 고맙겠습니다……. 오늘 낮에 제 아내가 죽었습니다. 세 브란스 병원에 입원하고 있었는데……."

그는 이젠 슬프지도 않다는 얼굴로 우리를 빤히 쳐다보며 말하고 있었다.

"네에에."

"그거 안되셨군요."

라고 안과 나는 각각 조의19를 표했다.

"아내와 나는 참 재미있게 살았습니다. 아내가 어린애를 낳지 못하기 때문에 시간은 몽땅 우리 두 사람의 것이었습니다. 돈은 넉넉하지 못했습니다만, 그래도 돈이 생기면 우리는 어디든지 같이 다니면서 재미있게 지냈습니다. 딸기 철엔 수원에도 가고, 포도 철에 안양에도 가고, 여름 이면 대천에도 가고, 가을엔 경주에도 가 보고, 밤엔 영화 구경, 쇼 구 경하러 열심히 극장에 쫓아다니기도 했습니다……."

"무슨 병환20이셨던가요?"

하고 안이 조심스럽게 물었다.

"급성 뇌막염21이라고 의사가 그랬습니다. 아내는 옛날에 급성 맹장

---

19 조의 : 남의 죽음을 슬퍼하는 뜻
20 병환 : '병'을 높여 이르는 말
21 뇌막염 : 세균이나 바이러스 따위에 의하여 뇌척수막에 생기는 염증

염 수술을 받은 적도 있고, 급성 폐렴을 앓은 적도 있다고 했습니다만, 모두 괜찮았는데 이번의 급성엔 결국 죽고 말았습니다⋯⋯ 죽고 말았습니다."

사내는 고개를 떨구고 한참 동안 무언지 입을 우물거리고 있었다. 안이 손가락으로 내 무릎을 찌르며 우리는 꺼지는 게 어떻겠느냐는 눈짓을 보냈다. 나 역시 동감이었지만 그때 그 사내가 다시 고개를 들고 말을 계속했기 때문에 우리는 눌러앉아 있을 수밖에 없었다.

"아내와는 재작년에 결혼했습니다. 우연히 알게 되었습니다. 친정이 대구 근처에 있다는 얘기만 했지, 한 번도 친정과는 내왕²²이 없었습니다. 난 처갓집이 어딘지도 모릅니다. 그래서 할 수 없었어요."

그는 다시 고개를 떨구고 입을 우물거렸다.

"뭘 할 수 없었다는 말입니까?"

내가 물었다. 그는 내 말을 못 들은 것 같았다. 그러나 한참 후에 다시 고개를 들고 마치 애원하는 듯한 눈빛으로 말을 이었다.

"아내의 시체를 병원에 팔았습니다. 할 수 없었습니다. 난 서적 외판원²³에 지나지 않습니다. 할 수 없었습니다. 돈 사천 원을 주더군요. 난 두 분을 만나기 얼마 전까지도 세브란스 병원 울타리 곁에 서 있었습니다. 아내가 누워 있을 시체실이 있는 건물을 알아보려고 했습니다만 어딘

---

22 내왕 : 서로 사귀어 오고감.
23 외판원 : 직접 고객을 찾아다니며 물건을 파는 사람

지 알 수 없었습니다. 그냥 울타리 곁에 앉아서 병원의 큰 굴뚝에서 나오는 희끄무레한 연기만 바라보고 있었습니다. 아내는 어떻게 될까요? 학생들이 해부 실습하느라고 톱으로 머리를 가르고 칼로 배를 째고 한다는데 정말 그러겠지요?"

우리는 입을 다물고 있을 수밖에 없었다. 사환이 다쿠앙24과 양파가 담긴 접시를 갖다 놓고 나갔다.

"기분 나쁜 얘길 해서 미안합니다. 다만 누구에게라도 얘기하지 않고서는 견딜 수 없었습니다. 한 가지만 의논해 보고 싶은데, 이 돈을 어떻게 하면 좋을까요? 저는 오늘 저녁에 다 써버리고 싶은데요."

"쓰십시오."

안이 얼른 대답했다.

"이 돈이 다 없어질 때까지 함께 있어 주시겠어요?"

사내가 말했다. 우리는 얼른 대답하지 못했다.

"함께 있어 주십시오."

사내가 말했다. 우리는 승낙했다.

"멋있게 한번 써 봅시다."

라고 사내는 우리와 만나 후 처음으로 웃으면서, 그러나 여전히 힘없는 음성으로 말했다.

중국집에서 거리로 나왔을 때는 우리 모두 취해 있었고, 돈은 천 원이

—————————

24 다쿠앙 : 단무지. 무로 담근 일본식 짠지

없어졌고, 사내는 한쪽 눈으로는 울고 다른 쪽 눈으로는 웃고 있었고, 안은 도망갈 궁리를 하기에도 지쳐 버렸다고 내게 말하고 있었고, 나는 '악센트 찍는 문제를 모두 틀려 버렸단 말야, 악센트 말야.'라고 중얼거리고 있었고, 거리는 영화에서 본 식민지의 거리처럼 춥고 한산했고, 그러나 여전히 소주 광고는 부지런히, 약 광고는 게으름을 피우며 반짝이고 있었고, 전봇대의 아가씨는 '그저 그래..요.'라고 웃고 있었다.

"이제 어디로 갈까?"

하고 아저씨가 말했다.

"어디로 갈까?"

안이 말하고,

"어디로 갈까?"

라고 나도 그들의 말을 흉내 냈다.

아무 데도 갈 데가 없었다. 방금 우리가 나온 중국집 곁에 양품점25의 쇼윈도가 있었다. 사내가 그쪽을 가리키며 우리를 끌어당겼다. 우리는 양품점 안으로 들어갔다.

"넥타이를 하나 골라 가져. 내 아내가 사 주는 거야."

사내가 호통을 쳤다.

우리는 알록달록한 넥타이를 하나씩 들었고, 돈은 육백 원이 없어져 버렸다. 우리는 양품점에서 나왔다.

---

25 양품점 : 서양식으로 만들었거나 서양에서 들여온 일용 잡화를 전문적으로 파는 가게

"어디로 갈까?"

라고 사내가 말했다.

갈 데는 계속해서 없었다. 양품점의 앞에는 귤 장수가 있었다.

"아내는 귤을 좋아했다."

고 외치며 사내는 귤을 벌여 놓은 수레 앞으로 돌진했다. 돈 삼백 원이 없어졌다.

우리는 이빨로 귤껍질을 벗기면서 그 부근에서 서성거렸다.

"택시!"

사내가 고함쳤다.

택시가 우리 앞에서 멎었다. 우리가 차에 오르자마자 사내는,

"세브란스로!"

라고 말했다.

"안 됩니다. 소용없습니다."

안이 재빠르게 외쳤다.

"안 될까?"

사내는 중얼거렸다.

"그럼 어디로?"

아무도 대답하지 않았다.

"어디로 가시는 겁니까?"

라고 운전수가 짜증난 음성으로 말했다.

"갈 데가 없으면 빨리 내리쇼."

우리는 차에서 내렸다. 결국 우리는 중국집에서 스무 발짝도 더 벗어

나지 못하고 있었다.

거리의 저쪽 끝에서 요란한 사이렌 소리가 나타나서 점점 가깝게 달려들었다. 소방차 두 대가 우리 앞을 빠르고 시끄럽게 지나쳐 갔다.

"택시!"

사내가 고함쳤다.

택시가 우리 앞에 멎었다. 우리가 차에 오르자마자 사내는,

"저 소방차 뒤를 따라갑시다."

고 말했다.

나는 귤껍질 세 개째를 벗기고 있었다.

"지금 불구경하러 가고 있는 겁니까?"

라고 안이 아저씨에게 말했다.

"안 됩니다. 시간이 없습니다. 벌써 열 시 반인데요. 좀 더 재미있게 지내야죠. 돈은 이제 얼마 남았습니까?"

아저씨는 호주머니를 뒤져서 돈을 모두 털어 냈다. 그리고 그것을 안에게 건네줬다. 안과 나는 세어 봤다. 천구백 원하고 동전이 몇 개, 십 원짜리가 몇 장이 있었다.

"됐습니다."

안은 다시 돈을 돌려주면서 말했다.

"세상엔 다행히 여자의 특징만 중점적으로 내보이는 여자들이 있습니다."

"내 아내 얘깁니까?"

라고 사내가 슬픈 음성으로 물었다.

"내 아내의 특징은 잘 웃는다는 것이었습니다."

"아닙니다. 종삼(鐘三)26으로 가자는 얘기였습니다."

안이 말했다.

사내는 안을 경멸하는 듯한 웃음을 띠며 고개를 돌려 버렸다. 그러는 사이에 우리는 화재가 난 곳에 도착했다. 삼십 원이 없어졌다. 화재가 난 곳은 아래층인 페인트 상점이었는데 지금은 미용 학원 이층에서 불길이 창으로부터 뿜어져 나오고 있었다. 경찰들의 호각 소리, 소방차들의 사이렌 소리, 불길 속에서 나는 탁탁 소리, 물줄기가 건물의 벽에 부딪쳐서 나는 소리. 그러나 사람들의 소리는 아무것도 나지 않았다. 사람들은 불빛에 비쳐 무안당한 사람들처럼 붉은 얼굴로 정물27처럼 서 있었다.

우리는 발밑에 굴러 있는 페인트 통을 하나씩 궁둥이 밑에 깔고 웅크리고 앉아서 불구경을 했다. 나는 불이 좀 더 오래 타기를 바랐다. 미용 학원이라는 간판에 불이 붙고 있었다. '원' 자(字)에 불이 붙기 시작했다.

"김 형, 우린 얘기나 합시다."

하고 안이 말했다.

"화재 같은 건 아무것도 아닙니다. 내일 아침 신문에서 볼 것을 오늘

---

26 종삼 : '종로 3가'의 준말
27 정물 : 그 자체로는 움직이지 않는 물체

밤에 미리 봤다는 차이밖에 없습니다. 저 화재는 김 형의 것도 아니고 내 것도 아니고 이 아저씨 것도 아닙니다. 그러기 때문에 난 화재엔 흥미가 없습니다. 김 형은 어떻게 생각하십니까?"

"동감입니다."

물줄기 하나가 불타고 있는 '학'으로 달려들고 있었다. 물이 닿는 곳에선 회색 연기가 피어올랐다. 힘없는 아저씨가 갑자기 힘차게 깡통으로부터 일어섰다.

"내 아냅니다."

하고 사내는 환한 불길 속을 손가락질하며 눈을 크게 뜨고 소리쳤다.

"내 아내가 머리를 막 흔들고 있습니다. 골치가 깨질 듯이 아프다고 머리를 막 흔들고 있습니다. 여보……."

"골치가 깨질 듯이 아픈 게 뇌막염의 증세입니다. 그렇지만 저건 바람에 휘날리는 불길입니다. 앉으세요. 불 속에 아주머님이 계실 리가 있습니까?"

라고 안이 아저씨를 끌어 앉히며 말했다. 그리고 나서 안은 나에게 나지막하게 속삭였다.

"이 양반, 우릴 웃기는데요."

나는 꺼졌다고 생각하고 있던 '학'에 다시 불이 붙고 있는 것을 보았다. 물줄기가 다시 그 곳으로 뻗어 가고 있었다. 그러나 물줄기는 겨냥을 잘 잡지 못하고 이러저리 흔들리고 있었다. 불은 날쌔게 '용'을 핥고 있었다. 나는 '미'까지 어서 불붙기를 바라고 있었고, 그리고 그 간판에 불이 붙은 과정을 그 많은 불구경꾼들 중에서 나 혼자만 알고 있기를 바랐다. 그러나 그때 문득 나는 불이 생명을 가진 것처럼 생각되어서, 내가 조금 전에 바라고 있던 것을 취소해 버렸다.

무언가 하얀 것이 우리가 웅크리고 앉아 있는 곳에서 불타고 있는 건물 쪽으로 날아가는 것이 보였다. 그 비둘기는 불 속으로 떨어졌다.

"무엇이 불 속으로 날아 들어갔지요?"

내가 안을 돌아다보며 물었다.

"예, 뭐가 날아갔습니다."

안은 나에게 대답하고 나서 이번엔 아저씨를 돌아다보며,

"보셨어요?"

하고 그에게 물었다.

아저씨는 잠자코 앉아 있었다. 그때 순경 한 사람이 우리 쪽으로 달려왔다.

"당신이다."

라고 순경은 아저씨를 한 손으로 붙잡으면서 말했다.

"방금 무얼 불 속에 던졌소?"

"아무것도 안 던졌습니다."

"뭐라구요?"

순경은 때릴 듯한 시늉을 하며 아저씨에게 소리쳤다.

"내가 던지는 걸 봤단 말요. 무얼 불 속에 던졌소?"

"돈입니다."

"돈?"

"돈과 돌을 수건에 싸서 던졌습니다."

"정말이오?"

순경은 우리에게 물었다.

"예, 돈이었습니다. 이 아저씨는 불난 곳에 돈을 던지면 장사가 잘된다는 이상한 믿음을 가졌답니다. 말하자면 좀 돌았다고 할 수 있는 사람이지만, 나쁜 짓을 결코 하지 않는 장사꾼입니다."

안이 대답했다.

"돈은 얼마였소?"

"일 원짜리 동전 한 개였습니다."

안이 다시 대답했다.

순경이 가고 났을 때 안이 사내에게 물었다.

"정말 돈을 던졌습니까?"

"예."

우리는 꽤 오랫동안 불꽃이 튀는 탁탁 소리에 귀를 기울이고 있었다. 한참 후에 안이 사내에게 말했다.

"결국 그 돈은 다 쓴 셈이군요…… 자, 이젠 약속이 끝났으니 우린 가겠습니다."

"안녕히 계십시오."

라고 나는 아저씨에게 작별 인사를 했다.

안과 나는 돌아서서 걷기 시작했다. 사내가 우리를 쫓아와서 안과 나의 팔을 한쪽씩 붙잡았다.

"나 혼자 있기가 무섭습니다."

그는 벌벌 떨며 말했다.

"곧 통행금지 시간이 됩니다. 난 여관으로 가서 잘 작정입니다."

안이 말했다.

"난 집으로 갈 겁니다."

내가 말했다.

"함께 갈 수 없겠습니까? 오늘 밤만 같이 지내 주십시오. 부탁합니다. 잠깐만 저를 따라와 주십시오."

사내는 말하고 나서 나를 붙잡고 있는 자기의 팔을 부채질하듯이 흔들었다. 아마 안의 팔에 대해서도 그렇게 했으리라.

"어디로 가자는 겁니까?"

나는 아저씨에게 물었다.

"여관비를 구하러 잠깐 이 근처에 들렀다가 모두 함께 여관으로 갔으면 하는데요."

"여관에요?"

나는 내 호주머니 속에 든 돈을 손가락으로 계산해 보며 말했다.

"아닙니다. 폐를 끼쳐드리고 싶지 않습니다. 잠깐만 절 따라와 주십시오."

"돈을 빌리러 가는 겁니까?"

"여관비라면 모두 내가 내겠으니 그럼 함께 가시지요."

안이 나와 사내에게 말했다.

"아닙니다. 받아야 할 돈이 있습니다."

"이 근처에요?"

"예, 여기가 남영동이라면."

"아마 틀림없는 남영동인 것 같군요."

내가 말했다.

사내가 앞장을 서고 안과 내가 그 뒤를 쫓아서 우리는 화재로부터 멀어져 갔다.

"빚 받으러 가기에는 시간이 너무 늦었습니다."

안이 사내에게 말했다.

"그렇지만 저는 받아야만 합니다."

우리는 어느 어두운 골목길로 들어섰다. 골목의 모퉁이를 몇 개인가 돌고 난 뒤에 사내는 대문 앞에 전등이 켜져 있는 집 앞에서 멈췄다. 나와 안은 사내로부터 열 발짝쯤 떨어진 곳에서 멈췄다. 사내가 벨을 눌렀다. 잠시 후에 대문이 열리고, 사내가 대문 앞에 선 사람과 말하는 소리가 들렸다.

"주인아저씨를 뵙고 싶은데요."

"주무시는데요."

"그럼, 주인아주머니는?"

"주무시는데요."

"꼭 뵈어야겠는데요.

"기다려 보세요."

대문이 다시 닫혔다. 안이 달려가서 사내의 팔을 잡아끌었다.

"그냥 가시죠?"

"괜찮습니다. 받아야 할 돈이니까요."

안이 다시 먼저 서 있던 곳으로 걸어왔다. 대문이 열렸다.

"밤늦게 죄송합니다."

사내가 대문을 향해 고개를 숙이며 말했다.

"누구시죠?"

대문은 잠에 취한 여자의 음성을 냈다.

"죄송합니다. 이렇게 너무 늦게 찾아와서 실은……."

"누구시죠? 술 취하신 것 같은데……."

"월부28 책값 받으러 온 사람입니다."

하고, 사내는 비명 같은 높은 소리로 외쳤다.

"월부 책값 받으러 온 사람입니다."

이번엔 사내는 문기둥에 두 손을 짚고 앞으로 뻗은 자기 팔 위에 얼굴을 파묻으며 울음을 터뜨렸다.

"월부 책값 받으러 온 사람입니다. 월부 책값……."

사내는 계속해서 흐느꼈다.

"내일 낮에 오세요."

대문이 탕 닫혔다.

사내는 계속해서 울고 있었다. 사내는 가끔 '여보'라고 중얼거리며 오랫동안 울고 있었다. 우리는 여전히 열 발짝쯤 떨어진 곳에서 그가 울음을 그치기를 기다리고 있었다. 한참 후에 그가 우리 앞으로 비틀비틀 걸어왔다. 우리는 모두 고개를 숙이고 어두운 골목길을 걸어서 거리로 나

---

28 월부 : 물건 값이나 빚 따위를 다달이 일정하게 나누어 치르는 방식. 또는 그 돈

왔다. 적막한 거리에는 찬바람이 세차게 불고 있었다.

"몹시 춥군요."

라고 사내는 우리를 염려한다는 음성으로 말했다.

"추운데요. 빨리 여관으로 갑시다."

안이 말했다.

"방을 한 사람씩 따로 잡을까요?"

여관에 들어갔을 때 안이 우리에게 말했다.

"그게 좋겠지요?"

"모두 한방에 드는 게 좋겠어요."

라고 나는 아저씨를 생각해서 말했다.

아저씨는 그저 우리 처분만 바란다는 듯한 태도로, 또는 지금 자기가 서 있는 곳이 어딘지도 모른다는 태도로 멍하니 서 있었다. 여관에 들어서자 우리는 모든 프로가 끝나 버린 극장에서 나오는 때처럼 어찌할 바를 모르고 거북스럽기만 했다. 여관에 비한다면 거리가 우리에게 더 좋았던 셈이었다. 벽으로 나누어진 방들, 그것이 우리가 들어가야 할 곳이었다.

"모두 같은 방에 들기로 하는 것이 어떻겠어요?"

내가 다시 말했다.

"난 아주 피곤합니다."

안이 말했다.

"방은 각각 하나씩 차지하고 자기로 하지요."

"혼자 있기가 싫습니다."

라고 아저씨가 중얼거렸다.

"혼자 주무시는 게 편하실 거예요."

안이 말했다.

우리는 복도에서 헤어져 사환이 지적해 준, 나란히 붙은 방 세 개에 각각 한 사람씩 들어갔다.

"화투라도 사다가 놉시다."

헤어지기 전에 내가 말했지만,

"난 아주 피곤합니다. 하시고 싶으면 두 분이나 하세요."

라고 안은 말하고 나서 자기의 방으로 들어가 버렸다.

"나도 피곤해 죽겠습니다. 안녕히 주무세요."

라고 나는 아저씨에게 말하고 나서 내 방으로 들어갔다. 숙박계[29]엔 거짓 이름, 거짓 주소, 거짓 나이, 거짓 직업을 쓰고 나시 사환이 가져다 놓은 자리끼[30]를 마시고 나는 이불을 뒤집어썼다. 나는 꿈도 안 꾸고 잘 잤다.

다음 날 아침 일찍 안이 나를 깨웠다.

"그 양반 역시 죽어 버렸습니다."

안이 내 귀에 입을 대고 그렇게 속삭였다.

"예?"

---

29 숙박계 : 여관 따위의 숙박 시설을 이용하는 사람의 이름과 주소 따위를 기록하는 문서나 서류
30 자리끼 : 잠자리에서 마시려고 머리맡에 떠 놓은 물

나는 잠이 깨끗이 깨어 버렸다.

"방금 그 방에 들어가 보았는데 역시 죽어 버렸습니다."

"역시……."

나는 말했다.

"사람들이 알고 있습니까?"

"아직까진 아무도 모르는 것 같습니다. 우선 빨리 도망해 버리는 게 시끄럽지 않을 것 같습니다."

"사실이지요?"

"물론 그렇겠죠."

나는 급하게 옷을 주워 입었다. 개미 한 마리가 방바닥을 내 발이 있는 쪽으로 기어오고 있었다. 그 개미가 내 발을 붙잡으려고 하는 것 같은 느낌이 들어서 나는 얼른 자리를 옮겨 디디었다.

밖의 이른 아침에는 싸락눈[31]이 내리고 있었다. 우리는 할 수 있는 한 빠른 걸음으로 여관에서 떨어져 갔다.

"난 그 사람이 죽으리라는 걸 알고 있었습니다."

안이 말했다.

"난 짐작도 못 했습니다."

라고 나는 사실대로 이야기했다.

"난 짐작하고 있었습니다."

---

31 싸락눈 : '싸라기눈'의 준말. 빗방울이 갑자기 찬바람을 만나 얼어 떨어지는 쌀알 같은 눈

그는 코트의 깃을 세우며 말했다.

"그렇지만 어떻게 합니까?"

"그렇지요. 할 수 없지요. 난 짐작도 못 했는데……."

내가 말했다.

"짐작했다고 하면 어떻게 하겠어요?"

그가 내게 물었다.

"씨팔 것, 어떻게 합니까? 그 양반 우리더러 어떡하라는 건지……."

"그러게 말입니다. 혼자 놓아두면 죽지 않을 줄 알았습니다. 그게 내가 생각해 본 최선의, 그리고 유일한 방법이었습니다."

"난 그 양반이 죽으리라는 짐작도 못 했으니까요. 씨팔 것, 약을 호주머니에 넣고 다녔던 모양이군요."

안은 눈을 맞고 있는 어느 앙상한 가로수 밑에서 멈췄다. 나도 그를 따라가서 멈췄다. 그가 이상하다는 얼굴로 나에게 물었다.

"김 형, 우리는 분명히 스물다섯 살짜리죠?"

"난 분명히 그렇습니다."

"나도 그건 분명합니다."

그는 고개를 한 번 기웃했다.

"두려워집니다."

"뭐가요?"

내가 물었다.

"그 뭔가가, 그러니까……."

그가 한숨 같은 음성으로 말했다.

"우리가 너무 늙어 버린 것 같지 않습니까?"

"우린 이제 겨우 스물다섯 살입니다."

나는 말했다.

"하여튼……."

하고 그가 내게 손을 내밀며 말했다.

"자, 여기서 헤어집시다. 재미 많이 보세요."

하고 나도 그의 손을 잡으며 말했다.

우리는 헤어졌다. 나는 마침 버스가 막 도착한 길 건너편의 버스 정류장으로 달려갔다. 버스에 올라서 창으로 내어다 보니 안은 앙상한 나뭇가지 사이로 내리는 눈을 맞으며 무언가 곰곰이 생각하고 서 있었다.

선생님이 들려주는 그 시절 이야기

서연 : 안녕하세요, 선생님. 오늘은 김승옥의 「서울, 1964년 겨울」을 읽고 왔어요. 이 작품 이야기를 해 주세요.

선생님 : 그래, 알았다. 작품을 읽고 느낀 점부터 말해 볼래?

태환 : 저는 이 작품을 읽고 뚜렷하게 다가오는 게 없고, 뭔가 전체적으로 무기력하고 쓸쓸한 분위기만 느껴졌어요.

선생님 : 왜 그런 느낌이 들었을까?

태환 : 음……, 등장인물들의 성격도 두드러지지 않고 극적으로 느껴지는 사건도 없어서 그런 기 같아요. 그들이 나누는 대화도 무슨 의미가 있는지 잘 모르겠고요.

서연 : 네, 저도 비슷했어요. 인물들을 그저 '김', '안', '사내' 등으로 불려서 그 특징이 분명하게 드러나지 않아서 어떤 사람인지 상상해 볼 수 없었어요. 서로 모르던 세 사람이 포장마차에서 우연히 만나 하룻밤을 지내고 쓸쓸하게 헤어지는 내용이 전부잖아요?

선생님 : 결말 부분에서 서적 외판원인 '사내'가 여관방에서 자살하는 비극적인 사건이 벌어지지 않니?

서연 : 그렇긴 한데, 그것이 다른 소설들에서처럼 갈등과 긴장이 점점 고조되다가 그런 결말에 이른 게 아니어서 중요하게 부각되는 거 같지 않아요.

선생님 : 그래, 맞아. 사실 그 사건 자체가 이야기의 초점이 되고 있지는
        않지. 그렇다면 작가는 그 자살 사건을 통해 무엇을 표현하고자
        했을까? 너희들은 그 사건과 관련해 어떤 생각을 했니?

서연 : 음……, 저는 '사내'의 죽음에 대한 '나'와 '안'의 태도가 기억에
        남았어요. 그 사내가 아내의 시신을 팔아넘긴 죄책감에 그랬다
        는 것도 이해되고 불쌍하다는 생각도 들긴 했는데, 그보다는 두
        사람의 태도가 냉정하다는 점이 더 두드러지게 느껴졌어요.

선생님 : 좀 자세히 말해 볼래?

서연 : 여관에 투숙하면서 '사내'가 혼자 있기 싫다며 한 방에서 같이 지
        내자고 했을 때, '안'이 반대해서 각자 다른 방에 들잖아요? 함께
        있었으면 비극적인 일을 막을 수 있을 수도 있는데 말이죠.
        더구나 '안'은 다음 날 그의 자살을 이미 짐작했다고 말했어요.
        그런데 그건 어쩔 수 없는 일이어서 내버려 둘 수밖에 없었다고
        말하죠. 사건이 벌어진 후에는 시끄러울 수 있으니 빨리 도망가
        자고 하고요.

태환 : 제가 보기에 '나'도 '안'과 크게 다르지 않은 거 같아요. '나'도
        '사내'의 사연을 들은 후에는 그를 동정하기보다는 불편해 하며
        빨리 헤어지고 싶어 했어요.
        또 다음 날 아침에 '안'이 도망가자고 했을 때 급하게 함께 여관
        을 빠져나오잖아요? 그때 개미 한 마리가 여관 방바닥에서 발쪽
        으로 기어오자, "그 개미가 내 발을 붙잡으려고 하는 것 같은 느
        낌이 들어서 나는 얼른 자리를 옮겨 디디었다."라고 해요. 저는

그 구절이 사내에 대한 '나'의 생각을 드러낸다고 느껴져서 서글 펐어요.

선생님 : 세세한 구절까지 잘 기억하는구나. 그래, 어쨌든 이제 작가의 의 도나 주제가 어느 정도 이해되지 않니?

태환 : 네, 알겠어요. 그러니까 현대인들의 비정함, 고독 같은 걸 형상 화한 거군요.

선생님 : 그래, 맞아. 현대 도시인들이 가지는 소외감과 고립감, 단절적인 인간관계를 그려내고 있는 거지.

서연 : 그런 관점에서 보니까 저도 떠오르는 구절이 있어요. '나'가 여 관방에 들어갈 때, "벽으로 나누어진 방들, 그것이 우리가 들어 가야 할 곳이었다."라고 하잖아요? 이런 구절도 단순히 잠자는 방의 문제가 아니라, 우리 현내인들은 서로 단절된 채 각자의 삶을 살아갈 수밖에 없다는 생각을 표현한 걸로 이해돼요.

선생님 : 그 부분도 상징적인 의미를 내포하고 있는 구절로 해석해 볼 수 있지. 그러면 이제는 등장인물들이 '김', '안', '사내' 등으로만 불 린 이유도 알 수 있겠지?

태환 : 네. 작가가 일부러 인물들의 구체적인 이름이나 개성이 드러나지 않도록 한 거죠? 그들은 하룻밤이나마 함께 지내며 대화도 나누 지만, 각자 도시의 수많은 사람들 중에 하나일 뿐이고 서로에게 무관심한 존재라는 걸 느끼게 하려고요.

실제로 '나'가 포장마차에서 그 '사내'를 두고, "정체는 알 수 없 었지만 요컨대 가난뱅이라는 것만은 분명하여 그의 정체를 꼭 알고 싶다는 생각은 조금도 나지 않는"다고 하잖아요? 서로 누군지 알지 못하고 알고 싶지도 않다는 생각을 보여주죠.

선생님 : 그래, 잘 보았어. 철저한 개인주의와 익명성을 느끼게 하는 대목이지. 그리고 그런 상황에서 타인과의 진정한 만남이나 교감은 힘들다는 걸 암시한다고도 할 수 있어.

서연 : 그래서 그들의 대화도 무의미하게 겉도는 거군요. 서로 진심을 말하려 하지 않으니까, 지극히 개인적이거나 별 뜻 없는 대화만 주고받는 거죠.

선생님 : 맞아. 작품의 전체 내용을 보면, 너희들 말대로 극적인 사건도 별로 없고, 개성이 뚜렷하지 않은 등장인물들이 사소한 대화를 나누는 걸로 채워져 있지 않니? 작가가 그런 이야기를 통해, 우리 현대인들이 보편적으로 가지는 소외감과 고립감, 무기력함 등을 형상화한 거지.

그러니까 너희들이 처음에 "뭔가 전체적으로 무기력하고 씁쓸한 분위기만 느껴졌"다고 했는데, 그런 생각이 드는 것이 작품을 잘 읽은 거라고 할 수 있어.

태환 : 알겠습니다. 그런데 작품의 제목은 이런 주제와 무슨 연관이 있나요? '서울, 1964년 겨울'이란 표현은 일단 공간적, 시간적 배경을 나타내는 걸로 보이는데, 그게 어떤 의미를 지니나요?

선생님 : 네 말대로, 이 작품의 제목은 시공간적 배경을 드러내지. 그러면서 그것은 주제를 상징적으로 암시한다고 할 수 있어. 먼저, 왜 '서울'이 배경인지 알겠니?

서연 : 네, 서울은 우리나라에서 가장 큰 도시이고, 사람들 사이에 소외감이나 익명성이 만연해 있는 곳이니까요. 작품의 주제에 비추어 보면, 아주 당연한 설정인 거 같아요.

선생님 : 그래, 맞아. 작품의 공간적 배경을 좀 더 자세히 살펴보면, 서울 중에서도 포장마차, 거리, 여관 등이지 않니? 모두 소속감과 안정감을 주는 곳이 아니고 불안정하게 떠돌고 우연적인 만남만이 가능한 장소지. 사회적인 연대감이나 공동체 의식을 상실한 공간이라 할 수 있지.

태환 : '겨울'도 비슷한 맥락에서 이해할 수 있을 거 같아요. 구체적으로 찬바람이 부는 겨울밤이 배경인데, 고독감이나 쓸쓸함을 암시하기에 어울리는 거 같아요. 그렇다면, '1964년'은 어떤 상징적인 의미기 있나요?

선생님 : 그 이야기를 하자면, 먼저 당시의 사회적 상황과 분위기를 알 필요가 있겠구나. 우선 정치적으로 그때는 군부 독재로 인해 암울한 시기였어. 1960년 4·19혁명으로 자유와 민주주의의 시대를 맞이했지만, 다음 해 박정희에 의해 쿠데타가 일어나 군부 독재가 시작되었지.

그런 가운데 1964년에는 굴욕적인 한일국교정상화에 반대하며 시민들과 대학생들이 대규모 시위를 벌인 6·3항쟁이 일어났단다. 그런데 정권이 계엄령을 선포하고 군대를 투입해 진압했어. 그래서 많은 학생과 시민들은 정치적으로 좌절감과 무기력감을 느끼고 있었지.

그리고 경제적으로는 산업화와 도시화가 급속하게 이루어지던 때였어. 한 마을에서 대대로 친밀하게 살아가던 농촌 공동체는 파괴되고, 수많은 사람들이 몰려들어 서울은 거대 도시로 변모했단다. 돈과 경쟁, 성공 등이 지배적 가치로 자리 잡으면서, 사람들은 서로 무관심해지고 소외와 단절적인 인간관계가 보편화되기 시작했지.

사실 이런 정서나 인간관계는 지금은 어느 정도 익숙한 것이 되었지만, 사회구조적 변화와 함께 우리 사회 전반에 퍼진 것은 이 시기부터였다고 할 수 있어. 이 소설은 바로 이런 시대 변화의 징후를 날카롭게 포착해서 그려낸 작품으로 볼 수 있단다.

태환 : 네, 잘 알겠습니다. 선생님 말씀을 듣고 시대적 배경을 알고 나니까 작품이 더 잘 이해되는 거 같아요.

서연 : 네, 저도요. 오늘도 좋은 말씀 감사합니다!

메밀꽃 필 무렵

이효석 (1907~1942)

작가 소개

이효석은 강원도 평창군 봉평면에서 태어났다. 고향에서 평창공립보통학교를 졸업하고, 1920년에 서울로 올라가 경성제일고등보통학교에 입학하였다. 여기서 그는 체호프와 로렌스 등 서구 작가의 소설을 탐독하며 문학 수업을 했으며, 유진오와 만나 교유하기도 하였다.

1930년에는 경성제국대학의 영문학과를 졸업한 후, 생활의 어려움으로 총독부 경무국 검열계에 취직했다. 그러나 주위의 지탄을 받자 곧 사직하고, 처가가 있는 고장으로 내려가 경성농업학교 영어교사에 부임하였다.

1936년에는 평양의 숭실전문학교로 직장을 옮겼으나, 1940년 아내에 이어 둘째 아이까지 죽자 실의에 빠져 만주 등지를 돌아다니다가 병을 얻게 된다. 그러다가 끝내 1942년, 36세의 젊은 나이에 뇌막염으로 세상을 떠났다.

이효석은 1925년 『매일신보』에 시 「봄」이 가작으로 뽑힌 적이 있으나, 소설가로서 본격적인 활동을 시작한 것은 1928년 단편 「도시와 유령」을 발표하면서부터였다.

이후 1929년과 1930년에 걸쳐 「기우」, 「깨뜨려지는 홍등」, 「노령근해」, 「북국사신」, 「상륙」, 「마작철학」 등의 단편을 잇달아 발표하였다. 이들 작품은 정치적인 성향을 띠고 프롤레타리아 문학에 동조하는 내용을 담고 있어, 그는 동반자 작가로 불리기도 하였다.

그러나 1933년부터는 순수문학을 표방한 문학 단체인 〈구인회〉에 참여하며, 등단 초기의 동반자적 세계에서 벗어나 새로운 경향의 작품을 발표하였다. 「돈(豚)」과 「수탉」을 비롯하여 「분녀」, 「산」, 「메밀꽃 필 무렵」, 「석류」 등이 대표적인데, 이들 작품은 고향의 아름다운 자연을 배경으로 향토적 정서나 원초적인 애욕의 세계를 그리는 것이었다.

이후 1938년 무렵에는 장편 『화분』과 단편 「장미 병들다」 등의 작품을 발표하여, 도시를 배경으로 서구적인 정서와 유럽에 대한 동경, 성 개방에 대한 추구를 보여주기도 하였다.

이처럼 이효석의 소설은 시기적으로 변모하는 양상을 보이며, 정치적 경향, 향토적 정서와 애욕의 세계, 서구적인 정서를 느끼게 하는 에로티시즘 등의 작품 세계를 펼쳐 보였다.

이 가운데서도 작가의 본령으로 일컬어지는 것은 향토색 짙은 언어로 토속적 정취와 본능적 애욕을 그려낸 단편들이다. 이들 작품에서 작가는 시적인 문체로 서정적인 분위기를 형성하며 개성적이고 심미적인 세계를 선보였다. 이런 점으로 인해 그는 한국 단편문학을 대표하는 작가 중 한 명으로 평가받고 있다.

작품 해설

이 소설은 달밤의 아름다운 산길을 배경으로, 떠돌이 장돌뱅이의 이야기를 통해 인간 본연의 순수하고 원초적인 사랑과 혈육의 정을 서정적으로 그린 작품이다.

장돌뱅이 허 생원은 봉평장이 파하자 친구 조 선달과 충줏집을 찾는다. 그곳에서 젊은 장돌뱅이 동이가 충줏집과 수작하는 것을 보고 그를 심하게 나무란다. 그러나 당나귀가 아이들에게 시달리는 것을 알려준 동이의 행동에 곧 마음이 누그러진다.

그날 밤 허 생원과 조 선달, 동이는 다음 장터인 대화까지 동행한다. 메밀꽃이 흐드러진 산길을 가며, 허 생원은 조 선달에게 젊은 시절의 기막힌 인연에 대해 다시 이야기한다. 어느 여름밤 물방앗간에서 성 서방네 처녀를 우연히 만나 정을 나눴던 사연이다. 성 서방네가 도주하는 바람에 다시 보지 못했으나, 그녀와의 만남은 평생 동안 잊지 못할 추억이요 그리움이었다.

그러다 허 생원은 동이로부터 모친이 달도 차지 않은 아이를 낳아 쫓겨났고, 고향이 봉평이라는 말을 듣는다. 그때 발을 헛디뎌 물에 빠진 허 생원은 동이에게 업혀 개울을 건넌 후, 제천으로 가겠다고 한다. 동이 어머니가 살고 있는 곳이다. 다시 길을 떠나며, 허 생원은 동이가 자신처럼 왼손잡이임을 발견한다.

이 작품의 중심 사건은 봉평에서 대화로 이동해 가는 장돌뱅이 주인공의 노정을 따라 전개된다. 서두에서 허 생원과 동이 사이에 갈등이 발생하지만 곧 해소되고, 이후 대화까지 동행하는 길에서 겪는 일이 주된 이야기를 형성하는 것이다.

이 길 위의 사건들은 작품 속 현재를 이루며, 허 생원과 동이의 혈연관계가 강하게 암시되는 결말로 진행된다. 한편 길을 가는 도중에 허 생원의 회상을 통해 과거의 사건이 진술되는데, 성 서방네 처녀와 하룻밤 인연을 맺었던 사연이 그것이다.

작품의 진행에 따라 과거와 현재의 사건은 서로 연결되며, 신비한 인연의 사랑과 혈육의 정이라는 주제를 드러낸다. 이 두 개의 사건을 연결해 주는 고리들은 간결한 대화나 진술을 통해 암시적으로 전달된다. 동이의 출생 과정과 어머니의 고향, 동이도 왼손잡이라는 사실 등이 단편적으로만 제시되어 독자들의 추리를 유도하는 방법으로 주제를 형성하고 있는 것이다.

그러나 이 작품에서 주제를 더욱 부각하는 것은 자연 대상과 인물의 합일된 모습이다. 특히 공간적 배경인 메밀꽃 핀 달밤의 산길은 시적인 언어로 묘사되어 낭만적이며 신비한 분위기를 형성하면서, 주인공과 조응되어 떠돌이 인생의 애환과 인연, 본능적인 사랑의 욕구를 아름답고 인상 깊게 형상화하고 있다.

이런 점으로 인해, 이 작품은 자연과의 조화를 통해 인간의 순수한 모습과 원초적 본능의 세계를 추구한 이효석 소설의 특징을 가장 잘 보여주는 수작으로 평가받고 있다.

메밀꽃 필 무렵

여름 장이란 애시당초에 글러서, 해는 아직 중천에 있건만 장판1은 벌써 쓸쓸하고 더운 햇발이 벌여 놓은 전2 휘장3 밑으로 등줄기를 훅훅 볶는다. 마을 사람들은 거지반4 돌아간 뒤요, 팔리지 못한 나무꾼 패가 길거리에 궁싯거리고들5 있으나, 석유 병이나 받고6 고깃마리7나 사면 족할 이 축8들을 바라고 언제까지든지 버티고 있을 법은 없다. 춥춥스럽게9 날아드는 파리 떼도 장난꾼 각다귀10들도 귀찮다. 얼금뱅이11요 왼손잡이인 드팀전12의 허 생원은 기어코 동업의 조 선달에게

---

1 장판 : 장이 선 곳
2 전 : 물건을 벌여 놓고 파는 가게
3 휘장 : 천을 여러 폭으로 이어서 빙 둘러치는 장막
4 거지반 : 거의 절반
5 궁싯거리다 : 어찌할 바를 몰라 이리저리 머뭇거리다.
6 받다 : 물품을 사다.
7 고깃마리 : '마리'는 동물의 이름과 함께 쓰여 '약간의 그것'이라는 뜻을 나타낸다.
8 축 : 일정한 특성에 따라 나누어지는 부류
9 춥춥스럽다 : 정갈하지 못하고 지저분한 데가 있다.
10 각다귀 : 남의 것을 뜯어먹고 사는 사람을 비유적으로 이르는 말. 원래는 모기와 비슷하게 생긴, 각다귓과의 곤충을 통틀어 가리키는 말이다.
11 얼금뱅이 : 천연두 딱지가 떨어져 얼굴에 흠이 있는 사람을 낮잡아 이르는 말. 곰보
12 드팀전 : 예전에 온갖 종류의 천을 팔던 가게

66

나꾸어13 보았다.

"그만 거둘까?"

"잘 생각했네. 봉평장에서 한 번이나 흐뭇하게14 사 본 일 있을까. 내일 대화장에서나 한몫 벌어야겠네."

"오늘 밤은 밤을 새서 걸어야 될 걸?"

"달이 뜨렷다?"

절렁절렁 소리를 내며 조 선달이 그날 산 돈을 따지는 것을 보고 허생원은 말뚝에서 넓은 휘장을 걷고 벌여 놓았던 물건을 거두기 시작하였다. 무명필과 주단15 바리16가 두 고리짝에 꼭 찼다. 멍석 위에는 천 조각이 어수선하게 남았다.

다른 축들도 벌써 거진 전들을 걷고 있었다. 약빠르게17 떠나는 패도 있었다. 어물장수도 땜장이도 엿장수도 생강장수도 꼴들이 보이지 않았다. 내일은 진부와 대화에 장이 선다. 축들은 그 어느 쪽으로든지 밤을 새며 육칠십 리 밤길을 타박거리지 않으면 안 된다. 장판은 잔치 뒷마당 같이 어수선하게 벌어지고, 술집에서는 싸움이 터져 있었다. 주정꾼 욕지거리에 섞여 계집의 앙칼진 목소리가 찢어졌다. 장날 저녁은 정해 놓

---

13 나꾸다 : '낚다'의 방언. 교활한 수단이나 방법으로 현혹하여 따르게 하다.
14 흐뭇하다 : 흐뭇하다. 마음에 흡족하여 매우 만족스럽다.
15 주단 : 명주와 비단 따위를 통틀어 이르는 말
16 바리 : 가축의 등에 잔뜩 실은 짐을 이르는 말
17 약빠르다 : 자기에게 유리하게 꾀를 부릴 줄 알고 눈치가 빠르다.

고 계집의 고함 소리로 시작되는 것이다.

"생원, 시침을 떼두 다 아네…… 충줏집 말이야."

계집 목소리로 문득 생각난 듯이 조 선달은 비죽이 웃는다.

"화중지병18이지. 연소패19들을 적수로 하구야 대거리20가 돼야 말이지."

"그렇지두 않을걸. 축들이 사족을 못 쓰는 것두 사실은 사실이나, 아무리 그렇다군 해두 왜 그 동이 말일세. 감쪽같이 충줏집을 후린 눈치거든."

"무어, 그 애숭이가? 물건 가지구 나꾸었나 부지. 착실한 녀석인 줄 알았더니."

"그 길만은 알 수 있나…… 궁리 말구 가보세그려. 내 한턱 씀세."

그다지 마음이 당기지 않는 것을 쫓아갔다. 허 생원은 계집과는 연분이 멀었다. 얼금뱅이 상판을 쳐들고 대어설21 숫기22도 없었으나 계집 편에서 정을 보낸 적도 없었고, 쓸쓸하고 뒤틀린 반생이었다. 충줏집을 생각만 하여도 철없이 얼굴이 붉어지고 발밑이 떨리고 그 자리에 소스라쳐 버린다. 충줏집 문을 들어서서 술좌석에서 짜장23 동이를 만났을 때에는 어찌된 서슬엔지 발끈 화가 나 버렸다. 상 위에 붉은 얼굴을 쳐들고 제법 계

---

18 화중지병 : 그림의 떡
19 연소패 : 연소배. 나이가 어린 무리
20 대거리 : 상대편에게 맞서서 대듦. 또는 그런 말이나 행동
21 대어서다 : 대서다. 바짝 가까이 서거나 뒤를 잇대어 서다.
22 숫기 : 부끄러워하거나 수줍음을 타지 않는, 쾌활하고 활발한 기운
23 짜장 : 과연 정말로

집과 농탕치는24 것을 보고서야 견딜 수 없었던 것이다. 녀석이 제법 난질꾼25인데 꼴사납다. 머리에 피도 안 마른 녀석이 낮부터 술 처먹고 계집과 농탕이야. 장돌뱅이26 망신만 시키고 돌아다니누나. 그 꼴에 우리들과 한몫 보자는 셈이지. 동이 앞에 막아서면서부터 책망이었다. 걱정두 팔자요 하는 듯이 빤히 쳐다보는 상기된 눈망울에 부딪힐 때, 얼결27 김에 따귀를 하나 갈겨 주지 않고는 배길 수 없었다. 동이도 화를 쓰고 팩하게 일어서기는 하였으나, 허 생원은 조금도 동색28하는 법 없이 마음먹은 대로는 다 지껄였다.

"어디서 주워 먹은 선머슴29인지는 모르겠으나 네게도 아비 어미 있겠지. 그 사나운 꼴 보문 맘 좋겠다. 장사란 탐탁하게30 해야 되지. 계집이 다 무어야, 나가거라 냉큼 꼴 치워."

그러나 한마디도 대거리하지31 않고 하염없이32 나가는 꼴을 보려니 도리어 측은히 여겨졌다. 아직도 서름서름한33 사인데 너무 과하지 않

---

24 농탕치다 : 남녀가 함께 음탕한 소리와 난잡한 행동으로 놀아나다.
25 난질꾼 : 술과 색에 빠져 방탕하게 놀기를 잘하는 사람을 낮잡아 이르는 말
26 장돌뱅이 : 여러 장으로 돌아다니면서 물건을 파는 장수를 낮잡아 이르는 말
27 얼결 : 여러 가지가 뒤섞이고 복잡하거나 바빠서 정신이 얼떨떨한 판
28 동색 : 얼굴빛이 변하는 것
29 선머슴 : 차분하지 못하고 매우 거칠게 덜렁거리는 사내아이
30 탐탁하다 : 모양이나 태도, 또는 어떤 일 따위가 마음에 들어 만족하다.
31 대거리하다 : 맞서서 말이나 행동으로 대들다.
32 하염없이 : 어떻게 해 볼 도리가 없이
33 서름서름하다 : 사이가 자연스럽지 못하고 매우 서먹서먹하다.

앉을까 하고 마음이 섬짓해졌다. 주제도 넘지, 같은 술손님이면서두 아무리 젊다고 자식 낳게 되는 것을 붙들고 치고 닦아셀34 것은 무어야 원. 충줏집은 입술을 쫑긋하고 술 붓는 솜씨도 거칠었으나, 젊은 애들한테는 그것이 약이 된다나 하고 그 자리는 조 선달이 얼버무려 넘겼다.

너 녀석한테 반했지? 애숭이를 빨문 죄 된다. 한참 법석을 친 후이다. 담도 생긴 데다가 웬일인지 흠뻑 취해 보고 싶은 생각도 있어서 허 생원은 주는 술잔이면 거의 다 들이켰다. 거나해짐35을 따라 계집 생각보다도 동이의 뒷일이 한결같이 궁금해졌다. 내 꼴에 계집을 가로채서는 어떡할 작정이었누 하고 어리석은 꼬락서니를 모질게 책망하는 마음도 한편에 있었다. 그렇기 때문에 얼마나 지난 뒤인지 동이가 헐레벌떡거리며 황급히 부르러 왔을 때에는 마시던 잔을 그 자리에 던지고 정신없이 허덕이며 충줏집을 뛰어나간 것이었다.

"생원 당나귀가 바36를 끊구 야단이에요."

"각다귀들 장난이지 필연코."

짐승도 짐승이려니와 동이의 마음씨가 가슴을 울렸다. 뒤를 따라 장판을 달음질하려니 게슴츠레한37 눈이 뜨거워질 것 같다.

---

34 닦아세다 : 닦아세우다. 꼼짝 못 하게 휘몰아 나무라다.
35 거나해지다 : 술에 제법 취하다.
36 바 : 삼이나 칡 따위로 세 가닥을 지어 굵다랗게 드린 줄
37 게슴츠레하다 : 졸리거나 술에 취해서 눈이 정기가 풀리고 흐리멍덩하며 거의 감길 듯하다.

"부락스런38 녀석들이라 어쩌는 수 있어야죠."

"나귀를 몹시 구는 녀석들은 그냥 두지는 않을걸."

반평생을 같이 지내 온 짐승이었다. 같은 주막에서 잠자고, 같은 달빛에 젖으면서 장에서 장으로 걸어 다니는 동안에 이십 년의 세월이 사람과 짐승을 함께 늙게 하였다. 가스러진39 목뒤털은 주인의 머리털과도 같이 바스러지고, 개진개진40 젖은 눈은 주인의 눈과 같이 눈곱을 흘렸다. 몽당비41처럼 짧게 쓸리운 꼬리는 파리를 쫓으려고 기껏 휘저어 보아야 벌써 다리까지는 닿지 않았다. 닳아 없어진 굽을 몇 번이나 도려내고 새 철을 신겼는지 모른다. 굽은 벌써 더 자라나기는 틀렸고, 닳아 버린 철 사이로는 피가 빼짓이 흘렀다. 냄새만 맡고도 주인을 분간하였다. 호소하는 목소리로 야단스럽게 울며 반겨한다.

어린아이를 달래듯이 목덜미를 어루만져 주니 나귀는 코를 벌름거리고 입을 투르르거렸다. 콧물이 튀었다. 허 생원은 짐승 때문에 속도 무던히도 썩였다. 아이들의 장난이 심한 눈치여서 땀 밴 몸뚱아리가 부들부들 떨리고 좀체 흥분이 식지 않는 모양이었다. 굴레42가 벗어지고 안장도 떨어졌다. 요 몹쓸 자식들, 하고 허 생원은 호령을 하였으나 패들은 벌

---

38 부락스럽다 : 거친 데가 있다.

39 가스러지다 : 잔털 따위가 좀 거칠게 일어나다.

40 개진개진 : 눈에 물기가 끈끈하게 서리어 있는 모양을 나타내는 말

41 몽당비 : 끝이 거의 다 닳아서 없어진 빗자루

42 굴레 : 말이나 소 따위를 부리기 위하여 머리와 목에서 고삐에 걸쳐 얽어매는 줄

써 줄행랑을 논 뒤요 몇 남지 않은 아이들이 호령에 놀라 비슬비슬43 멀어졌다.

"우리들 장난이 아니우. 암놈을 보고 저 혼자 발광이지."

코흘리개 한 녀석이 멀리서 소리를 쳤다.

"고 녀석 말투가."

"김 첨지 당나귀가 가 버리니까 온통 흙을 차고 거품을 흘리면서 미친 소같이 날뛰는걸. 꼴이 우스워 우리는 보고만 있었다우. 배를 좀 보지."

아이는 앵돌아진44 투로 소리를 치며 깔깔 웃었다. 허 생원은 모르는 결45에 낯이 뜨거워졌다. 뭇 시선을 막으려고 그는 짐승의 배 앞을 가리어 서지 않으면 안 되었다.

"늙은 주제에 암샘46를 내는 셈야. 저놈의 짐승이."

아이의 웃음소리에 허 생원은 주춤하면서 기어코 견딜 수 없어 채찍을 들더니 아이를 쫓았다.

"쫓으려거든 쫓아 보지. 왼손잡이가 사람을 때려."

줄달음에 달아나는 각다귀에는 당하는 재주가 없었다. 왼손잡이는 아이 하나도 후릴 수 없다. 그만 채찍을 던졌다. 술기도 돌아 몸이 유난스럽게 화끈거렸다.

---

43 비슬비슬 : 자꾸 힘없이 비틀거리는 모양
44 앵돌아지다 : 화가 나서 토라지다.
45 결 : 때. 사이. 겨를
46 암샘 : 동물이 일정한 시기에 교미를 하려는 욕망을 일으키는 것

"그만 떠나세. 녀석들과 어울리다가는 한이 없어. 장판의 각다귀들이란 어른보다도 더 무서운 것들인걸."

조 선달과 동이는 각각 제 나귀에 안장을 얹고 짐을 싣기 시작하였다. 해가 꽤 많이 기울어진 모양이었다.

드팀전 장돌이를 시작한 지 이십 년이나 되어도 허 생원은 봉평장을 빼놓은 적은 드물었다. 충주, 제천 등의 이웃 군에도 가고, 멀리 영남 지방도 헤매기는 하였으나 강릉쯤에 물건 하러 가는 외에는 처음부터 끝까지 군내를 돌아다녔다. 닷새만큼씩의 장날에는 달보다도 확실하게 면에서 면으로 건너간다. 고향이 청주라고 자랑삼아 말하였으나 고향에 돌보러 간일도 있는 것 같지는 않았다. 장에서 장으로 가는 길의 아름다운 강산이 그대로 그에게는 그리운 고향이었다. 반날 동안이나 뚜벅뚜벅 걷고 장터 있는 마을에 거지반 가까웠을 때 거친 나귀가 한바탕 우렁차게 울면—더구나 그것이 저녁녘이어서 등불들이 어둠 속에 깜박거릴 무렵이면 늘 당하는 것이건만 허 생원은 변치 않고 언제든지 가슴이 뛰놀았다.

젊은 시절에는 알뜰하게 벌어 돈푼이나 모아 본 적도 있기는 있었으나, 읍내에 백중47이 열린 해 호탕스럽게48 놀고 투전49을 하여 사

---

47 백중 : 음력 7월 15일로 전통적인 보름 명절의 하나
48 호탕스럽다 : 호탕하다. 호기롭고 걸걸하다.
49 투전 : 노름 도구의 하나. 또는 그것으로 하는 노름. 두꺼운 종이로 손가락 너비만큼 되게 만들고, 그 위에 문자나 그림 따위를 그려 넣어 끗수를 나타낸다.

흘 동안에 다 털어 버렸다. 나귀까지 팔게 된 판이었으나 애끓는 정분50
에 그것만은 이를 물고 단념하였다. 결국 도로아미타불51로 장돌이를 다
시 시작할 수밖에는 없었다. 짐승을 데리고 읍내를 도망해 나왔을 때에
는 너를 팔지 않기 다행이었다고 길가에서 울면서 짐승의 등을 어루만
졌던 것이었다. 빚을 지기 시작하니 재산을 모을 염52은 당초에 틀리고,
간신히 입에 풀칠을 하러 장에서 장으로 돌아다니게 되었다.

호탕스럽게 놀았다고는 하여도 계집 하나 후려 보지는 못하였다. 계집이
란 쌀쌀하고 매정한 것이었다. 평생 인연이 없는 것이라고 신세가 서글퍼
졌다. 일신53에 가까운 것이라고는 언제나 변함없는 한 필의 당나귀였다.

그렇다고는 하여도 꼭 한 번의 첫 일을 잊을 수는 없었다. 뒤에도 처
음에도 없는 단 한 번의 괴이한 인연. 봉평에 다니기 시작한 젊은 시절
의 일이었으나 그것을 생각할 적만은 그도 산 보람을 느꼈다.

"달밤이었으나 어떻게 해서 그렇게 됐는지 지금 생각해두 도무지 알
수 없어."

허 생원은 오늘 밤도 또 그 이야기를 끄집어내려는 것이다. 조 선달
은 친구가 된 이래 귀에 못이 박히도록 들어왔다. 그렇다고 싫증을 낼

---

50 정분 : 사귀어서 정이 든 정도. 또는 사귀어서 든 정
51 도로아미타불 : 애쓴 일이 소용없게 되어, 처음의 상태로 되돌아간 것과 같음을 이르
   는 말
52 염 : 무엇을 하려고 하는 생각이나 마음
53 일신 : 자기 한 몸

수도 없었으나 허 생원은 시침을 떼고 되풀이할 대로는 되풀이하고야 말았다.

"달밤에는 그런 이야기가 격에 맞거든."

조 선달 편을 바라는 보았으나 물론 미안해서가 아니라 달빛에 감동하여서였다. 이지러는졌으나 보름을 갓 지난 달은 부드러운 빛을 흐붓이 흘리고 있다. 대화까지는 팔십 리의 밤길, 고개를 둘이나 넘고 개울을 하나 건너고 벌판과 산길을 걸어야 된다. 길은 지금 긴 산허리에 걸려 있다. 밤 중을 지난 무렵인지 죽은 듯이 고요한 속에서 짐승 같은 달의 숨소리가 손에 잡힐 듯이 들리며, 콩 포기와 옥수수 잎새가 한층 달에 푸르게 젖었다. 산허리는 온통 메밀밭이어서 피기 시작한 꽃이 소금을 뿌린 듯이 흐붓한 달빛에 숨이 막힐 지경이다. 붉은 대궁54이 향기같이 애잔하고55, 나귀들의 걸음도 시원하다. 길이 좁은 까닭에 세 사람은 나귀를 타고 외줄로 늘어섰다. 방울 소리가 시원스럽게 딸랑딸랑 메밀밭께로 흘러간다. 앞장선 허 생원의 이야기 소리는 꽁무니에 선 동이에게는 확적히56는 안 들렸으나, 그는 그대로 개운한 제멋에 적적하지는 않았다.

"장 선 꼭 이런 날 밤이었네. 객줏집57 토방58이란 무더워서 잠이 들

---

54 대궁 : '대'의 방언. 초본 식물의 줄기
55 애잔하다 : 애처롭고 애틋하다.
56 확적히 : 정확하게 맞아 조금도 틀리지 아니하게
57 객줏집 : 예전에, 길 가는 나그네들에게 술이나 음식을 팔고 손님을 재우는 영업을 하던 집
58 토방 : 방에 들어가는 문 앞에 좀 높이 편평하게 다진 흙바닥.

어야지. 밤중은 돼서 혼자 일어나 개울가에 목욕하러 나갔지. 봉평은 지금이나 그제나 마찬가지지. 보이는 곳마다 메밀밭이어서 개울가가 어디 없이 하얀 꽃이야. 돌밭에 벗어도 좋을 것을, 달이 너무도 밝은 까닭에 옷을 벗으러 물방앗간으로 들어가지 않았나. 이상한 일도 많지. 거기서 난데없는 성 서방네 처녀와 마주쳤단 말이네. 봉평서야 제일가는 일색59이었지……."

"팔자에 있었나 부지."

아무렴 하고 응답하면서 말머리60를 아끼는 듯이 한참이나 담배를 빨 뿐이었다. 구수한 자줏빛 연기가 밤기운 속에 흘러서는 녹았다.

"날 기다린 것은 아니었으나 그렇다고 달리 기다리는 놈팽이가 있는 것두 아니었네. 처녀는 울고 있단 말야. 짐작은 대고 있었으나 성 서방네는 한창 어려워서 들고날61 판인 때였지. 한집안 일이니 딸에겐들 걱정이 없을 리 있겠나. 좋은 데만 있으면 시집도 보내련만 시집은 죽어도 싫다지……. 그러나 처녀란 울 때같이 정을 끄는 때가 있을까. 처음에는 놀라기도 한 눈치였으나 걱정 있을 때는 누그러지기도 쉬운 듯해서 이럭저럭 이야기가 되었네……. 생각하면 무섭고도 기막힌 밤이었어."

---

59 일색 : 뛰어난 미인
60 말머리 : 이야기를 할 때의 말의 첫 부분
61 들고나다 : 가난에 쫓기거나 난봉이 나서 집안의 물건을 팔려고 가지고 나가다.

"제천인지로 줄행랑을 놓은 건 그다음 날이렷다."

"다음 장도막62에는 벌써 왼 집안이 사라진 뒤였네. 장판은 소문에 발끈 뒤집혀 고작해야 술집에 팔려가기가 상수라고 처녀의 뒷공론63이 자자들 하단 말이야. 제천 장판을 몇 번이나 뒤졌겠나. 하나 처녀의 꼴은 꿩 궈 먹은 자리야. 첫날밤이 마지막 밤이었지. 그때부터 봉평이 마음에 든 것이 반평생을 두고 다니게 되었네. 평생인들 잊을 수 있겠나."

"수 좋았지. 그렇게 신통한 일이란 쉽지 않어. 항용64 못난 것 얻어 새끼 낳고 걱정 늘고 생각만 해두 진저리가 나지……. 그러나 늘그막까지 장돌뱅이로 지내기도 힘드는 노릇 아닌가? 난 가을까지만 하구 이 생계와두 하직하려네. 대화쯤에 조고만 전방65이나 하나 벌이구 식구들을 부르겠어. 사시장철66 뚜벅뚜벅 걷기란 여간이래야지."

"옛 처녀나 만나면 같이나 살까……. 난 거꾸러질 때까지 이 길 걷고 저 달 볼테야."

산길을 벗어나니 큰길로 틔어졌다. 꽁무니의 동이도 앞으로 나서 나귀들은 가로 늘어섰다.

---

62 장도막 : 한 장날로부터 다음 장날 사이의 동안을 나타내는 말
63 뒷공론 : 겉으로 떳떳이 나서서 말하지 않고 뒤에서 괜히 흠을 잡거나 쑥덕거리는 일
64 항용 : 흔히 늘
65 전방 : 물건을 늘어놓고 파는 가게
66 사시장철 : 사시사철. 네 철의 어느 철이나 항상

"총각두 젊겠다, 지금이 한창 시절이렷다. 충줏집에서는 그만 실수를 해서 그 꼴이 되었으나 섧게[67] 생각 말게."

"처, 천만에요. 되레 부끄러워요. 계집이란 지금 웬 제격인가요. 자나 깨나 어머니 생각뿐인데요."

허 생원의 이야기로 실심해[68] 한 끝이라 동이의 어조는 한풀 수그러진 것이었다.

"아비 어미란 말에 가슴이 터지는 것도 같았으나 제겐 아버지가 없어요. 피붙이라고는 어머니 하나뿐인걸요."

"돌아가셨나?"

"당초부터 없어요."

"그런 법이 세상에……."

생원과 선달이 야단스럽게 껄껄들 웃으니 동이는 정색하고[69] 우길 수밖에는 없었다.

"부끄러워서 말하지 않으려 했으나 정말예요. 제천 촌에서 달도 차지 않은 아이를 낳고 어머니는 집을 쫓겨났죠. 우스운 이야기나, 그러기 때문에 지금까지 아버지 얼굴도 본 적 없고 있는 고장도 모르고 지내와요."

---

67 섧다 : 원통하고 슬프다.
68 실심하다 : 근심이 되어 마음이 산란하고 기운이 없다.
69 정색하다 : 얼굴에 엄격하고 바른 빛이 드러나다.

고개가 앞에 놓인 까닭에 세 사람은 나귀를 내렸다. 둔덕70은 험하고 입을 벌리기도 대근하여71 이야기는 한동안 끊겼다. 나귀는 건듯하면72 미끄러졌다. 허 생원은 숨이 차 몇 번이고 다리를 쉬지 않으면 안 되었다. 고개를 넘을 때마다 나이가 알렸다. 동이 같은 젊은 축이 그지없이 부러웠다. 땀이 등을 한바탕 쪽 씻어 내렸다.

고개 너머는 바로 개울이었다. 장마에 흘러 버린 널다리73가 아직도 걸리지 않은 채로 있는 까닭에 벗고 건너야 되었다. 고의74를 벗어 띠로 등에 얽어매고 반벌거숭이의 우스꽝스런 꼴로 물속에 뛰어들었다. 금방 땀을 흘린 뒤였으나 밤 물은 뼈를 찔렀다.

"그래 대체 기르긴 누가 기르구?"

"어머니는 하는 수 없이 의부를 얻어 가서 술장사를 시작했죠. 술이 고주75래서 의부라고 전망나니76예요. 철들어서부터 맞기 시작한 것이 하룬들 편한 날 있었을까. 어머니는 말리다가 차이고 맞고 칼부림을 당하고 하니 집 꼴이 무어겠소. 열여덟 살 때 집을 뛰쳐나와서부터 이 짓이죠."

---

70 둔덕 : 가운데가 솟아서 불룩하게 언덕이 진 곳
71 대근하다 : 견디기가 힘들고 만만하지 않다.
72 건듯하면 : 걸핏하면. 조금이라도 일이 있기만 하면 곧
73 널다리 : 널빤지를 깔아서 놓은 다리
74 고의 : 한 겹으로 지은 남자의 여름 바지
75 고주 : 술을 많이 마셔서 정신을 가누지 못하는 상태. 또는 그런 사람
76 전망나니 : 돈이라면 사족을 못 쓰고 못된 짓을 하는 사람을 이르는 말

"총각 낫세[77]론 동이 무던하다[78]고 생각했더니, 듣고 보니 딱한 신세로군."

물은 깊어 허리까지 찼다. 속 물살도 어지간히 센 데다 발에 차이는 돌멩이도 미끄러워 금시에 훌칠[79] 듯하였다. 나귀와 조 선달은 재빨리 거의 건넜으나 동이는 허 생원을 붙드느라고 두 사람은 훨씬 떨어졌다.

"모친의 친정은 원래부터 제천이었든가?"

"웬걸요, 시원스리 말은 안 해 주나 봉평이라는 것만은 들었죠."

"봉평, 그래 그 아비 성은 무엇이구?"

"알 수 있나요. 도모지 듣지를 못했으니까."

"그, 그렇겠지."

하고 중얼거리며 흐려지는 눈을 까물까물하다가 허 생원은 경망하게도[80] 발을 빗디뎠다. 앞으로 고꾸라지기가 바쁘게 몸째 풍덩 빠져 버렸다. 허우적거릴수록 몸을 걷잡을 수 없어 동이가 소리를 치며 가까이 왔을 때에는 벌써 퍽이나 흘렀었다. 옷째 쫄딱 젖으니 물에 젖은 개보다도 참혹한 꼴이었다. 동이는 물속에서 어른을 해깝게[81] 업을 수 있었다. 젖

---

77 낫세 : 나쎄. 그만한 나이를 속되게 이르는 말
78 무던하다 : 까다롭지 않고 너그러우며 수더분하다.
79 훌치다 : 물체가 바람 따위를 받아서 비스듬하게 쏠리다.
80 경망하다 : 행동이나 말이 가볍고 조심성이 없다.
81 해깝다 : '가볍다'의 방언

었다고는 하여도 여윈 몸이라 장정[82] 등에는 오히려 가벼웠다.

"이렇게까지 해서 안됐네. 내 오늘은 정신이 빠진 모양이야."

"염려하실 것 없어요."

"그래 모친은 애비를 찾지는 않는 눈치지?"

"늘 한번 만나고 싶다고는 하는데요."

"지금 어디 계신가?"

"의부와도 갈라져 제천에 있죠. 가을에는 봉평에 모셔 오려고 생각 중인데요. 이를 물고 벌면 이럭저럭 살아갈 수 있겠죠."

"아무렴, 기특한 생각이야. 가을이랬다?"

동이의 탐탁한 등허리가 뼈에 사무쳐 따뜻하다. 물을 다 건넜을 때에는 도리어 서글픈 생각에 좀 더 업혔으면도 하였다.

"진종일 실수만 하니 웬일이오, 생원."

조 선달이 바라보며 기어코 웃음이 터졌다.

"나귀야. 나귀 생각하다 실족을 했어. 말 안 했든가. 저 꼴에 제법 새끼를 얻었단 말이지. 읍내 강릉집 피마[83]에게 말일세. 귀를 쫑긋 세우고 달랑달랑 뛰는 것이 나귀 새끼같이 귀여운 것이 있을까. 그것 보러 나는 일부러 읍내를 도는 때가 있다네."

"사람을 물에 빠치울 젠 딴은 대단한 나귀 새끼군."

---

82 장정 : 나이가 젊고 기운이 좋은 남자
83 피마 : 다 자란 암말

허 생원은 젖은 옷을 웬만큼 짜서 입었다. 이가 덜덜 갈리고 가슴이 떨리며 몹시도 추웠으나 마음은 알 수 없이 둥실둥실 가벼웠다.

"주막까지 부지런히들 가세나. 뜰에 불을 피우고 훗훗이84 쉬어. 나귀에겐 더운 물을 끓여주고, 내일 대화장 보고는 제천이다."

"생원도 제천으로……?"

"오래간만에 가 보고 싶어. 동행하려나 동이?"

나귀가 걷기 시작하였을 때, 동이의 채찍은 왼손에 있었다. 오랫동안 아둑시니85같이 눈이 어둡던 허 생원도 요번만은 동이의 왼손잡이가 눈에 띄지 않을 수 없었다.

걸음도 해깝고 방울 소리가 밤 벌판에 한층 청청하게86 울렸다.

달이 어지간히 기울어졌다.

---

84 훗훗이 : 약간 갑갑할 정도로 덥고 후끈하게
85 아둑시니 : 어둑서니. 어두운 밤에 아무것도 없는데, 있는 것처럼 잘못 보이는 것
86 청청하다 : 소리가 맑고 깨끗하다.

선생님이 들려주는 그 시절 이야기

서연 : 안녕하세요, 선생님? 오늘은 저희가 이효석의 「메밀꽃 필 무렵」
을 읽고 왔어요. 이 작품 이야기 부탁드려요.

선생님 : 어서 오너라. 작품은 어땠니? 재미있었니?

태환 : 네, 재미있게 읽었어요. 본격적인 추리소설은 아니지만 비슷한
면이 있어서요.

선생님 : 어떤 점에서 그렇지?

태환 : 작품을 보면, 장돌뱅이 세 명이 달밤의 산길을 가는 이야기잖아
요? 길을 가다가 주인공 허 생원이 옛날이야기를 해요. 우연히
만나 인연을 맺게 된 첫사랑 이야긴데, 허 생원에겐 평생 동안
단 한 번의 사랑이고 항상 그리워하며 살았다는 점이 인상 깊었
어요.

그런데 그게 끝이 아니었어요. 동행하는 젊은 장돌뱅이 동이가
허 생원의 아들이라는 사실이 점점 드러나는 식으로 이야기가
전개되더라고요. 과거의 신비한 인연이 현재로 연결되어 아들을
찾게 되는 게 흥미로웠어요.

또 그런 사실이 직접적으로 기술되는 것이 아니라 인물들이 길
위에서 주고받는 짤막한 대화를 통해 암시만 되고 있어서 더 재
미있었어요.

동이 어머니가 처녀의 몸으로 아이를 낳고 쫓겨났다든가, 고향이 봉평이라는 것 말이에요. 그래서 자연스럽게 추리소설적인 재미를 느꼈던 거 같아요.

선생님 : 그래, 네 말이 맞다. 다양한 암시를 통해 독자들로 하여금 추리하도록 만드는 것이 이 작품의 묘미 중 하나라고 할 수 있지.

서연 : 저도 그렇게 생각했어요. 작가가 복선을 활용하는 솜씨가 뛰어나고, 결말에서도 독자들의 상상력을 자극하는 기법을 쓰고 있다는 걸 느꼈어요.

선생님 : 자세히 말해 보렴.

서연 : 우선 첫머리에서 허 생원이 왼손잡이라는 걸 넌지시 제시해 놓고, 결말에 가서 동이도 왼손잡이라는 사실을 드러내서 부자간이라는 걸 암시하는 게 절묘했어요.

그리고 허 생원은 내심 동이가 아들임을 알아차리고는 계획을 바꿔 제천으로 가겠다고 말하잖아요? 동이 어머니가 계신다는 곳으로요.

그 두 사람이 정말로 다시 만나면 어떤 광경일까 궁금해지면서 기대를 갖게 됐어요. 그런데 작가는 그냥 거기서 작품을 끝맺어요. 그런 결말이 조금 아쉬웠는데, 다시 생각해 보면 앞으로 벌어질 일을 독자들의 상상력에 맡겨 더 깊은 인상을 남기는 거 같아요.

선생님 : 그런 걸 열린 결말이라고 하지. 어떤 사건의 결과나 뒷얘기를 분명하게 기술하지 않고 작품을 끝맺어서 독자들의 상상력을 자극

하고 여운을 남기는 기법이야.

이 작품은 아주 서정적이면서도, 너희들 말대로 암시와 복선을 정교하게 활용해서 독특하고 잘 짜인 구성을 보여주고 있지.

서연 : 네, 알겠습니다. 그런데 선생님께서 방금 이 작품이 아주 서정적이라고 하셨는데, 그 이야기를 해 주세요. 저도 그런 점이 이 소설의 중요한 특징 같다고 느꼈는데, 좀 더 자세히 알고 싶어요.

선생님 : 서연이는 어떤 부분을 보고 서정적이라고 느꼈니?

서연 : 저는 메밀꽃이 피어 있는 달밤의 모습을 묘사한 부분이 특히 서정적이고 아름답다고 느꼈어요. '죽은 듯이 고요한 속에서 짐승 같은 달의 숨소리가 손에 잡힐 듯이 들리'고 '산허리는 온통 메밀밭이어서 피기 시작한 꽃이 소금을 뿌린 듯이 흐붓한 달빛에 숨이 막힐 지경이다.'라고 하는 대목이요.

선생님 : 그래, 많은 사람들이 이 소설의 압권으로 꼽는 장면이야. 산허리에 온통 흐드러지게 핀 하얀 메밀꽃이 고요한 달빛을 받아 빛나는 정경은 그 자체로 환상적이고 낭만적인 분위기를 자아내지.

이런 광경을 시적인 언어와 공감각적인 표현으로 절묘하게 묘사해서 생생한 느낌을 불러일으키고 있어. 그래서 이 작품은 흔히 '시적인 소설'로 일컬어지며, 우리 소설사에서 서정소설의 대표적인 작품으로 평가받고 있단다.

그런데 이 대목이 단순히 서정적인 분위기를 조성하는 데 그치는 것은 아니야. 공간적 배경을 제시하면서 서사적 장치로도 기능하고, 상징적 의미를 함축하며 작품의 주제를 형성하는 중요한 요소로 작용하고 있어.

태환 : 자세히 설명해 주세요.

선생님 : 찬찬히 함께 생각해 보자. 우선 '메밀꽃이 피어 있는 달밤'이란 상황은 지금 주인공이 산길을 가고 있는 배경이지만, 과거에도 나오지 않았니?

태환 : 허 생원이 성서방네 처녀와 인연을 맺던 밤도 그랬어요. 그러고 보니까, 메밀꽃 핀 달밤이란 배경이 허 생원이 옛날이야기를 떠올리는 계기가 된 거네요?

선생님 : 맞아. 작품 속에서 현재 사건이 벌어지는 공간이면서, 동시에 과거 애틋한 인연이 맺어졌던 공간이기도 하지. 현재와 과거를 이어주는 매개로 기능하고 있는 거야.

서연 : 공간적 배경이 작품 속 이야기들을 구성하는 장치로 쓰인 거네요. 그럼, 어떤 상징적 의미를 지니나요?

선생님 : 먼저 길의 상징성을 생각해 볼 수 있어. 너희들은 '길'이라고 하면 뭐가 떠오르니?

태환 : 길은 사람들이 이동해 갈 수 있도록 만든 땅의 일부분을 가리키지만, 흔히 인생을 비유해요. 우리가 태어나서 죽을 때까지 살아가는 일이 한 장소를 떠나 다른 곳에 이르는 여정과 비슷하기 때문에요.

선생님 : 잘 설명했어. 이 작품에서도 그렇게 볼 수 있지. 더구나 주인공의 직업과 연관시켜 보면, 그 의미가 더욱 분명해지지 않니?

태환 : 그렇군요. 주인공은 장돌뱅이이고, 직업상 일생 길 위를 떠도는

존재니까요. 그러니까 이 작품의 배경으로 나오는 산길은 떠돌이 허 생원의 인생을 상징적으로 나타내는 공간으로 볼 수 있겠네요?

선생님 : 그래, 맞아.

서연 : 저도 알겠어요. 그런데 그냥 산길이 아니라, 이렇게 아름답고 낭만적으로 그려진 이유는 뭔가요?

선생님 : 바로 그 점이 주제와 밀접한 관련이 있어. 허 생원은 가진 것 없이 떠도는 장돌뱅이로서 가난하고 외로운 유랑인이라고 할 수 있지. 하지만 그런 가운데서도 그는 자연과 조화되어 살아가는 인간 본연의 모습과 본능적이고 순수한 애정을 간직한 인물로 그려져.

이 작품의 공간적 배경은 그런 주제적 요소를 부각하는 의미가 있어. 다시 말해 달빛 아래 하얗게 빛나는 메밀밭이라는 낭만적인 공간은 허 생원과 처녀의 순수하고 원초적인 사랑을 상징한다고 볼 수 있지.

그런 달밤의 정취가 인연을 맺도록 했고, 또 지금은 옛 추억과 그리움을 되살리고 있기 때문이야. 그것들은 모두 인물이 자연 대상과 동화되어 일어난 일들로 이해할 수 있어.

서연 : 선생님 말씀을 들으니, 주인공과 일체가 되어 동일시되는 자연 대상이 하나 더 떠올라요. 허 생원과 반평생을 같이 지낸 당나귀말이에요.

'가스러진 목뒤털'이나 '개진개진 젖은 눈'이 주인공의 외모와 닮

았다고 나오고, 암탕나귀에게 욕정을 일으키는 건 허 생원이 충
줏집에게 마음을 품은 것과 일치해요.

뿐만 아니라 그 당나귀가 읍내 강릉집 암말에게서 새끼를 얻은
것은 허 생원이 동이라는 아들을 가지게 된 것과 연결될 수 있
는 거 같아요. 여러 면에서 교묘하게 허 생원과 당나귀를 겹쳐
놓고 있었어요.

선생님 : 그래, 잘 보았어. 네 말대로 작가는 공간적 배경뿐 아니라 당나
귀의 존재를 통해서도 자연과 융합하여 하나가 되는 허 생원의
모습을 부각시키고 있어. 이를 통해 떠돌이 삶의 애환과 함께
원초적인 애욕의 순수성을 표현하고 있는 거지.

태환 : 선생님 말씀을 듣고, 소설에서 자연 배경이 주제를 형성하는 데
중요한 역할을 할 수 있다는 것을 알게 됐어요.

서연 : 네, 저도요. 오늘도 좋은 말씀 감사합니다!

소외된 인물들에 대한 연민의 시선

이태준 「복덕방」 / 이태준 「달밤」

급격한 시대 변화 속에서 소외된 인물들의 비애와
이를 안타깝게 바라보는 연민의 시선이 두드러진 작품들이다.
자본주의적 흐름 속에 각박해지는 세태와 인간적인 가치를
소중히 여기는 가치관이 대비되고 있다.

복덕방

이태준 (1904~?)

작가 소개

이태준은 강원도 철원에서 태어났다. 어릴 때 부모님이 돌아가시는 바람에 어려운 환경에서 자랐다. 1924년 휘문고등보통학교에 입학하여 가람 이병기에게 지도받으며 문학적 소양을 쌓아 갔으나, 학내 시위에 가담한 일로 퇴학당하였다.

1926년에 일본으로 건너가 조오치 대학에 입학했으나 이듬해 중퇴하고 귀국하였다. 이후 잡지사 기자와 전문대학 강사, 신문의 학예부장 등을 지냈다. 1933년에 김기림, 정지용 등과 '구인회'를 결성하여 순수문예 운동을 펼쳤고, 1939년부터는 당대의 대표적인 문학 잡지였던 『문장』을 주재하며 문단에 큰 영향을 미쳤다.

일제 말기에는 일제의 압박을 이기지 못해 소극적으로 친일 행위를 하다가 절필하고 고향으로 내려갔다. 해방 후에는 사상을 전환하여 좌익 문학 단체에서 활동하다가 1948년 월북하였다. 이후 한국전쟁 때 종군기자로 활동했지만, 전쟁 후 숙청되어 60년대 초 사망한 것으로 전해지고 있다.

1925년에 「오몽녀」를 발표하며 등단했지만, 그가 본격적으로 작품 활동을 펼친 것은 1930년대에 들어서였다. 이 시기 발표된 주요 작품으로는 「달밤」, 「손 거부(巨富)」, 「까마귀」, 「복덕방」 등이 있다. 이들 작품에서 작가는 순박하거나 불우한 인물, 가난하고 무력한 노인 등의 인물을 통해 소박한 인간애와 연민, 사라져가는 것에 대한 향수와 허무의식을 그렸다.

이런 주제는 시대 상황에 대한 적극적 대응과는 거리가 있는 것이었다. 그의 소설의 주류를 형성한 것은 이런 경향이었으나, 한편으론 만주로 이주해간 농민들이 황무지 개간을 위해 고투하는 이야기를 담은 「농군」을 발표하여 현실 인식을 보여주기도 하였다.

광복 후의 작품들은 이념적 전환과 함께 큰 변화를 보였다. 자전적 성격의 소설 「해방 전후」에서 그는 광복 전후의 현실을 배경으로 좌파 이념을 선택해간 과정을 그렸다. 한국전쟁 무렵에는 작품집 『첫 전투』와 『고향길』을 발표하였는데, 수록작들이 이념적 성향과 목적 의식을 노골적으로 드러내며 예술적 성과를 보여주지는 못하였다.

이태준은 등단 이후 한국전쟁 무렵까지 30여 년 동안 많은 단편과 중장편을 함께 남겼다. 그중에서도 그의 문학적 특성과 성취는 단편소설에서 두드러졌다.

그의 단편에서 돋보이는 것은 주제보다는 예술적 기교와 형식미였다. 당대 가장 아름다운 산문을 쓰는 미문가로 꼽혔던 그는 특유의 운치 있고 세련된 문체를 구사하며, 짜임새 있는 구성과 개성적인 인물 묘사로 서정성 짙은 작품들을 선보였다. 이처럼 높은 형식적 완성도와 예술적 성취를 보여주는 작품 세계로 인해, 그는 우리나라의 대표적인 단편소설 작가로 평가받고 있다.

작품 해설

　이 소설은 1930년대 서울의 한 복덕방을 배경으로, 근대화 과정에서 소외된 노인들의 좌절감과 비애를 그린 작품이다.

　안 초시는 매사에 짜증이 나고 불만스럽다. 돈이 없어 늘 쪼들리고 세상과 인연이 끊어졌다고 생각하기 때문이다. 그에게는 유명한 무용가 딸이 있으나 인색하게 군다. 그는 여러 번 사업을 실패한 후 서 참의의 복덕방에서 신세를 지고 있다.

　서 참의는 과거 훈련원 참의를 지냈으나 지금은 복덕방을 차려 가옥 중개업으로 살아가고, 다른 친구 박희완 영감은 대서업을 하겠다고 『속수 국어 독본』을 끼고 다니나 여의치 않다.

　재기를 꿈꾸던 안 초시는 박희완 영감으로부터 황해 연안에 새 항구가 개발된다는 정보를 얻게 된다. 큰돈을 벌 수 있는 기회로 여긴 그는 딸을 부추기고, 솔깃해진 딸은 신탁회사에서 돈을 빌려 그 땅을 사들인다. 그러나 1년이 지나도 땅값은 변함이 없다. 사기꾼에게 속아 개발이 취소된 땅을 산 것이었다.

　정작 투자할 때는 아버지를 밀어내고 딸이 앞장섰건만, 모든 비난은 안 초시의 몫이었다. 결국 그는 자살하고 만다. 장례식장에 간 서 참의와 박희완 영감은 자기 체면만 생각하는 고인의 딸과 허세 부리는 조문객들에게 답답함과 울분을 느낀다.

이 소설은 1930년대 서울 변두리의 복덕방을 무대로 삼아 세 노인의 이야기를 다룬다. 사업 실패로 몰락한 안 초시, 훈련원 무관이었던 복덕방 주인 서 참의, 대서업을 하겠다고 일본어 독본을 들고 다니는 박희완 영감이 그들이다. 이력은 다르지만, 모두 세상의 흐름에서 밀려나 복덕방에서 소일하는 노인들이다.

작품의 주된 이야기는 안 초시의 부동산 투기와 자살에 이르는 과정을 그린다. 과거에 사업을 했던 안 초시는 돈이 떨어진 순간부터 세상과의 인연이 끊어진 것이라 생각하며 재기를 꿈꾼다. 그러나 별다른 기반도 없이 일확천금을 꿈꾸는 욕망은 투기에 휩쓸리게 만들고, 결국 비극적인 최후로 이어진다.

하지만 이런 이야기가 허황된 꿈을 좇는 한 노인의 어리석음을 비판하는 데 그치는 것은 아니다. 안 초시가 느낀 절망감과 욕망의 이면에는 식민지 침탈 속에서도 급속하게 근대화를 겪으며 많은 모순을 드러내던 현실이 가로놓여 있기 때문이다.

이런 점에서 이 작품의 노인들 이야기는 시대 변화 속에서 소외되어 사라져 가는 세대의 비애와 함께 당대 사회의 궁핍상과 모순을 반영하는 것으로 볼 수 있다. 또 타산적이고 위선적인 딸의 모습은 자본주의적 흐름 속에 팽배해지는 이기주의적 세태를 비판적으로 드러낸 것이라 할 수 있다.

작가는 전지적인 시점을 취하면서도 인물의 내면 심리와 상황에 대한 객관적인 진술을 통해, 작품의 주제 의식을 구체적이고 생생한 이야기로 형상화하고 있다.

복덕방

철썩, 앞집 판장(板牆)1 밑에서 물 내버리는 소리가 났다. 주먹구구에 골 똘했던 안 초시(初試, 과거의 첫 시험 또는 그 시험에 합격한 사람)에게는 놀랄 만한 폭음이었던지, 다리 부러진 돋보기 너머로, 똑 모이를 쪼으려는 닭 의 눈을 해 가지고 수챗구멍2을 내다본다. 뿌연 뜨물3에 휩쓸려 나오는 것이 여러 가지다. 호박 꼭지, 계란 껍데기, 거피해4 버린 녹두 껍질.

"녹두 빈자떡(빈대떡)을 부치는 게로군, 흥……."

한 오륙 년째 안 초시는 말끝마다 '젠ー장……'이 아니면 '흥!' 하는 코웃음을 잘 붙이었다.

"추석이 벌써 낼모레지! 젠ー장……."

안 초시는 저도 모르게 입맛을 다시었다. 기름내가 코에 풍기는 듯 대 뜸 입안에 침이 흥건해지고 전에 괜찮게 지낼 때, 충치니 풍치5니 하던

---

1 판장 : 널빤지로 만든 울타리
2 수챗구멍 : 수채의 구멍. '수채'는 빗물이나 집안에서 버린 허드렛물 따위가 흘러 나가도록 만든 시설을 가리킨다.
3 뜨물 : 곡식을 씻어 내어 부옇게 된 물
4 거피하다 : 콩, 팥, 녹두 따위의 껍질을 벗기다.
5 풍치 : 썩거나 상하지 않은 채 풍증으로 일어나는 치통

것은 거짓말이었던 것처럼 아래윗니가 송곳 끝같이 날카로워짐을 느끼었다.

안 초시는 그 날카로워진 이를 빈 입인 채 빠드득 소리가 나게 한 번물어 보고 고개를 들었다.

하늘은 천리같이 트였는데 조각구름들이 여기저기 널리었다. 어떤 구름은 깨끗이 바래 말린 옥양목6처럼 흰빛이 눈이 부시다. 안 초시는 이내 자기의 때 묻은 적삼7 생각이 났다. 소매를 내려다보는 그의 얼굴은 날래8 들리지 않는다. 거기는 한 조박9의 녹두 빈자10나 한 잔의 약주로써 어쩌지 못할, 더 슬픔과 더 고적함11이 품겨 있는 것 같았다.

혹 혹 소매 끝을 불어보고 손끝으로 투겨 보기도 하다가 목침12을 세우고 눕고 말았다.

"이사는 팔 하고 사오는 이십이라 천이 되지······. 가만······ 천이라? 사로 했으니 사 천이라 사천 평······. 매 평에 아주 줄여 잡아 오 원씩만 하게 돼두 사 원 칠십오 전씩이 남으니 그럼······ 사사는 십육, 일만육천 원 하구······."

6 옥양목 : 생목보다 발이 고운 무명의 하나. 빛이 희고 얇다.
7 적삼 : 윗도리에 입는 홑옷
8 날래 : '빨리'의 방언
9 조박 : '조각'의 방언
10 빈자 : 빈자떡. '빈대떡'의 비표준어
11 고적하다 : 외롭고 쓸쓸하다.
12 목침 : 나무토막으로 만든 베개

안 초시가 다시 주먹구구를 거듭해서 얻어 낸 총액이 일만 구천 원, 단 천 원만 들여도 일만 구천 원이 되리라는 셈속이니, 만 원만 들이면 그게 얼만가? 그는 벌떡 일어났다. 이마가 화끈해졌다. 도사렸던 무릎을 얼른 곧추세우고 뒤나 보려는 사람처럼 쪼그렸다. 마코13갑이 번연히14 빈 것인 줄 알면서도 다시 집어다 눌러 보았다. 주머니에는 단돈 십 전, 그도 안경다리를 고친다고 벌써 세 번짼가 네 번짼가 딸에게서 사오십 전씩 얻어 가지고는 번번이 담뱃값으로 다 내어 보내고 말던 최후의 십 전, 안 초시는 주머니에 손을 넣어 그것을 집어내었다. 백통화15 한 푼을 얹은 야윈 손바닥, 가만히 떨리었다. 서 참의(徐 參議)16의 투박한 손을 생각하면 너무나 얇고 잘망스러운17 손이거니 하였다. 그러나 이따금 술잔을 얻어먹고, 이렇게 내 방처럼 그의 복덕방에서 잠까지 빌려 자건만 한 번도, 집 거간18이나 해먹는 서 참의의 생활이 부럽지는 않았다. 그래도 언제든지 한 번쯤은 무슨 수가 생기어 다시 한 번 내 집을 쓰게 되고, 내 밥을 먹게 되고, 내 힘과 내 낯으로 다시 한 번 세상에 부딪쳐 보려니 믿어졌다.

---

13 마코 : 일제강점기에 판매된 담배 이름
14 번연히 : 뚜렷하고 분명하게
15 백통화 : 구리와 니켈의 합금으로 만든 돈
16 참의 : 대한제국 때에 의정부에 속한 각 아문에 둔 주임 벼슬
17 잘망스럽다 : 보기에 하는 행동이나 모양새가 잘고 얄미운 데가 있다.
18 거간 : 물건을 팔고 사는 사람 사이에서 흥정을 붙임.

초시는 전에 어떤 관상쟁이의 '엄지손가락을 안으로 넣고 주먹을 쥐어야 재물이 나가지 않는다.'는 말이 생각났다. 늘 그렇게 쥐노라고는 했지만 문득 생각이 나 내려다볼 때는 으레 엄지손가락이 얄밉도록 밖으로 쥐어져 있었다. 그래 드팀전[19]을 하다가도 실패를 하였고, 그래 집까지 잡혀서 장전(欌廛)[20]을 내었다가도 그만 화재를 보았거니 하는 것이다.

"이놈의 엄지손가락아 안으로 좀 들어가아, 젠―장."

하고 연습 삼아 엄지손가락을 먼저 안으로 넣고 아프도록 두 주먹을 꽉 쥐어 보았다. 그리고 당장 내어 보낼 돈이면서도 그 십 전짜리를 그렇게 쥔 주먹에 단단히 넣고 담뱃가게로 나갔다.

이 복덕방에는 흔히 세 늙은이가 모이었다.

언제, 누가 와서, 집 보러 가재낼지 몰라, 늘 갓을 쓰고 앉아서 행길[21]을 잘 내다보는, 얼굴 붉고 눈방울 큰 노인은 주인 서 참의이다. 참의로 다니다가 합병 후에는 다섯 해를 놀면서 시기를 엿보았으나 별수가 없을 것 같아서 이럭저럭 심심파적[22]으로 갖게 된 것이 이 가옥 중개업(家屋仲介業)이었다. 처음에는 겨우 굶지 않을 만한 수입이었으나

---

19 드팀전 : 예전에, 무명이나 비단 따위의 피륙을 파는 가게를 이르던 말
20 장전 : 옷장이나 찬장 따위의 세간을 만들어 파는 가게
21 행길 : '한길'의 방언. 차나 사람이 많이 다니는 큰길
22 심심파적 : 심심함을 잊고 무료한 시간을 보내고자 재미로 어떤 일을 함.

대정 팔구 년 이후로는 시골 부자들이 세금(稅金)에 몰려, 혹은 자녀들의 교육을 위해 서울로만 몰려들고, 그런데다 돈은 흔해져서 관철동(貫鐵洞), 다옥정(茶屋町) 같은 중앙 지대에는 그리 고옥(古屋)만 아니면 만 원대를 예사로 훌훌 넘었다. 그 판에 봄가을로 어떤 달에는 삼사백 원 수입이 있어, 그러기를 몇 해를 지나 가회동(嘉會洞)에 수십 간의 집을 세웠고 또 몇 해 지나지 않아서는 창동(倉洞) 근처에 땅을 장만하기 시작하였다. 지금은 중개업자도 많이 늘었고, 건양사(建陽社) 같은 큰 건축 회사(建築會社)가 생기어서 당자끼리 직접 팔고 사는 것이 원칙처럼 되어 가기 때문에 중개료의 수입은 전보다 훨씬 줄은 셈이다. 그러나 이십여 간 집에 학생을 치고 싶은 대로 치기 때문에 서 참의의 수입이 없는 달이라고 쌀값이 밀리거나 나뭇값에 졸릴 형편은 아니다.

"세상은 먹구 살게는 마련야……."

서 참의가 흔히 하는 말이다. 칼을 차고 훈련원에 나서 병법23을 익힐 때는, 한 번 호령만 하고 보면 산천이라도 물러설 것 같던, 그 기개와 오늘의 자기, 한낱 가쾌(家儈)24로 복덕방 영감으로 기생, 갈보 따위가 사글세방25 한 칸을 얻어 달래도 녜26— 녜— 하고 따라나서야 하는, 만인의 심부름꾼인 것을 생각하면 서글픈 눈물이 아니 날 수도 없는 것

---

23 병법 : 전쟁에서 전투를 벌이는 방법
24 가쾌 : 집을 사고파는 사람들 사이에 흥정을 붙이는 것을 직업으로 하는 사람
25 사글세방 : '사글셋방'의 비표준어. 다달이 돈을 내고 빌려 쓰는 방
26 녜 : '네'의 방언

이다. 워낙 술을 즐기기도 하지만 어떤 때는 남 몰래 이런 감회(感懷)[27]를 이기지 못해서 술집에 들어선 적도 여러 번이다.

그러나 호반[武弁][28]들의 기개란 흔히 혈기(血氣)[29]에서 나오는 것이기 때문인지 몸에서 혈기가 줄물(줄어듦을) 따라 그런 감회를 일으킴조차 요즘은 적어지고 말았다.

하루는 집에서 점심을 먹다 듣노라니 무슨 장사치의 외우는(외치는) 소리인데 이상히 귀에 익은 목청이 들렸다. 자세히 귀를 기울이니 점점 가까이 오는 소리인데 제법 무엇을 사라는 소리가 아니라 '유리병이나 간장 통 팔거 — 쏘 — .' 하는 소리이다. 그런데 그 목청이 보면 꼭 알 사람 같애, 일어서 마루 들창[30]으로 내어다 보니 이번에는 '가마니나 신문 잡지나 팔거 — 쏘 — .' 하면서 가마니 두어 개를 지고 한 손에는 저울을 들고 중노인[31]이나 된 사람이 지나가는데 아는 사람은 확실히 아는 사람이다. 그러나 그를 어디서 알았으며 성명이 무엇이며 애초에는 무엇을 하던 사람인지가 감감해지고[32] 말았다.

"오라! 그렇군…… 분명……."

----

27 감회 : 지난 일을 더듬어 생각하며 느끼는 회포

28 호반 : 무관의 반열. 무인을 가리키는 말이다.

29 혈기 : 어떤 행동을 하고자 하는 욕망을 일으키는 마음속의 뜨거운 기운

30 들창 : 벽의 위쪽에, 위로 들어올려 열도록 만든 작은 창문

31 중노인 : 젊지도 아주 늙지도 않은, 늙수그레한 사람

32 감감하다 : 기억이나 사실이 흐리거나 아득하다.

하고 그는 한참 만에 고개를 끄덕였다. 그 유리병과 간장 통을 외우는 소리가 골목 안으로 사라져 갈 즈음에야 서 참의는 그가 누구인 것을 깨달아 낸 것이다.

"동관 김 참의…… 허!"

나이는 자기보다 훨씬 연소하였으나33 학식과 재기34가 있는 데다 호령 소리가 좋아 상관에게 늘 칭찬을 받던 청년 무관이었었다. 이십여 년 뒤에 들어도 갈 데 없이 그 목청이요, 그 모습이었다. 전날의 그를 생각하고 오늘의 그를 보니 저윽이 감개35가 사무치어 밥숟가락을 멈추고 냉수만 거듭 마셨다.

그러나 전에 혈기 있을 때와 달리 그런 기분이 오래가지는 않았다. 중학교 졸업반인 둘째 아들이 학교에 갔다 들어서는 것을 보고, 또 싸전36에서 쌀값 받으러 와 마누라가 선선히 시퍼런 지전37을 내어 헤이는 것을 볼 때서 참의는 이내 속으로 '거저 살아야지 별수 있나. 저렇게 개가죽을 쓰고 돌아다니는 친구도 있는데…… 에헴.' 하였을 뿐 아니라 그런 절박한 친구에다 대면 자기는 얼마나 훌륭한 지체38나 하는 자존심도 없지 않았다.

---

33 연소하다 : 나이가 어리다.
34 재기 : 사람이 지닌 재주와 기량을 아울러 이르는 말
35 감개 : 감격하여 마음속에 깊이 사무치는 느낌
36 싸전 : 쌀과 그 밖의 곡식을 파는 가게
37 지전 : 종이에 인쇄를 하여 만든 화폐
38 지체 : 집안이나 개인의 사회적 신분이나 지위

"지난 일 그까짓 생각할 건 뭐 있나. 사는 날까지······ 허허."

여생을 웃으며 살 작정이었다. 그래 그런지 워낙 좀 실없는 티가 있는데다 요즘 와서는 누구에게나 농지거리39가 늘어갔다. 그래 늘 눈이 달리고 뾰로통한 입으로는 말끝마다 젠 — 장 소리만 나오는 안 초시와는 성미가 맞지 않았다.

"쫌보40야, 술 한 잔 사주랴?"

쫌보라는 말이 자기를 업수이녀기는41 것 같아서 안 초시는 이내 발끈해 가지고 '네깟 놈 술 더러워 안 먹는다.' 한다.

"화투 패나 밤낮 떼면 너이 어멈이 살아온다던?"

하고 서 참의가 발끝으로 화투장들을 밀어 던지면 그만 얼굴이 새빨개져서 쌔근쌔근하다가 부채면 부채, 담뱃갑이면 담뱃갑, 자기의 것을 냉큼 집어 들고 다시 안 올 듯이 새침해 나가 버리는 것이다.

"조게 계집이문 천생 남의 첩감이야."

하고 서 참의는 껄껄 웃어 버리나 안 초시는 이렇게 돼서 올라가면 한 이틀씩 보이지 않았다.

한 번은 안 초시의 딸의 무용회(舞踊會) 날 밤이었다. 안경화(安京華)라고, 한동안 토월회(土月會)42에 가 있느니 동경(東京)에 가 있느니 하더니

---

39 농지거리 : 점잖지 못하게 마구 하는 농담
40 쫌보 "'졸보(拙甫)'의 비표준어. 재주가 없는 옹졸한 사람을 얕잡아 이르는 말
41 업수이녀기다 : '업신여기다'의 방언. 교만한 마음으로 낮추어 보거나 하찮게 여기다.
42 토월회 : 1923년 박승희, 김기진 등 도쿄 유학생들이 중심이 되어 조직한 신극 운동 단체

오륙 년 뒤에 무용가노라 이름을 날리며 서울에 나타나게 된 것이다. 바로 제일회 공연날 밤이었다.

서 참의가 조르기도 했지만, 안 초시도 딸의 사진과 이야기가 신문마다 나는 바람에 어깨가 으쓱해서 공표를 얻을 수 있는 대로 얻어 가지고 서 참의뿐 아니라 여러 친구를 청했던 것이다.

"허! 저기 한가운데서 지금 한창 다리 짓하는 게 자네 딸인가?"

남은 다 멍멍히 앉았는데 서 참의가 해괴한 것을 보는 듯 마땅치 않은 어조로 물었다.

"무용이란 건 문명국일수록 벗구 한다네그려."

약기는 한 안 초시는 미리 이런 대답을 하였다.

"모르겠네, 원……. 지금 총각 놈들은 모두 등신인가 봐……."

"왜?"

하고 이번에는 다른 친구가 탄하였다.43

"우린 총각 시절에 저런 걸 봤대문 그냥 못 배기네."

"빌어먹을 녀석…… 나잇값을 못하구 개야 저건 개……."

벌써 안 초시는 분통이 발끈거려서 나오는 소리였다.

한 가지가 끝나고 불이 환하게 켜졌을 때였다.

"도루, 차라리 여배우 노릇을 댕기라구 그래라. 여배운 그래두 저렇게 넓적다린 내놓구 덤비지 않더라."

---

43 탄하다 : 남의 일을 참견하여 잘잘못을 따지다.

"그 자식 오지랖⁴⁴ 경치게⁴⁵ 넓네. 네가 안방 건넌방이 몇 칸이요나 알았지 뭘 쥐뿔이나 안다구 그래? 보기 싫건 나가렴."

하고 안 초시는 화를 발끈 내었다. 그러니까 서 참의도 안방 건넌방 말에 화가 나서 꽤 높은 소리로

"넌 또 뭘 아니? 요 쫌보⁴⁶야."

하고 일어서 버렸다.

이 일이 있은 후 안 초시는 거의 달포⁴⁷나 서 참의의 복덕방에 나오지 않았었다. 그런 걸 박희완(朴喜完) 영감이 가서 데리고 왔었다.

박희완 영감이란 세 영감 중 하나로 안 초시처럼 이 복덕방에 와 자기 까지는 안 하나 꽤 쏠쏠히 놀러 오는 늙은이다. 아니 놀러 오기만 하는 것이 아니라 와서는 공부도 한다. 재판소에 다니는 조카가 있어 대서업 (代書業)⁴⁸ 운동을 한다고 『속수 국어 독본(速修國語讀本)』을 노상 끼고 와서 그 삼국지(三國志) 읽던 투로

"긴상 도꼬에 이끼마쓰까(김 선생 어디에 갑니까)."

---

44 오지랖 : 웃옷이나 윗도리에 입는 겉옷의 앞자락. '오지랖이 넓다'는 말은 쓸데없이 지나치게 아무 일에나 참견하는 면이 있다는 뜻의 관용구이다.

45 경치다 : 아주 심한 상태를 못마땅하게 여겨 이르는 말

46 쫌보 : 졸보. 재주가 없고 옹졸한 사람을 얕잡아 이르는 말

47 달포 : 한 달 조금 넘는 동안

48 대서업 : 남을 대신하여 글씨나 서류 따위를 써 주고 일정한 보수를 받는 영업

어쩌고를 외우고 있는 것이다.

그러나 『속수 국어 독본』 뚜껑이 손때에 절고, 또 어떤 때는 목침 위에 받쳐 베고 낮잠도 자서 머리때까지 새까맣게 쩔어 조선 총독부 편찬(朝鮮總督府編纂)이란 잔글자[49]들은 보이지 않게 되도록, 대서업 허가는 의연히 나오지 않는 모양이었다.

"너나 내나 다 산 것들이 업은 가져 뭘 허니 무슨 세월에…… 흥!"
하고 어떤 때, 안 초시는 한나절이나 화투 패를 떼 내어 보고 안 떨어지면 그 화풀이로 박희완 영감이 들고 중얼거리는 『속수 국어 독본』을 툭 채어 행길로 팽개치며 그랬다.

"넌 또 무슨 재술 바라구 밤낮 화투 패나 떨어지길 바라니?"

"난 심심풀이지."

그러나 속으로는 박희완 영감보다 더 세상에 대한 야심이 끓었다. 딸이 평양으로 대구로 다니며 지방 순회까지 하여서 제법 돈냥이나 걷힌 것 같으나 연구소를 내노라고 집을 뜯어 고친다, 유성기[50]를 사 들인다, 교제를 하러 돌아다닌다 하노라고, 더구나 귀찮게만 아는 이 애비를 위해 쓸 돈은 예산에부터 들지 못하는 모양이었다.

"얘! 낡은 솜이 돼 그런지, 삯바느질이 돼 그런지, 바지 솜이 모두 치어서(한쪽으로 쏠리거나 뭉쳐서) 어떤 덴 홑옷이야. 암만 해두 사쓸 한

---

49 잔글자 : 크기가 작은 글자
50 유성기 : 레코드에서 녹음한 소리를 재생하는 기계

벌 사 입어야겠다."

하고 딸의 눈치만 보아 오다 한번은 입을 열었더니,

"어련이 인제 사드릴라구요."

하고 딸은 대답은 선선하였으나[51] 셔츠는 그해 겨울이 다 지나도록 구경도 못 하였다. 셔츠는커녕 안경다리를 고치겠다고 돈 일 원만 달래도 일 원짜리를 굳이 바꿔다가 오십 전 한 닢만 주었다. 안경은 돈을 좀 주무르던 시절에 장만한 것이라 테만 오륙 원 먹은 것이어서 오십 전만으로 그런 다리는 어림도 없었다. 오십 전짜리 다리도 있지만 살 바에는 조촐한[52] 것을 택하던 초시의 성미라 더구나 면상에서 짝짝이로 드러나는 것을 사기가 싫었다. 차라리 종이 노끈인 채 쓰기로 하고 오십 전은 담뱃값으로 나가고 말았다.

"왜 안경다린 안 고치셨어요?"

딸이 그날 저녁으로 물었다.

"흥……."

초시는 말을 하지 않았다. 딸은 며칠 뒤에 또 오십 전을 주었다. 그러면서 어떻게 들으라고 하는 소리인지,

"아버지 보험료만 해두 한 달에 삼 원 팔십 전씩 나가요."

하였다. 보험료나 타 먹게 어서 죽어 달라는 소리로도 들렸다.

---

51 선선하다 : 까다롭지 않고 시원스럽다.
52 조촐하다 : 곱고 맵시가 있다.

"그게 내게 상관있니?"

"아버지 위해 들었지 누구 위해 들었게요, 그럼?"

초시는 '정말 날 위해 하는 거문 살아서 한 푼이라두 다구. 죽은 뒤에 내가 알게 뭐냐.' 소리가 나오는 것을 억지로 참았다.

"오십 전이문 왜 안경다릴 못 고치세요?"

초시는 설명하지 않았다.

"지금 아버지가 좋고 낮은 걸 가리실 처지야요?"

그러나 오십 전은 또 마코 값으로 다 나갔다. 이러기를 아마 서너 번째다.

"자식도 소용없어. 더구나 딸자식…… 그저 내 수중에 돈이 있어야……."

초시는 돈의 긴요성(緊要性)53을 날로 날로 더욱 심각하게 느꼈다.

"돈만 가지면야 좀 좋은 세상인가!"

심심해서 운동 삼아 좀 나다녀 보면 거리마다 짓느니 고층 건축(高層建築)들이요, 동네마다 느느니 그림 같은 문화 주택(文化住宅)54들이다. 조금만 정신을 놓아도 물에서 가주55 튀어나온 미여기56처럼 미낀미낀한 자동차가 등덜미에서 소리를 꽥 지른다. 돌아다보면 운전수는 눈을 부릅

---

53 긴요성 : 매우 중요한 성질
54 문화 주택 : 생활하기에 편리하고 건강과 위생에 좋도록 꾸민 신식 주택
55 가주 : '갓'의 방언. 이제 막
56 미여기 : '메기'의 방언

떴고 그 뒤에는 금시계 줄이 번쩍거리는, 살진 중년 신사가 빙그레 웃고 앉았는 것이었다.

"예순이 낼모레…… 젠—장할 것."

초시는 늙어 가는 것이 원통하였다. 어떻게 해서나 더 늙기 전에 적게 돈 만 원이라도 붙들어 가지고 내 손으로 다시 한 번 이 세상과 교섭해57 보고 싶었다. 지금 이 꼴로서야 문화 주택이 암만 서기로 내게 무슨 상관이며 자동차, 비행기가 개미 떼나 파리 떼처럼 퍼지기로 나와 무슨 인연이 있는 것이냐. 세상과 자기와는 자기 손에서 돈이 떨어진, 그 즉시로 인연이 끊어진 것이라 생각하였다.

"그러면 송장이나 다름없지 뭔가?"

초시는 이런 질문을 자신에게 던진 지가 이미 오래였다.

"무슨 수가 없을까?"

또,

"무슨 그루테기58가 있어야 비비지!"

그러다가도,

"그래도 돈냥이나 엎질러 본 녀석이 벌기도 하는 게지."

하고 그야말로 무슨 그루터기만 만나면 꼭 벌기는 할 자신은 가졌다.

---

57 교섭하다 : 어떤 일이 이루어지도록 서로 논의하고 절충하다.
58 그루테기 : '그루터기'의 방언. 풀이나 나무 또는 곡식 따위를 베어 내고 난 뒤 남은 밑동. 여기서는 밑바탕이나 기초를 비유적으로 이르는 말이다.

그러다가 박희완 영감에게서 들은 말이었다. 관변59에 있는 모 유력자를 통해 비밀리에 나온 말인데, 황해 연변(黃海沿邊)60에 제이의 나진(羅津)이 생긴다는 말이다. 지금은 관청에서만 알 뿐이나 축항 용지(築港用地)61는 비밀리에 매수되었으므로 불원하여62 당국자로부터 공표(公表)63가 있으리라는 것이다.

"그럼 거기가 황무진가? 전답64들인가?"

초시는 눈이 뻘개 물었다.

"밭이라대."

"밭? 그럼 매 평 얼마나 간다나?"

"좀 올랐대. 관청에서 사는 바람에 아무리 시골 사람들이기루 그만 눈치 없겠나. 그래두 무슨 일루 관청서 사는진 모르거던……."

"그래?"

"그래, 그리 오르진 않었구……. 아마 평당 이십오륙 전씩이면 살 수 있다나 보대. 그러니 화중지병65이지 뭘 허나 우리가……."

---

59 관변 : 정부나 관청 쪽. 또는 그 계통
60 연변 : 국경이나 바다, 강, 도로 등을 따라 길게 잇닿아 있는 지역
61 축항 용지 : 항구를 건축하기 위한 땅
62 불원하다 : 앞으로 오래지 않다.
63 공표 : 사실이나 일 따위를 여러 사람에게 공개하여 널리 알림
64 전답 : 논과 밭을 아울러 이르는 말
65 화중지병 : 그림 속의 떡. 아무리 마음에 들어도 이용할 수 없거나 차지할 수 없음을 비유적으로 이르는 말

"음……."

초시는 관자놀이가 욱신거렸다. 정말이기만 하면 한 시각이라도 먼저 덤비는 놈이 더 남는 판이다. 나진도 오륙 전 하던 땅이 한번 개항된다는 소문이 나자 당년66으로 오륙 전의 백배 이상이 올랐고 삼사 년 뒤에는, 땅 나름이지만 어떤 요지(要地)67는 천 배 이상이 오른 데가 많다.

"다 산 나이에 오래 끌건 뭐 있나. 당년으로 넘겨두 최소한도 오 원씩야 무려할68 테지……."

혼자 생각한 초시는,

"대관절 어디란 말야 거기가?"

하고 나앉으며 물었다.

"그걸 낸들 아나?"

"그럼?"

"그 모씨라는 이만 알지. 그러게 날더러 단 만 원이라도 자본을 운동하면 자기는 거기서도 어디어디가 요지라는 걸 설계도를 복사해 낸 사람이니까 그 요지만 산단 말이지. 그리구 많이두 바라진 않어. 비용 죄다 제치구 순이익의 이 할만 달라는 거야."

"그럴 테지……. 누가 그런 자국을 일러주구 구경만 하쟀겠나…….

---

66 당년 : 일이 있는 바로 그해
67 요지 : 정치, 문화, 교통, 군사 따위의 핵심이 되는 곳
68 무려하다 : 아무 염려할 것이 없다.

이 할이라…… 이 할…….”

초시는 생각할수록 이것이 훌륭한, 그 무슨 그루터기가 될 것 같았다. 나진의 선례도 있거니와 박희완 영감 말이 만주국이 되는 바람에 중국과의 관계가 미묘해지므로 황해 연변에도 으레 나진과 같은 사명을 갖는, 큰 항구가 필요할 것은 우리 상식으로도 추측할 바이라 하였다. 초시의 상식에도 그것을 믿을 수 있었다.

오늘은 오래간만에 피죤69을 사서, 거기서 아주 한 대를 피워 물고 들어왔다. 어쩌 박희완 영감이 종일 보이지 않는다. 다른 데로 자금 운동을 다니나 보다 하였다. 서 참의는 점심 전에 나간 사람이 어디서 흥정이 하나 떨어지노라고인지 아직 돌아오지 않는다. 안 초시는 미닫이틀 위에서 다 낡은 화투를 꺼내었다.

“허, 이거 봐라!”

여간해선 잘 떨어지지 않던 거북패70가 단번에 똑 떨어진다. 누가 옆에서 좀 보아 줬으면 싶었다.

“아무래두 이게 심상치 않어……. 이제 재수가 티나 부다.”

초시는 반도 타지 않은 피죤을 행길로 내어 던졌다. 출출하던 판에 담

---

69 피죤 : 일제강점기에 조선총독부에서 만든 담배 이름

70 거북패 : 골패 서른두 짝을 거북 모양으로 엎어 놓고, 혼자 하나씩 젖히어 패를 맞추어 보는 놀이. '골패'는 납작하고 네모진 작은 나뭇조각 32개에 각각 흰 뼈를 붙이고, 여러 가지 수효의 구멍을 판 노름 도구이다.

배만 몇 대를 피우고 나니 목이 컬컬해진다. 앞집 수채에는 뜨물이 떠내려가다 막힌 녹두 껍질이 그저 누렇게 보인다.

"오냐, 내년 추석엔……."

초시는 이날 저녁에 박희완 영감에게서 들은 이야기를 딸에게 하였다. 실패는 했을지라도 그래도 십수 년을 상업계에서 논 안 초시라 출자(出資)71를 권유하는 수작만은 딸이 듣기에도 딴사람같이 놀라웠다. 딸은 즉석에서는 가부72를 말하지 않았으나 그의 머릿속에서도 이내 잊히지는 않았던지 다음 날 아침에는, 딸 편이 먼저 이 이야기를 다시 꺼내었고, 초시가 박희완 영감에게 묻던 이상으로 시시콜콜히 캐어물었다.

그러면 초시는 또 박희완 영감 이상으로 손가락으로 가리키듯 소상히 설명하였고, 일 년 안에 청장(淸帳)73을 하더라도 최소한도로 오십 배 이상의 순이익이 날 것이라고 장담하였다.

딸은 솔깃했다. 사흘 안에 연구소 집을 어느 신탁 회사(信託會社)에 넣고 삼천 원(三千圜)을 돌리기로 하였다. 초시는 금시발복(發福, 운이 틔어 복이 닥침)이나 된 듯 뛰고 싶게 기뻤다.

"서 참의 이놈, 날 은근히 멸시했것다. 내 굳이 널 시켜 네 집보다 난 집을 살 테다. 네깟 놈이 천생 가쾌지 별거냐……."

---

71 출자 : 어떤 일에 쓸 자금을 냄.
72 가부 : 표결 따위에서, 찬성과 반대의 여부
73 청장 : 장부를 청산한다는 뜻으로, 빚 따위를 깨끗이 갚음을 이르는 말

그러나 신탁 회사에서 돈이 되는 날은 웬 처음 보는 청년 하나가 초시의 앞을 가리며 나타났다. 그는 딸의 청년이었다. 딸은 아버지의 손에 단일 전도 넣지 않았고, 꼭 그 청년이 나서 돈을 쓰며 처리하게 하였다.

처음에는 팩 나오는 노염74을 참을 수가 없었으나 며칠 밤을 지내고 나니, 적어도 삼천 원의 순이익이 오륙만 원은 될 것이라 만 원 하나야 어디로 가랴 하는 타협이 생겨서 안 초시는 으실으실 그, 이를테면 사위녀석 격인 청년의 뒤를 따라나섰다.

일 년이 지났다.

모두 꿈이었다. 꿈이라도 아주 악한 꿈이었다. 삼천 원어치 땅을 사 놓고 날마다 신문을 들여다보며 수소문을 하여도 거기는 축항이 된단 말이 신문에도, 소문에도 나지 않았다. 용당포(龍塘浦)와 다사도(多獅島)에는 땅값이 삼십 배가 올랐느니 오십 배가 올랐느니 하고 졸부들이 생겼다는 소문이 있어도 여기는 감감소식일 뿐 아니라 나중에, 역시 이것도 박희완 영감을 통해서 알고 보니 그 관변 모씨에게 박희완 영감부터 속아 떨어진 것이었다.

축항 후보지로 측량까지는 하였으나 무슨 결점으로인지 중지되고 마는 바람에 너무 기민하게75 거기다 땅을 샀던, 그 모씨가 그 땅 처치에 곤란하여 꾸민 연극이었다.

---

74 노염 : 화가 날 만큼 섭섭하고 분한 감정
75 기민하다 : 눈치가 빠르고 동작이 날쌔다.

돈을 쓸 때는 일 원짜리 한 장 만져도 못 봤지만 벼락은 초시에게 떨어졌다. 서너 끼씩 굶어도 밥 먹을 정신이 나지도 않았거니와 밥을 먹으러 들어갈 수도 없었다.

'재물이란 친자간의 의리도 배추밑 도리듯 하는 건가.' 탄식할 뿐이었다. 밥보다는 술과 담배가 그리웠다. 물론 안경다리는 그저 못 고쳤다. 그러나 이제는 오십 전짜리는커녕 단 십 전짜리도 얻어 볼 길이 없었다.

추석 가까운 날씨는 해마다의 그때와 같이 맑았다. 하늘은 천리같이 트였는데 조각구름들이 여기저기 널리었다. 어떤 구름은 깨끗이 바래 말린 옥양목처럼 흰빛이 눈이 부시다. 안 초시는 이번에도 자기의 때 묻은 적삼 생각이 났다. 그러나 이번에는 소매 끝을 불거나 떨지는 않았다. 고요히 흘러내리는 눈물을 그 더러운 소매로 닦았을 뿐이다.

여름이 극성스럽게 더웁더니 추위도 그럴 징조인지 예년보다 무서리76가 일찍 내렸다. 서 참의가 늘 지나다니는 식은 관사(殖銀官舍)77에는 울타리가 넘게 피었던 코스모스들이 끓는 물에 데쳐 낸 것처럼 시커멓게 무르녹고 말았다.

----

76 무서리 : 늦가을에 처음 내리는 묽은 서리
77 식은 관사 : '식은'은 '조선 식산 은행'의 준말이고, '관사'는 관청에서 관리에게 빌려주어 살도록 지은 집을 가리킨다.

참의는 머리가 띵 ― 하였다. 요즘 와서 울기 잘하는 안 초시를 한번 위로해 주려, 엊저녁에는 데리고 나와 청요리집78으로, 추탕집79으로 새로 두 점(새벽 두 시)을 치도록 돌아다닌 때문 같았다. 조반80이라고 몇 술 뜨기는 했으나 혀도 그냥 빽빽하다. 안 초시도 그럴 것이니까 해는 벌써 오정 때지만 끌고 나와 해장술이나 먹으리라 하고 부지런히 내려와 보니, 웬일인지 복덕방이라고 쓴 베발81이 아직 내걸리지 않았다.

"이 사람 봐아…… 어느 땐 줄 알구 코만 고누……."

그러나 코고는 소리는 들리지 않았다. 미닫이를 밀어 젖힌 서 참의는 정신이 번쩍 났다. 안 초시의 입에는 피, 얼굴은 잿빛이었다.

"아니……?"

참의는 우선 미닫이를 닫고 눈을 부비고 초시를 들여다보았다. 안 초시는 벌써 아니요, 안 초시의 시체일 뿐이었다. 방 안을 둘러보니 무슨 약병인 듯한 것 하나가 굴려져 있었다.

참의는 한참만에야 이 일이 슬픈 일인 것을 깨달았다.

"허!"

파출소로 갈까 하다 그래도 자식한테 먼저 알려야겠다 하고 말만 듣던

---

78 청요리집 : 청요릿집. 중국요리를 만들어 파는 음식점
79 추탕집 : '추어탕집'의 준말
80 조반 : 아침에 끼니로 먹는 밥
81 베발 : 천에 글씨를 써서 내거는 간판으로 이해됨.

그 안경화 무용 연구소를 찾아가서 안경화를 데리고 왔다. 딸이 한참 울고 난 뒤이다.

"관청에 어서 알려야지?"

"아스세요."

하고 그 딸은 펄쩍 뛰었다.

"아스라니?"

"제 명예도 좀⋯⋯."

하고 그는 애원하였다.

"안 될 말이지. 명옐 생각하는 사람이 애빌 저 모양으루 세상 떠나게 해?"

"⋯⋯."

안경화는 엎디어 다시 울었다. 그러다가 나가려는 서 참의의 다리를 끌어안고 놓지 않았다. 그리고,

"절 살려 주세요."

소리를 몇 번이나 거듭하였다.

"그럼, 비밀은 내가 지킬 테니 나 하자는 대루 할까?"

"네."

서 참의는 다시 앉았다.

"부친 위해 보험 든 거 있지?"

"네, 간이 보험이야요."

"무슨 보험이던⋯⋯. 얼마나 타누?"

"사백팔십 원요."

"부친 위해 들었으니 부친 위해 다 써야지?"

"그럼요."

"그럼…… 돌아간 이가 늘 속사쓸 입구퍼 했어. 상등 털사쓰를 사다 입히구, 그 위에 진견82으로 수의(壽衣)83 일습84 구색85 맞춰 짓게 허구…… 선산86이 있나, 묻힐 데가?"

"웬걸요, 없어요."

"그럼 공동묘지라도 특등지루 넓직하게 사구……. 장례식을 잘 해야 말이지 초라하게 해 버리면 내가 그저 안 있을 게야. 알아들어?"

"네에."

하고 안경화는 그제야 핸드백을 열고 눈물 젖은 얼굴을 닦았다.

안 초시의 소위 영결식(永訣式)87이 그 딸의 연구소 마당에서 열렸다.

서 참의와 박희완 영감은 술이 거나하게 취해 갔다. 박희완 영감이 무얼 잡혀서 가져왔다는 부의(賻儀)88이 원을 서 참의가,

"장례비가 넉넉하니 자네 돈 그 계집애 줄 거 없네."

82 진견 : 품질이 좋은 비단
83 수의 : 죽은 사람에게 입히는 옷
84 일습 : 옷, 그릇, 기구 따위의 한 벌
85 구색 : 여러 가지 물건이나 요소들이 서로 어울리게 고루 갖춤.
86 선산 : 조상의 무덤이 있는 산
87 영결식 : 장례 때, 죽은 사람과 산 사람이 영원히 헤어지는 의식
88 부의 : 초상집에 도와주는 의미로 보내는 돈이나 물품

하고 우선 술집에 들러 거나하게 곱빼기들을 한 것이다.

영결식장에는 제법 반반한 조객89들이 모여들었다. 예복을 차리고 온 사람도 두엇 있었다. 모두 고인을 알아 온 것이 아니요, 무용가 안경화를 보아 온 사람들 같았다. 그 중에는, 고인의 슬픔을 알아 우는 사람인지, 덩달아 기분으로 우는 사람인지 울음을 삼키노라고 끽끽 하는 사람도 있었다.

안경화도 제법 눈이 젖어 가지고 신식 상복이라나 공단 같은 새까만 양복으로 관 앞에 나와 향불을 놓고 절하였다.

그 뒤를 따라 한 이십 명 관 앞에 와 꾸벅거렸다. 그리고 무어라고 지껄이고 나가는 사람도 있었다.

그들의 분향90이 거의 끝난 듯하였을 때,

"에헴."

하고 얼굴이 시뻘건 서 참의도 한마디 없을 수 없다는 듯이 나섰다. 향을 한 움큼이나 집어 놓아 연기가 시커멓게 올려 솟더니 불이 일어났다. 후 — 후— 불어 불을 끄고, 수염을 한 번 쓰다듬고 절을 했다. 그리고 다시,

"헴……."

하더니 조사(弔辭)91를 하였다.

---

89 조객 : 남의 죽음에 대해 슬퍼하는 뜻을 드러내어 상주를 위로하기 위해 온 사람
90 분향 : 부처나 죽은 사람을 위하여 향을 피움.
91 조사 : 죽은 사람을 슬퍼하는 뜻을 나타내는 글이나 말

"나 서 참의일세. 알겠나? 흥…… 자네 참 호살세…… 호사92야. 잘 죽었느니. 자네 살았으문 이런 호살 해보겠나? 인전 안경다리 고칠 걱정두 없구…… 아무턴지…….."

하는데 박희완 영감이 들어서더니

"이 사람 취했네그려."

하며 서 참의를 밀어냈다.

박희완 영감도 가슴이 답답하였다. 분향을 하고 무슨 소리를 한마디 했으면 속이 후련히 트일 것 같아서 잠깐 멈칫하고 서 있어 보았으나,

"으흐윽……."

하고 울음이 먼저 터져 그만 나오고 말았다.

서 참의와 박희완 영감도 묘지까지 나갈 작정이었으나 거기 모인 사람들이 하나도 마음에 들지 않아 도로 술집으로 내려오고 말았다.

92 호사 : 호화롭게 사치함.

선생님이 들려주는 그 시절 이야기

태환 : 안녕하세요, 선생님. 이번에 저희가 읽은 소설은 이태준의 「복덕방」이에요. 이 작품 얘기를 듣고 싶어요.

선생님 : 알았다. 함께 이야기해 보자꾸나. 너희들이 먼저 작품을 읽고 든 느낌이나 궁금한 점을 말해 보렴.

서연 : 이 작품은 복덕방에서 함께 어울려 지내는 세 노인들에 대한 이야기인데, 그중 주인공인 안 초시가 결국 자살하는 걸로 끝나서 씁쓸했어요.

그건 그렇고, 부동산 투기 이야기가 나오는데 요즘 언론 매체를 통해 접하는 소식들과 너무 비슷해서 놀랐어요. 작품의 시대적 배경이 일제강점기인 1930년대로 알고 있는데, 당시에도 부동산 투기가 성행했나요?

선생님 : 그래, 네 말대로 부동산 투기가 벌어지는 모습이 지금과 아주 유사하지. 개발 예정지 정보를 미리 알아내 시세 차익을 노려 그 땅을 사 들이고, 그런 과정에 흔히 사기꾼이 끼어들어 거짓 정보로 사람들을 속이는 게 말이다.

이런 일의 배경을 이해하려면, 당시의 시대적 특성에 대해 알 필요가 있어. 1930년대는 식민지라는 기형적인 상황 속에서도 우리나라에 자본주의적 경제 체제와 삶의 방식이 퍼져 나가던 시기였다고 할 수 있어. 오랜 기간 이어져 오던 봉건적 삶의 방식이 근대적인 것으로 빠르게 바뀌어 가던 때였지.

가령 작품을 보면, '고층 건축이나 문화 주택, 자동차, 금시계줄' 등을 부러워하는 이야기가 나오지 않니? 이런 것들은 자급자족적인 생활을 했던 봉건 시대에는 생각지도 못했던 물건들이야. 근대 이후에 등장한 것들이고, 자본주의화에 따른 물질적 욕망을 상징하는 대상들이라고 할 수 있지.

서연 : 그렇군요. 이미 많은 사람들 사이에 자본주의적 사고나 욕망들이 자리 잡기 시작한 때였나 봐요. 그렇게 보면, 요즘 시대와 크게 다를 바 없고 부동산 투기 같은 것도 이상한 일이 아니네요?

태환 : 저는 얘기를 듣다 보니, 안 초시가 "돈만 가지면야 좀 좋은 세상인가!"라고 말한 게 생각났어요. 이것도 현대사회의 병폐로 지적되는 물질 만능주의적인 생각을 드러내는 거죠?

선생님 : 그래, 모두 맞아.

태환 : 그러면 안 초시의 비극적인 최후는 자업자득인 셈인가요? 물욕에 젖어 허황된 욕심을 부렸으니까요.

선생님 : 작품을 읽고 실제로 그런 생각이 들었니?

태환 : 음……, 잘 모르겠어요. 안 초시를 생각해 보면, 어리석게 투기에 휩쓸린 건 잘못했지만 다른 한편으론 안타깝고 불쌍하게 느껴지는 면도 있어요. 또 작품의 전체적인 분위기를 봐도 인물을 날카롭게 풍자한다기보다는 연민의 시선이 더 강하게 느껴지기도 하고요.

서연 : 저도 비슷한 생각이에요. 안 초시는 안경다리 하나도 제대로 못 고치고 딸에게 의존해서 담뱃값이나 타내는 생활을 했어요. 그러다 보니 자신이 세상과 인연이 끊어진 존재이고 송장과 다를 바 없다는 생각도 하고요.

물론 그가 투기에 나서다 사기극에 휘말려 자살하게 된 것은 욕심 때문에 빚어진 일이지만, 전혀 이해하지 못할 것도 아닌 거 같아요.

선생님 : 너희들이 잘 보고 있는 거다. 사실 안 초시는 양면적인 성격을 보여주는 인물이라 할 수 있지.

우선 비판적으로 보자면, 그가 쪼들리는 생활을 했지만 굶주리거나 하면서 절대적 궁핍에 시달렸던 건 아니야. 인색하게 굴었지만 유명한 무용가 딸도 있고 말이야.

그런 면에서 그의 부동산 투기는 욕심을 앞세운 행위라 할 수 있지. 좀 전에 태환이가 지적했듯이, 물질 만능주의적인 태도에서 비롯된 것으로 볼 수 있다는 말이야.

하지만 작품을 자세히 읽어 보면, 그의 허황된 욕심만 탓할 수 없는 사정을 엿볼 수 있어.

태환 : 어떤 점이 그렇죠?

선생님 : 일단 여기서 생각해 볼 점은 그가 경제적으로 몰락해 궁핍하게 살아가게 된 근본적인 이유가 무엇일까 하는 거야. 그의 무능이나 게으름 때문이었을까?

서연 : 잘 모르겠어요. 그런 점에 대해선 작품에 분명하게 나와 있지 않

은 거 같아요.

선생님 : 그래, 맞아. 작품 속에 그 사정이 직접적으로 그려지고 있지는 않아. 그 문제를 따져 보려면, 시야를 조금 확대해서 안 초시 뿐 아니라 다른 노인들의 경우도 함께 생각해 보면 도움이 될 거 같다.

세 노인이 작품의 주요 인물인데, 살아온 이력이나 성격은 다르지만 어떤 공통점이 있지 않니?

태환 : 음……, 세상에서 소외된 노인들이란 게 공통점 같아요. 서 참의는 예전에 무관이었는데, 지금은 복덕방을 하죠. 그 덕에 형편이 조금 낫기는 하지만, 옛날의 기개를 잃어버리고 "기생, 갈보 따위가 사글세방 한 칸을 얻어 달래도 녜 — 녜 — 하고 따라나서야 하는" 처지를 한탄해요.

박희완 영감의 경우는 과거에 무슨 일을 했는지 안 나와 있지만, 지금 대서업을 하겠다고 일본어 공부를 하는데 뜻대로 안 되고요.

안 초시도 그렇고, 모두 존재감 없이 근근히 먹고살면서 그런 상황에 대해 서글퍼하거나 억울해 하는 거 같아요. 작품의 공간적 배경인 복덕방은 그런 노인들이 모여서 지내는 공간인 거 같고요.

선생님 : 그래 잘 보았어. 네 말대로 작품 속 세 노인은 세상의 흐름에서 밀려나 소외된 존재들이지. 그렇다면 이들의 몰락과 소외는 모두 개인적인 문제가 원인일까?

조금 생각해 보면, 이들은 봉건적 체제와 삶의 방식에 익숙한 세대임을 알 수 있어. '초시'나 '참의'와 같은 호칭이 단적으로 이를 보여주지.

그런데 이들이 젊었을 때, 우리나라는 국권을 상실했고 아까도 말했듯 급속하게 자본주의화되기 시작했어. 그 과정에서 이들은 젊은 시절에 실직해 자기 실현의 기회를 상실하기도 하고, 일제의 경제적 침탈 속에서 정상적인 사회 활동과 경제 활동도 힘들었다고 볼 수 있어.

이들이 몰락해서 구시대적 존재가 되어버린 데에는 시대적 요인이 크게 작용했다고 볼 수 있다는 말이야.

서연 : 선생님 말씀을 듣고 보니, 서 참의가 예전에 알던 젊은 무관 이야기가 떠올라요. '김 참의'라고 학식과 재기를 지닌 사람이었는데, 지금은 가마니나 폐지, 유리병 등을 수집하고 다니잖아요? 촉망받던 젊은 무관이 그런 지경에까지 떨어진 건 나라가 망했기 때문이겠죠. 서 참의도 마찬가지고요. 작가는 그런 상황들을 암시하기 위해서 작품 속에 이 에피소드를 끼워 넣은 거고요.

선생님 : 그래, 맞아. 그리고 안 초시의 부동산 투기와 자살 사건도 비슷한 관점에서 이해할 수 있겠지. 사람들은 정상적인 방법으로 절망적인 현실의 출구를 찾을 수 없을 때, 흔히 일확천금의 유혹에 빠지지 않니? 금광 찾기나 도박, 투기 같은 거 말이다.

태환 : 아, 그러고 보니, 다른 작가의 작품에서도 그런 얘기들이 다뤄졌어요. 예전에 읽었던 김유정의 「금 따는 콩밭」이나 「만무방」이

그랬어요. 주인공들이 아무리 열심히 일해도 생계가 어렵고 빚만 늘어가자, 금맥을 찾겠다고 밭을 파헤치거나 노름에 뛰어들잖아요.

선생님 : 그래, 잘 기억하고 있구나. 그 작품들에서도 인물의 어리석음이나 욕심만을 풍자한 것은 아니지 않니? 그 이면에 놓인 모순된 현실을 고려할 때, 그들이 보인 허황된 욕망과 행위의 의미를 파악할 수 있었지.

이 소설도 마찬가지야. 당대의 사회적 모순을 정면에서 다루고 있지는 않지만, 소외된 노인들의 이야기를 통해 시대의 흐름에서 밀려난 세대의 비애와 함께 당대 사회의 궁핍상을 그린 것이라 할 수 있지.

서연 : 네, 이제 작품의 의미가 분명하게 다가오는 거 같아요.

태환 : 저도요. 오늘도 좋은 말씀 감사합니다!

달밤

이태준 (1904~?)

작품 해설

이 소설은 1930년대 서울 성북동을 배경으로, 우둔하지만 순박한 인물이 각박한 현실 속에서 번번이 실패하며 아픔을 겪는 모습을 연민 어린 시선으로 그린 작품이다.

'나'는 사대문 안에 살다가 성북동으로 이사 와서 신문 배달부인 황수건을 만난다. 우둔하면서도 천진한 그는 말 걸기를 좋아해 허물없이 자기 이야기를 털어놓고 신이 나서 어리석은 소리들을 지껄이기도 한다. '나'는 그런 그를 "순박한 시골의 정취를 돋워 주는" 인물로 생각하며 좋아한다.

삼산학교 급사를 하다가 쫓겨나 보조 배달부 일을 하고 있는 그는 원배달부가 되는 것이 소원이라 한다. 그러나 원배달부가 되기는커녕 일자리를 잃게 된다. 그는 다시 학교 급사로 들어가려 하지만 여의치 않자, '나'가 참외 장사를 할 수 있도록 도와준다. 하지만 이마저도 실패하고 아내까지 가출한다.

한동안 뜸했던 그가 감사의 뜻으로 포도를 들고 온다. 하지만 그것은 포도밭에서 훔쳐온 것이었고, 쫓아온 주인에게 곤욕을 치른다. 그 후 '나'는 달밤에 담배를 피우면서 서툰 일본 노래를 부르며 큰길을 내려오는 그를 발견한다. 길은 보지도 않고 달만 쳐다보며 지나가는 그의 모습에 '나'는 연민을 느낀다.

이 작품의 주인공은 어리석지만 순박한 성품을 지닌 황수건이다. 작품의 여러 에피소드들은 그의 인물됨을 드러내는 한편, 그가 각박한 현실에 부딪혀 계속 실패하며 상처 입는 과정을 보여 준다. 학교에서 쫓겨나고, 정식 배달부가 되기를 소원하지만 도리어 해고되며, 참외 장사에도 실패한 데다 아내까지 도망가버리는 일들이 그것이다.

이처럼 작품 내용의 대부분은 황수건에게 닥치는 불행의 연속을 다루고 있지만, 중요하게 부각되는 것은 '나'의 태도와 시각이다. 1인칭 관찰자로 설정된 '나'는 바보스러운 황수건과 즐겨 이야기를 나누고, 애정 어린 태도로 그의 실패와 좌절에 마음 아파한다.

이러한 화자의 시각을 통해 작품은 어수룩하고 순수한 인물에 대한 동정과 연민의 감정을 불러일으키며, 그러한 인물을 받아들이지 못하고 소외시키는 세상의 몰인정과 야박함을 암시적으로 드러낸다. 인물의 이야기 자체보다는 화자의 시선이 작품의 주제적 의미를 형성하고 있는 것이다.

결말 부분의 '달밤' 장면은 작품을 지배하는 연민의 정서를 집약적으로 보여 준다. 이 장면에서 황수건은 거듭된 좌절과 상처로 인해, 수다스럽고 우스꽝스러웠던 평소와는 달리 서글프고 애처로운 모습을 보인다. 그런데 이 같은 광경은 비단처럼 은은하고 밝은 달빛을 배경으로 묘사되어 애상적이고 서정적인 분위기 속에서 깊은 여운을 남긴다.

달밤

성북동(城北洞)으로 이사 나와서 한 대엿새[1] 되었을까, 그날 밤 나는 보던 신문을 머리맡에 밀어 던지고 누워 새삼스럽게,

"여기도 정말 시골이로군!"

하였다.

무어 바깥이 컴컴한 걸 처음 보고 시냇물 소리와 쏴— 하는 솔바람 소리를 처음 들어서가 아니라 황수건이라는 사람을 이날 저녁에 처음 보았기 때문이다.

그는 말 몇 마디 사귀지 않아서 곧 못난이란 것이 드러났다. 이 못난이는 성북동의 산들보다 물들보다, 조그만 지름길들보다 더 나에게 성북동이 시골이란 느낌을 풍겨 주었다.

서울이라고 못난이가 없을 리야 없겠지만 대처[2]에서는 못난이들이 거리에 나와 행세를 하지 못하고, 시골에선 아무리 못난이라도 마음 놓고 나와 다니는 때문인지, 못난이는 시골에만 있는 것처럼 흔히 시골에서 눈에 잘 뜨인다. 그리고 또 흔히 그는 태고 때 사람처럼 그 우

---

1 대엿새 : 닷새나 엿새 가량
2 대처 : 인구가 많고 번화한 도시

둔하면서도3 천진스런 눈을 가지고, 자기 동리4에 처음 들어서는 손에게 가장 순박한 시골의 정취5를 돋워 주는 것이다.

그런데 그날 밤 황수건이는 열 시나 되어서 우리 집을 찾아왔다.

그는 어두운 마당에서 꽥 지르는 소리로,

"아, 이 댁이 문안6서……."

하면서 들어섰다. 잡담 제하고 큰일이나 난 사람처럼 건넌방 문 앞으로 달려들더니,

"저, 저 문안 서대문 거리라나요, 어디선가 나오신 댁입쇼?"

한다.

보니 합비7는 안 입었으되 신문을 들고 온 것이 신문 배달부다.

"그렇소, 신문이오?"

"아, 그런 걸 사흘이나 저, 저 건너 쪽에만 가 찾았습죠. 제기……."

하더니 신문을 방에 들이뜨리며,

"그런뎁쇼, 왜 이렇게 죄꼬만 집을 사구 와 곕쇼. 아, 내가 알았더면 이 아래 큰 개와집도 많은걸입쇼……."

---

3 우둔하다 : 어리석고 둔하다.

4 동리 : 주로 시골에서, 여러 집이 모여 사는 곳

5 정취 : 깊은 정서를 자아내는 흥취

6 문안 : '문의 안쪽'이란 뜻이나, 여기서는 구체적으로 '사대문의 안'을 가리킨다. 사대문은 조선 시대, 서울 도성의 동서남북에 세운 네 개의 성문으로, 동쪽의 흥인지문, 서쪽의 돈의문, 남쪽의 숭례문, 북쪽의 숙정문을 이른다.

7 합비 : '상호가 찍힌 겉옷'을 뜻하는 일본어. 직공 등이 주로 입는다.

한다. 하 말이 황당스러워 유심히 그의 생김을 내다보니 눈에 얼른 두드러지는 것이 빡빡 깎은 머리로되, 보통 크다는 정도 이상으로 골이 크다. 그런데다 옆으로 보니 장구 대가리다.

"그렇소? 아무튼 집 찾느라고 수고했소."

하니 그는 큰 눈과 큰 입이 일시에 히죽거리며,

"뭘입쇼, 이게 제 업인뎁쇼."

하고 날래 물러서지 않고 목을 길게 빼어 방 안을 살핀다. 그러더니 묻지도 않는데,

"저는입쇼, 이 동네 사는 황수건이라 합니다⋯⋯."

하고 인사를 붙인다. 나도 깍듯이 내 성명을 대었다. 그는 또 싱글벙글하면서,

"댁엔 개가 없구면입쇼."

한다.

"아직 없소."

하니,

"개 그까짓 거 두지 마십쇼."

한다.

"왜 그렇소?"

물으니, 그는 얼른 대답하는 말이,

"신문 보는 집엔입쇼, 개를 두지 말아야 합니다."

한다. 이것 재미있는 말이다 하고 나는,

"왜 그렇소?"

하고 또 물었다.

"아, 이 뒷동네 은행소[8]에 댕기는 집엔입쇼, 망아지만 한 개가 있는뎁쇼, 아, 신문을 배달할 수가 있어얍죠."

"왜?"

"막 깨물랴고 덤비는 걸입쇼."

한다. 말 같지 않아 나는 웃기만 하니 그는 더욱 신을 낸다.

"그눔의 개, 그저, 한번, 양떡[9]을 멕여 대야 할 텐데……."

하면서 주먹을 부르대는데 보니, 손과 팔목은 머리에 비기어 반비례로 작고 가느랗다.

"어서 곤할 텐데 가 자시오."

하니 그는 마지못해 물러서며,

"선생님, 참 이 선생님 편안히 주뭅쇼. 저이 집은 여기서 얼마 안 되는 걸입쇼."

하더니 돌아갔다.

그는 이튿날 저녁, 집을 알고 오는 데도 아홉 시가 지나서야,

"신문 배달해 왔습니다."

하고 소리를 치며 들어섰다.

"오늘은 왜 늦었소?"

---

8 은행소 : '은행'의 이전 말
9 양떡 : 이전에, 서양의 떡이라는 뜻으로 '빵'을 달리 이르던 말

물으니,

"자연 그럽죠."

하고 다른 이야기를 꺼냈다.

자기는 워낙 이 아래 있는 삼산학교에서 일을 보다 어떤 선생하고 뜻이 덜 맞아 나왔다는 것, 지금은 신문 배달을 하나 원배달이 아니라 보조 배달이라는 것, 저희 집엔 양친10과 형님 내외와 조카 하나와 저희 내외까지 식구가 일곱이라는 것, 저희 아버지와 저희 형님의 이름은 무엇 무엇이며, 자기 이름은 황가인 데다 목숨 수(壽) 자하고 세울 건(建) 자로 황수건이기 때문에, 아이들이 노랑수건이라고 놀리어서 성북동에서는 가가호호11에서 노랑수건 하면, 다 자긴 줄 알리라고 자랑스럽게 이야기하다가 이날도,

"어서 그만 다른 집에도 신문을 갖다 줘야 하지 않소?"

하니까 그때서야 마지못해 나갔다.

우리 집에서는 그까짓 반편12과 무얼 대꾸를 해가지고 그러느냐 하되, 나는 그와 지껄이기가 좋았다.

그는 아무것도 아닌 것을 가지고 열심스럽게 이야기하는 것이 좋았고, 그와는 아무리 오래 지껄이어도 힘이 들지 않고, 또 아무리 오래

---

10 양친 : 아버지와 어머니를 아울러 이르는 말
11 가가호호 : 각 집. 또는 모든 집
12 반편 : 지능이 보통 사람보다 아주 낮은 사람

지껄이고 나도 웃음밖에는 남는 것이 없어 기분이 거뜬해지는[13] 것도 좋았다. 그래서 나는 무슨 일을 하는 중만 아니면 한참씩 그의 말을 받아 주었다.

어떤 날은 서로 말이 막히기도 했다. 대답이 막히는 것이 아니라 무슨 말을 해야 할까 하고 막히었다. 그러나 그는 늘 나보다 빠르게 이야깃거리를 잘 찾아냈다. 오뉴월인데도 '꿩고기를 잘 먹느냐?'고도 묻고, '양복은 저고리를 먼저 입느냐 바지를 먼저 입느냐?'고도 묻고 '소와 말과 싸움을 붙이면 어느 것이 이기겠느냐?'는 둥, 아무튼 그가 얘깃거리를 취재하는 방면은 기상천외로 여간 범위가 넓지 않은 데는 도저히 당할 수가 없었다.

하루는 나는 '평생소원이 무엇이냐?'고 그에게 물어보았다. 그는 '그까짓 것쯤 얼른 대답하기는 누워서 떡 먹기'라고 하면서 평생소원은 자기도 원배달이 한번 되었으면 좋겠다는 것이었다.

남이 혼자 배달하기 힘들어서 한 이십 부 떼어 주는 것을 배달하고, 월급이라고 원배달에게서 한 삼 원 받는 터이라 월급을 이십여 원을 받고, 신문사 옷을 입고, 방울을 차고 다니는 원배달이 제일 부럽노라 하였다. 그리고 방울만 차면 자기도 뛰어다니며 빨리 돌 뿐 아니라 그 은행소에 다니는 집 개도 조금도 무서울 것이 없겠노라 하였다.

그래서 나는 '그럴 것 없이 아주 신문사 사장쯤 되었으면 원배달도 바

---

13 거뜬하다 : 가볍고 상쾌하다.

랄 것 없고, 그 은행소에 다니는 집 개도 상관할 바 없지 않겠느냐?' 한즉 그는 뚱그래지는 눈알을 한참 굴리며 생각하더니 '딴은 그렇겠다'고 하면서, 자기는 경난14이 없어 거기까지는 바랄 생각도 못 하였다고 무릎을 치듯 가슴을 쳤다.

그러나 신문 사장은 이내 잊어버리고 원배달만 마음에 박혔던 듯, 하루는 바깥마당에서부터 무어라고 떠들어 대며 들어왔다.

"이 선생님? 이 선생님 곕쇼? 아, 저도 내일부턴 원배달이올시다. 오늘 밤만 자면입쇼……."

한다. 자세히 물어보니 성북동이 따로 한 구역이 되었는데, 자기가 맡게 되었으니까 내일은 배달복을 입고 방울을 막 떨렁거리면서 올 테니 보라고 한다. 그리고 '사람이란 게 그러게 무어든지 끝을 바라고 붙들어야 한다'고 나에게 일러주면서 신이 나서 돌아갔다. 우리도 그가 원배달이 된 것이 좋은 친구가 큰 출세나 하는 것처럼 마음속으로 진실로 즐거웠다. 어서 내일 저녁에 그가 배달복을 입고 방울을 차고 와서 쫄럭거리는15 것을 보리라 하였다.

그러나 이튿날 그는 오지 않았다. 밤이 늦도록 신문도, 그도 오지 않았다. 그다음 날도 신문도 그도 오지 않다가 사흘째 되는 날에야, 이날은 해도 지기 전인데 방울 소리가 요란스럽게 우리 집으로 뛰어들었다.

---

14 경난 : 어려운 일을 겪음. 또는 그 어려움
15 쫄럭거리다 : 쫄렁거리다. 매우 가볍고 경망스럽게 자꾸 행동하다.

'어디 보자!'

하고 나는 방에서 뛰어나갔다.

그러나 웬일일까, 정말 배달복에 방울을 차고 신문을 들고 들어서는
사람은 황수건이가 아니라 처음 보는 사람이다.

"왜 전에 사람은 어디 가고 당신이오?"

물으니 그는,

"제가 성북동을 맡았습니다."

한다.

"그럼, 전에 사람은 어디를 맡았소?"

하니 그는 픽 웃으며,

"그까짓 반편을 어딜 맡깁니까? 배달부로 쓸랴다가 똑똑지가 못하니
까 안 쓰고 말었나 봅니다."

한다.

"그럼 보조 배달도 떨어졌소?"

하니,

"그럼요, 여기가 따루 한 구역이 된 걸이오."

하면서 방울을 울리며 나갔다.

이렇게 되었으니 황수건이가 우리 집에 올 길은 없어지고 말았다. 나
도 가끔 문안엔 다니지만 그의 집은 내가 다니는 길옆은 아닌 듯 길가에
서도 잘 보이지 않았다.

나는 가까운 친구를 먼 곳에 보낸 것처럼, 아니 친구가 큰 사업에나

실패하는 것을 보는 것처럼, 못 만나는 섭섭뿐이 아니라 마음이 아프기도 하였다. 그 당자16와 함께 세상의 야박함이 원망스럽기도 하였다.

한데 황수건은 그의 말대로 노랑수건이라면 온 동네에서 유명은 하였다. 노랑수건 하면 누구나 성북동에서 오래 산 사람이면 먼저 웃고 대답하는 것을 나는 차츰 알았다.

내가 잠깐씩 며칠 보기에도 그랬거니와 그에겐 우스운 일화도 한두 가지가 아니었다.

삼산학교에 급사17로 있을 시대에 삼산학교에다 남겨 놓고 나온 일화도 여러 가지라는데, 그 중에 두어 가지를 동네 사람들의 말대로 옮겨 보면, 역시 그때부터도 이야기하기를 대단히 즐기어 선생들이 교실에 들어간 새 손님이 오면 으레 손님을 앉히고는 자기도 걸상을 갖다 떡 마주 놓고 앉는 것은 물론, 마주 앉아서는 곧 자기류의 만담18 삼매19로 빠지는 것인데, 한번은 도 학무국20에서 시학관21이 나온 것을 이따위로 대접하였다. 일본말을 못하니까 만담은 할 수 없고 마주 앉아서 자꾸 일본말을 연습하였다.

---

16 당자 : 바로 그 사람
17 급사 : 관청이나 회사, 가게 따위에서 잔심부름을 시키기 위하여 부리는 사람
18 만담 : 재미있고 익살스럽게 세상이나 인정을 비판풍자하는 이야기를 함. 또는 그 이야기
19 삼매 : 잡념을 버리고 한 가지 대상에만 정신을 집중하는 경지
20 학무국 : 대한제국기와 일제강점기, 학부에 속하여 학교에 관한 일과 외국 유학생에 관한 일을 맡아보던 관청
21 시학관 : 일제강점기, 학무국에 딸려 지방 교육 기관의 지도와 감독을 맡은 관리

"센세이 히, 오하요 고자이마스카(선생님, 안녕하세요)?…… 히히 아메가 후리마스(비가 옵니다). 유키가 후리마스카(눈이 옵니까)? 히히…….""

시학관도 인정이라 처음엔 웃었다. 그러나 열 번 스무 번을 되풀이하는 데는 성이 나고 말았다. 선생들은 아무리 기다려도 종소리가 나지 않으니까, 한 선생이 나와 보니 종 칠 것도 잊어버리고 손님과 마주 앉아서 '오하요 유키가 후리마스카…….' 하는 판이다.

그날 수건이는 선생들에게 단단히 몰리고 다시는 안 그러겠노라고 했으나, 그 버릇을 고치지 못해서 그예 쫓겨나고 만 것이다.

그는,

"너의 색시 달아난다."

하는 말을 제일 무서워했다 한다. 한번은 어느 선생이 장난엣말로,

"요즘 같은 따뜻한 봄날엔 옛날부터 색시들이 달아나기를 좋아하는데, 어제도 저 아랫말에서 둘이나 달아났다니까 오늘은 이 동리에서 꼭 달아나는 색시가 있을걸…….""

했더니 수건이는 점심을 먹다 말고 눈이 휘둥그레졌다 한다. 그리고 그날 오후에는 어서 바삐 하학[22]을 시키고 집으로 갈 양으로 오십 분 만에 치는 종을 이십 분 만에, 삼십 분 만에 함부로 다가서 쳤다는 이야기도 있다.

하루는 나는 거의 그를 잊어버리고 있을 때,

---

22 하학 : 학교에서 그날의 수업을 마침.

"이 선생님 곕쇼?"

하고 수건이가 찾아왔다. 반가웠다.

"선생님, 요즘 신문이 거르지 않고 잘 옵쇼?"

하고 그는 배달 감독이나 되어 온 듯이 묻는다.

"잘 오, 왜 그류?"

한즉 또,

"늦지도 않굽쇼, 일쪽이 제때마다 꼭꼭 옵쇼?"

한다.

"당신이 돌을 때보다 세 시간은 일쪽이 오고 날마다 꼭꼭 잘 오."

하니 그는 머리를 벅적벅적 긁으면서,

"하루라도 거르기만 해라. 신문사에 가서 대뜸 일러바치지……."

하고 그 빈약한 주먹을 부르댄다.

"그런뎁쇼, 선생님?"

"왜 그류?"

"삼산학교에 말씀예요, 그 제 대신 들어온 급사가 저보다 근력이 세게 생겼습죠?"

"나는 그 사람을 보지 못해서 모르겠소."

하니 그는 은근한 말소리로 히죽거리며,

"제가 거길 또 들어가 볼랴굽쇼, 운동을 합죠."

한다.

"어떻게 운동을 하오?"

"그까짓 거 날마당 사무실로 갑죠. 다시 써 달라고 졸라 댑죠. 아, 그랬더니 새 급사란 녀석이 저보다 크기도 무척 큰뎁쇼, 이 녀석이 막 불근댑니다그려. 그래 한번 쌈을 해야 할 턴뎁쇼, 그 녀석이 근력이 얼마나 센지 알아야 뎀벼들 턴뎁쇼⋯⋯ 허."

"그렇지, 멋모르고 대들었다 매만 맞지."

하니 그는 한 걸음 다가서며 또 은근한 말을 한다.

"그래섭쇼, 엊저녁엔 큰 돌멩이 하나를 굴려다 삼산학교 대문에다 놨습죠. 그리구 오늘 아침에 가보니깐 없어졌는뎁쇼. 이 녀석이 나처럼 억지루 굴려다 버렸는지, 번쩍 들어다 버렸는지 그만 못 봤거든입쇼, 제―길⋯⋯."

하고 머리를 긁는다. 그러더니 갑자기 무얼 생각한 듯 손뼉을 탁 치더니,

"그런뎁쇼, 제가 온 건입쇼, 댁에선 우두23를 넣지 마시라구 왔습죠."

한다.

"우두를 왜 넣지 말란 말이오?"

한즉,

"요즘 마마24가 다닌다구 모두 우두들을 넣는뎁쇼, 우두를 넣으면 사람이 근력이 없어지는 법인뎁쇼."

---

23 우두 : 천연두를 예방하기 위해 소에서 뽑은 면역 물질

24 마마 : '천연두'를 일상적으로 이르는 말. 천연두 바이러스가 일으키는 급성의 법정 전염병. 열이 몹시 나고 온몸에 발진이 생겨 딱지가 저절로 떨어지기 전에 긁으면 얽게 된다. 전염력이 매우 강하며 사망률도 높으나, 최근 예방 주사로 인해 연구용으로만 그 존재가 남아 있다.

하고 자기 팔을 걷어 올려 우두 자리를 보이면서,

"이걸 봅쇼. 저두 우두를 이렇게 넣기 때문에 근력이 줄었습죠."

한다.

"우두를 넣으면 근력이 준다고 누가 그립디까?"

물으니 그는 싱글거리며,

"아, 제가 생각해 냈습죠."

한다.

"왜 그렇소?"

하고 캐니,

"뭘…… 저 아래 윤금보라고 있는데 기운이 장산뎁쇼. 아 삼산학교
그 녀석두 우두만 넣었다면 그까짓 것 무서울 것 없는뎁쇼, 그걸 모르겠
거든입쇼……."

한다. 나는,

"그렇게 용한 생각을 하고 일러주러 왔으니 아주 고맙소."

하였다. 그는 좋아서 벙긋거리며 머리를 긁었다.

"그래, 삼산학교에 다시 들기만 기다리고 있소?"

물으니 그는,

"돈만 있으면 그까짓 거 누가 고스카이25(용인) 노릇을 합쇼. 밑천만

---

25 고스카이 : '소사(小使)'의 일본어. 관청이나 회사, 학교, 가게 따위에서 잔심부름을 시키기
   위하여 고용한 사람

있으면 삼산학교 앞에 가서 뻐젓이 장사를 할 턴뎁쇼."

한다.

"무슨 장사?"

"아, 방학될 때까지 차미26 장사도 하굽쇼, 가을부턴 군밤 장사, 왜떡27 장사, 습자지28, 도화지 장사 막 합죠. 삼산학교 학생들이 저를 어떻게 좋아하겝쇼. 저를 선생들보다 낫게 치는뎁쇼."

한다.

나는 그날 그에게 돈 삼 원을 주었다. 그의 말대로 삼산학교 앞에 가서 뻐젓이 참외 장사라도 해보라고. 그리고 돈은 남지 못하면 돌려오지 않아도 좋다 하였다.

그는 삼 원 돈에 덩실덩실 춤을 추다시피 뛰어나갔다. 그리고 그 이튿날,

"선생님 잡수시라굽쇼."

하고 나 없는 때 참외 세 개를 갖다 두고 갔다.

그러고는 온 여름 동안 그는 우리 집에 얼른하지29 않았다.

들으니 참외 장사를 해보긴 했는데 이내 장마가 들어 밑천만 까먹었고, 또 그까짓 것보다 한 가지 놀라운 소식은 그의 아내가 달아났단 것이다. 저희끼리 금실은 괜찮았건만 동서가 못 견디게 굴어 달아난 것이

---

26 차미 : '참외'의 사투리

27 왜떡 : 밀가루나 쌀가루를 반죽하여 얇게 늘여서 구운 과자

28 습자지 : 흔히 글씨 쓰기를 연습할 때 쓰는 얇은 종이

29 얼른하다 : 얼씬하다. 잠깐씩 나타났다가 사라지다.

라 한다. 남편만 남 같으면 따로 살림나는 날이나 기다리고 살 것이나 평생 동서 밑에 살아야 할 신세를 생각하고 달아난 것이라 한다.

그런데 요 며칠 전이었다. 밤인데 달포30 만에 수건이가 우리 집을 찾아왔다. 웬 포도를 큰 것으로 대여섯 송이를 종이에 싸지도 않고 맨손에 들고 들어왔다.

그는 벙긋거리며,

"선생님 잡수라고 사왔습죠."

하는 때였다. 웬 사람 하나가 날쌔게 그의 뒤를 따라 들어오더니 다짜고짜로 수건이의 멱살을 움켜쥐고 끌고 나갔다. 수건이는 그 우둔한 얼굴이 새하얗게 질리며 꼼짝 못 하고 끌려 나갔다.

나는 수건이가 포도원31에서 포도를 훔쳐 온 것을 직각하였다32. 쫓아 나가 매를 말리고 포도 값을 물어 주었다. 포도 값을 물어 주고 보니 수건이는 어느 틈에 사라지고 보이지 않았다.

나는 그 다섯 송이의 포도를 탁자 위에 얹어 놓고 오래 바라보며 아껴 먹었다. 그의 은근한 순정의 열매를 먹듯 한 알을 가지고도 오래 입안에 굴려 보며 먹었다.

어제다. 문안에 들어갔다 늦어서 나오는데 불빛 없는 성북동 길 위에

---

30 달포 : 한 달이 조금 넘는 기간
31 포도원 : 포도밭
32 직각하다 : 보거나 듣는 즉시 곧바로 깨닫다.

는 밝은 달빛이 깁33을 깐 듯하였다.

그런데 포도원께를 올라오노라니까 누가 맑지도 못한 목청으로,

"사…… 케…… 와 나…… 미다카 다메이…… 키…… 카……."

노래를 부르며 큰길이 좁다는 듯이 휘적거리며 내려왔다. 보니까 수건이 같았다. 나는,

"수건인가?"

하고 아는 체하려다 그가 나를 보면 무안해할 일이 있는 것을 생각하고 획 길 아래로 내려서 나무 그늘에 몸을 감추었다.

그는 길은 보지도 않고 달만 쳐다보며, 노래는 그 이상은 외우지도 못하는 듯 첫 줄 한 줄만 되풀이하면서 전에는 본 적이 없었는데 담배를 다 퍽퍽 빨면서 지나갔다.

달밤은 그에게도 유감한34 듯하였다.

---

33 깁 : 명주실로 바탕을 조금 거칠게 짠 비단
34 유감하다 : 느끼는 바가 있다.

선생님이 들려주는 그 시절 이야기

서연 : 안녕하세요, 선생님. 오늘은 저희가 이태준의 「달밤」을 읽고 왔어요. 이 작품에 관한 얘기를 들려 주세요.

선생님 : 어서 오너라. 이번 작품은 어땠니?

태환 : 조금 바보스럽지만 순수한 인물을 그린 소설인데, 여러 에피소드들이 주인공의 천진하고 순박한 성품을 느끼게 해서 재미있었어요. 가령 급사를 하면서 학교에 손님이 오면 자기가 걸상을 가져다 마주 앉아 수다를 떤다든지, 선생들이 색시가 도망갈지 모른다고 농담을 하자 집에 빨리 가려고 하학종을 제시간보다 당겨 친다든지 하는 일이 미소 짓게 했어요.

그런데 작품이 진행되면서, 그렇게 천진난만한 주인공이 여러 일에 실패하며 상처 입는 사건이 이어져서 안타까웠어요.

서연 : 저도 비슷했는데, 주인공의 착한 마음씨와 아픔을 느낄 수 있었던 장면들이 기억에 남아요. 특히 '나'에게 은혜를 갚으려고 포도를 훔쳐 가져온 대목이나, 마지막 달밤 장면에서 보여준 애잔한 모습이 그랬어요.

선생님 : 모두들 작품의 정서나 장면의 의미를 잘 이해하고 있구나. 그럼, 작품을 읽으면서 궁금한 점은 없었니?

태환 : 공간적 배경이 서울의 성북동인데, 그때는 그곳이 시골 같았나

요? 작품 첫머리에 시골 이야기가 나와서요.

선생님 : 서울이지만 서울 같지 않은 곳이었다고 할까? 당시에 성북동은 서울과 시골의 속성을 모두 지닌 곳이었다고 할 수 있어.

참고로 말하면, 성북동은 작가 이태준이 1933년부터 1946년까지 실제로 살았던 동네야. 여기서 이번 작품 외에도 「손 거부」, 「색시」 등의 소설을 썼는데, 모두 성북동을 배경으로 하고 있지. '성북동'이란 지명은 도성 북쪽에 있다고 붙여진 이름이야. 북한산 아래에 도성을 수비하는 성곽이 설치된 동네로서, 서울의 경계를 이루는 지역이었다고 할 수 있지. 역사적으로 보면 조선시대부터 서울에 속했지만, 1914년 일제에 의해 행정구역이 개편될 때 서울에서 제외되어 경기도에 속했다가 1936년에 다시 서울에 포함되기도 했단다.

태환 : 그래서 작중 화자 '나'가 처음 성북동으로 이사 와서 "여기도 정말 시골이로군!"이라고 했군요. 기본적으로 이 작품이 창작되던 무렵에는 행정구역상으로 서울이 아니어서요.

선생님 : 그렇긴 한데, 사실 행정구역을 따지지 않더라도 당시에는 '문안' 즉 사대문 안쪽만을 서울로 보는 경향이 강했어. 성북동은 사대문 바깥 지역이지.

태환 : 아, 작품에 나오는 '문안'이라는 말이 '사대문 안쪽'을 가리키는 거였군요?

선생님 : 맞아. 그런데 작품 속에서 화자가 성북동을 '정말 시골'이라고 말한 이유는 따로 있지 않니?

서연 : 네, 알고 있어요. 작품을 보면, 밤이 되면 캄캄하고 시냇물과 솔바람 소리가 들려서가 아니라 황수건이란 사람을 보았기 때문이라고 나와요. 즉, 시골스러운 풍경 때문이 아니라 '못난이'를 발견할 수 있기 때문이라고요.

마을에도 못난이가 있겠지만 거리에 나와 행세하지 못하는 것 비해 시골에선 마음 놓고 다니는데, 황수건 같은 사람이 눈에 뜨이니 정말 시골 같다고요.

선생님 : 화자는 어떤 의미로 그런 말을 한 거지?

서연 : 시골에서는 인정이 살아 있어서 황수건과 같은 인물도 포용하며 어울려 함께 살아가지만, 서울에서는 사람들이 몰인정하고 이기적이어서 못난이들은 제대로 살아가기 힘들다는 의미 같아요.

선생님 : 잘 이해했어. 서울과 시골을 대조적으로 인식하고 있는 거지. 시골이 전통적인 공동체적 삶의 방식과 정서가 남아 있는 곳이라면, 서울과 같은 대도시는 근대화의 흐름 속에서 개인주의화되어 몰인정하고 인심이 각박하다는 거야.

그렇다면 이런 대비적인 인식은 성북동과 무슨 관련이 있지? 다시 말해 성북동을 두고 왜 이렇게 시골이니 서울이니 하고 말하는 걸까?

태환 : 아까 선생님이 말씀하신 대로 성북동이 시골과 서울의 속성을 모두 가지고 있다는 점을 드러내는 것 아닐까요?

선생님 : 물론, 기본적으로 그렇지. 그럼 여기서 사고를 좀 더 확장해 보면, 성북동은 어떻게 변해갔을까?

태환 : 당연히 도시적인 성격이 강해졌겠죠. 근대화와 도시화는 거스를 수 없는 흐름이었으니까요.

선생님 : 맞아. 실제 작품을 보더라도 성북동은 아직 주택가 근처에 포도밭이 있고 솔바람과 시냇물 소리가 들리는 곳이지만, 한편으론 작중 화자인 '나'가 문안에서 그곳으로 이사 왔듯이 인구가 늘어나며 팽창하는 도시의 일부로 변해 가고 있었지.

이런 관점에서 성북동의 공간적 특성은 당시의 세태 변화를 보여 주기에 적합하다고 할 수 있어. 그래서 작품의 공간적 배경으로 설정된 것이고.

가령, 황수건이란 인물이 작품이 진행되면서 여러 일에 계속 실패하고 좌절하는 근본적인 이유도 이와 연관해서 이해할 수 있지 않을까?

서연 : 무슨 말씀인지 알겠어요. 공동체적인 정서와 인심이 남아 있던 시절에는 조금 모자라는 인물도 그런 대로 잘 살아갔으나 세상이 변하면서 점차 설 자리를 잃어버리게 된다는 말씀이죠?

사실 요즘 사회의 기준으로 보면 구독자 집도 잘 못 찾아 밤 열시나 되어서 오고, 집을 알고 난 뒤에도 툭하면 다른 집에서 지체하다가 밤늦게야 배달을 오는 배달원은 쫓겨나지 않을 수 없죠.

태환 : 그러고 보니까, 주인공이 내일이면 정식 배달부가 된다며 좋아하다가 보조 배달부 자리마저 잃어버린 구체적인 사정이 이해되네요.

그때 다른 배달부가 와서 이곳이 따로 한 구역이 됐다고 말하잖아요? 그건 그곳의 신문 구독자 수가 늘었다는 말이고, 인구가 늘어나며 도시화되고 있다는 걸 의미하죠. 그렇게 배달 구역이 확대되고 일이 많아지니까, 업무 능력이 다소 떨어지는 황수건 같은 사람은 승진하기는커녕 일자리를 잃게 된 거지요.

선생님 : 잘 보았어. 근대화되면서 자본주의적 원리가 강화될수록 인간미보다는 효율성이 강조되고, 치열한 경쟁 속에서 도태되고 소외되는 이들이 늘어가기 마련이지.

사실 지금의 우리들에게는 새삼스럽지 않은 일이지만, 근대화가 급격하게 이루어지던 당시로서는 세상의 커다란 변화로 인식된 문제였다고 할 수 있어.

서연 : 그래서 작가가 이런 문제를 자주 작품화했군요? 지난번에 읽었던 「복덕방」도 비슷한 주제를 담고 있었어요. 노인들을 주인공으로 해서 근대화의 흐름 속에서 소외된 존재들의 아픔과 비애를 그렸잖아요?

선생님 : 그래, 잘 기억하고 있구나. 「복덕방」의 세 노인도 세상의 변화에 적응하지 못해 소외된 인물이라는 점에서 황수건과 다르지 않지. 타산적이고 이기적인 면모를 보이는 안 초시의 딸과 주변 인물들은 자본주의적 흐름에 빠르게 편승한 사람들이라 할 수 있고 말이다.

덧붙여 설명하자면 아까 언급했던, 성북동을 배경으로 하는 「색시」와 「손 거부」같은 작품들에서도 조금 고집 세고 바보스러운 주인공들의 이야기가 다뤄지고 있어.

서연 : 선생님 말씀을 들으니, 작가의 주제 의식을 한층 분명하게 알 수 있을 거 같아요. 작가는 소외되고 불우한 인물들을 인간적이고 따스한 연민의 시선으로 그린 작품들을 많이 썼는데, 그 밑바탕에는 각박하게 변해 가는 세태에 대한 비판 의식이 깔려 있다는 것이죠?

선생님 : 그래, 잘 정리해서 이해했구나.

태환 : 저도 이태준과 그의 작품 세계에 대해 더 많이 알게 된 거 같아요.

서연 : 오늘도 좋은 말씀 감사합니다!

암울한 시대와
민중들의 힘겨운 삶

임철우 「사평역」 / 김정한 「모래톱 이야기」

부조리한 현실 속에서 힘겹게 살아가는 사람들의
고통과 슬픔이 그려진 작품들이다.
따뜻한 인간애로 감싸는 서정적인 분위기와 강렬한 고발과
저항 정신을 통해 민중들의 비애와 상처가 표출되고 있다.

사평역

임철우 (1954~)

작가 소개

　임철우는 전남 완도에서 출생했다. 1973년 광주 숭일고등학교를 거쳐 1981년 전남대학교 영어영문학과를 졸업하였다. 이후 서강대학교 대학원에서 영문학 석사학위, 전남대학교 대학원에서 영문학 박사학위를 받았다.

　전남대학교 시간강사로 근무했고, 광주 가톨릭센터 부설 문예창작 아카데미에서 소설 창작을 강의하였다. 1995년부터 한신대학교 문예창작과 교수로 부임하여 학생들을 가르쳤다. 퇴임 후 지금은 제주도로 거처를 옮겨 생활하고 있다.

　임철우는 1981년 『서울신문』 신춘문예에 단편 「개 도둑」이 당선되어 등단하였다. 이후 그는 시대의 아픔을 다룬 수많은 문제작들을 잇달아 발표하였고, 그 문학적 성취를 인정받아 한국창작문학상, 이상문학상, 단재문학상, 대산문학상 등 다수의 문학상을 수상하였다. 이러한 그의 작품 활동은 현재까지 이어져 40년 가까운 세월 동안 꾸준히 전개되고 있다.

　1980년대의 주요 작품과 소설집으로는 『사평역』, 『아버지의 땅』, 『그리운 남쪽』, 『달빛 밟기』, 『붉은 방』 등이 있고, 1990년대에 발표된 작품으로는 『그 섬에 가고 싶다』, 『등대 아래서 휘파람』, 『봄날』 등을 대표작으로 꼽을 수 있다.

이 가운데 「사평역」이나 「달빛 밟기」 같은 작품들에서는 우울한 시대상을 배경으로 하면서도 소외된 이들의 아픔과 슬픔을 따스한 인간애로 감싸안는 서정적 세계를 보여준다.

하지만 다른 많은 작품들에서는 한국현대사의 비극을 정면으로 다루고 있다. 한국전쟁과 분단이 남긴 상처와 왜곡된 삶의 모습을 형상화한 『그 섬에 가고 싶다』, 광주민주화운동을 소재로 비극적인 사건의 실상과 남은 자들의 죄의식을 그린 『봄날』과 『그리운 남쪽』, 1980년대의 폭력적인 시대상을 상징적으로 드러낸 「붉은 방」 등이 대표적이다.

특히 1997년에 발표된 장편 『봄날』은 1980년 5월 16일부터 열흘 동안 광주에서 일어난 사건들을 그린 다큐멘터리 형식의 5권짜리 대하소설로서, 광주민주화운동을 본격적으로 재현한 최초의 소설이라는 평가를 받고 있다.

이처럼 작가는 주로 한국 현대사의 질곡과 상처를 다루며 시대적 폭력에 의해 파괴되고 고통 받는 사회와 개인의 모습을 일관되게 형상화하여 왔다.

그러면서도 그의 작품들은 간결하고 개성적인 문체를 통해 따뜻한 인간애와 정서적 공감을 강하게 불러일으키는 특징을 보인다. 이런 점으로 인해 그는 투철한 역사의식을 견지하면서도 탁월한 서정성이 돋보이는 작가로 평가받고 있다.

작품 해설

이 소설은 1980년대 시골 간이역의 대합실을 배경으로 소외된 인물들의 힘겹고 고통스러운 삶과 그에 대한 따뜻한 애정과 연민의 정서를 서정적으로 그려낸 작품이다.

눈발이 퍼붓는 어두운 밤 사평역 대합실에서 사람들이 막차를 기다리고 있다. 도회지 병원으로 가는 기침 환자 노인과 아들, 12년 만에 출소하여 동료 무기수의 부탁으로 그의 노모를 찾아왔으나 허탕을 친 중년 사내, 민주화 운동으로 제적당했으나 차마 집에 알리지 못한 대학생, 그리고 미친 여자이다.

잠시 후 네 명의 여자가 뒤늦게 대합실로 들어온다. 고향에 다니러 온 술집 여자, 돈을 훔쳐 달아난 종업원을 잡으러 왔다가 그의 딱한 처지에 돌아선 식당 주인, 행상을 다니면서 늘 집에 있는 어린 자식들이 걱정인 아낙네 둘이 그들이다. 막차는 오지 않는 가운데, 이들은 저마다의 사연을 품고 침묵 속에서 삶이란 무엇일까를 생각하며 톱밥 난로의 불꽃을 바라본다.

이윽고 2시간이나 연착한 기차가 도착하자, 이들은 반가움보다는 차라리 피곤하고 허탈한 모습으로 열차에 올라탄다. 그렇게 기차가 떠난 뒤에도 대합실에는 미친 여자가 잠들어 있고, 역장은 톱밥을 더 가져다 난로에 부어 줘야겠다고 생각한다.

이 소설은 연극 무대처럼 제한된 공간인 기차역 대합실을 배경으로 한다. 이런 공간에서 전개되는 사건은 단순하며 극적 요소도 없다. 막차를 기다리는 사람들이 난로를 쬐며 상념에 젖다가, 열차가 도착하자 타고 떠나는 것이 사건의 거의 전부다.

이처럼 간단한 서사 구조 속에서 작품의 주된 이야기는 인물들의 과거 회상을 통해 서술된다. 중심인물이 따로 없이, 간이역의 대합실에 모인 아홉 명의 인물들이 제각기 회상을 통해 삶의 이력과 내면 풍경을 드러내는 것이다.

이렇게 제시된 사연들은 각자 다르지만, 인물들은 1980년대 독재 정권과 산업화의 그늘에서 힘겹게 삶을 이어가는 존재라는 공통점을 보인다. 이들의 암울한 처지는 어두운 밤 눈발이 퍼붓는 풍경, 외진 간이역과 추운 대합실, 좀처럼 오지 않는 막차 등의 설정을 통해서도 암시된다.

하지만 이런 가운데서도 작품의 분위기가 절망과 허무로 떨어지지는 않는다. 아름다운 서정적 온기가 인물들의 상처와 고통을 감싸 안고 있기 때문이다. 삶에 지친 이들의 몸과 마음을 적셔 주는 톱밥 난로의 선연한 불꽃과 역을 거쳐 가는 불우한 사람들을 애정으로 지켜주는 역장이 이를 잘 느끼게 한다.

이 소설은 곽재구의 시 「사평역에서」를 바탕으로 창작된 작품이다. 짧은 서정시를 이야기로 꾸며내는 서사적 상상력도 뛰어나지만, 원작의 서정성을 이어받아 따뜻한 인간애를 감동적으로 형상화한 점이 깊은 인상을 남기는 작품이다.

사평역

내면 깊숙이 할 말들은 가득해도
청색의 손바닥을 불빛 속에 적셔 두고
모두들 아무 말도 하지 않았다.
　　　　　　　— 곽재구의 시 '사평역에서'

막차는 좀처럼 오지 않았다.

별로 복잡한 내용이랄 것도 없는 장부를 마저 꼼꼼히 확인해 보고 나서야 늙은 역장은 돋보기안경을 벗어 책상 위에 놓고 일어선다.

벌써 삼십 분이나 지났군.

출입문 위쪽에 붙은 낡은 벽시계가 여덟 시 십오 분을 가리키고 있다. 하긴 뭐 벌써라는 말을 쓰는 것도 새삼스럽다고 그는 고쳐 생각한다. 이렇게 작은 산골 간이역1에서 제시간에 정확히 도착하는 완행열차2를 보기가 그리 쉬운 일은 아님을 익히 알고 있는 탓이다. 더구나 오늘은

---

1 간이역 : 일반 역과는 달리 역무원이 없고 정차만 하는 역
2 완행열차 : 빠르지 않은 속도로 운행하면서 각 역마다 모두 정차하는 열차

눈까지 내리고 있지 않은가.

역장은 손바닥을 비비며 창가로 다가가더니 유리창 너머로 무심히 시선을 던진다. 건널목 옆 외눈박이 수은등3이 껑충하게 서서 홀로 눈을 맞으며 희뿌연 얼굴로 땅바닥을 내려다보고 있다. 송이눈4이다. 갓난아이의 주먹만 한 눈송이들은 어둠 저편에 까맣게 숨어 있다가 느닷없이 수은등의 불빛 속에 뛰어 들어오면서 뚱그렇게 놀란 표정을 채 지우지 못한 채 땅바닥으로 곤두박질치고 있다. 굉장한 눈이다. 바람도 그리 없는데 눈발이 비스듬히 비껴 날리고 있다.

늙은 역장은 조금은 근심스런 기색으로 유리창에 얼굴을 바짝 대어 본다. 하지만 콧김이 먼저 재빠르게 유리창에 달라붙어 뿌연 물방울을 만들었기 때문에 소매로 훔쳐 내야 했다. 철길은 아직까지는 이상이 없었다. 그는 두 줄기 레일이 두툼한 눈을 뒤집어쓴 채 멀리 뻗어 나간 쪽을 바라본다. 낮엔 철길이 저만치 산모퉁이를 돌아가는 모습까지 뚜렷이 보였다. 봄날 몸을 푼 강물이 흐르듯 반원을 그리며 유유히 산모퉁이를 돌아 사라지는 철길의 끝을 보고 있노라면 마치도 모든 걸 다 마치고 평온하게 죽음을 맞이하는 어느 노년의 모습처럼 그것은 퍽이나 안온하고 평화로운 느낌을 주곤 하는 것이다.

하지만 지금, 철길은 훨씬 앞당겨져서 끝나 있다. 수은등 불빛이 약해

---

3 수은등 : 수은 증기를 진공관에 채워 방전시킴으로써 빛을 얻는 등
4 송이눈 : 한 송이 한 송이 잇달아서 촘촘하게 내리는 눈

지는 부분에서부터 차츰 희미해져 가다가 이윽고 흐물흐물 녹아 버렸는가 싶게 철길은 더 이상 볼 수가 없다. 그 저편은 칠흑 같은 어둠이다. 어둠에 삼켜져 버린 철길의 끝이 오늘 밤은 까닭 없이 늙은 역장의 가슴 한구석을 썰렁하게 만든다.

그는 공연히 어깨를 떨어 보며 오른편 유리창 쪽으로 몸을 돌린다. 그 쪽은 대합실과 접해 있는, 이를테면 매표구라고 불리는 곳이다.

역장은 먼지 낀 유리를 통해 대합실 안을 대충 휘둘러본다. 대합실이라고 해야 고작 초등학교 교실 하나 정도의 크기이다. 일제 때 처음 지어졌다는 그 작은 역사5 건물은 두 칸으로 나뉘어져서 각각 사무실과 대합실로 쓰이고 있는 터였다. 대개의 간이역이 그렇듯이 대합실 내부엔 눈에 띌 만한 시설물이라곤 거의 없다. 유난히 높은 천장과 하얗게 회칠한6 사방 벽 때문에 열 평도 채 못 되는 공간이 턱없이 넓어 보여서 더욱 을씨년스런 느낌을 준다. 천장까지 올라가 매미처럼 납작하니 붙어 있는 형광등의 불빛이 실내 풍경을 어슴푸레하게 드러내 주고 있다.

지금 대합실에 남아 있는 사람은 모두 다섯이다. 한가운데에 톱밥 난로가 놓여 있고, 그 주위로 세 사람이 달라붙어 있다. 난로는 양철통 두 개를 맞붙여서 세워 놓은 듯한 꼬락서니로, 그나마 녹이 잔뜩 슬어 있어서 그간 겨울을 몇 차례나 맞고 보냈는지 어림잡기조차 힘들다. 난로의

---

5 역사 : 역으로 쓰는 건물
6 회칠하다 : 석회를 칠하다.

허리께에 톱날 모양으로 촘촘히 뚫린 구멍 새7로는 톱밥이 타들어 가면서 내는 빨간 불빛이 내비치고 있다. 하지만 형편없이 낡아 빠진 그 난로 하나로 겨울밤의 찬 공기를 덥히기에는 어림도 없을 듯싶다.

난롯가에 모여 있는 셋 중 한 사람만 유일하게 등받이 없는 의자에 앉아 있는데, 그러고 있는 것도 힘겨운지 등 뒤에 서 있는 사람의 팔에 반쯤 기댄 자세로 힘없이 안겨 있다. 그는 아까부터 줄곧 콜록거리고 있는 중늙은이로, 오래 앓아 오던 병이 요즘 들어 부쩍 심해져서 가까운 도회지8의 병원을 찾아가려는 길이라는 것을 역장도 알고 있다.

등을 떠받치고 있는 건장한 팔뚝의 임자는 바로 노인의 아들이다. 대합실에 있는 다섯 사람 가운데에서 그들 두 부자만이 역장에겐 낯익은 인물들이다.

그 곁에서 난로를 등진 채 불을 쬐고 있는 중년의 사내는 처음 보는 얼굴이다. 마흔은 넘었을까 싶은 사내는 싸구려 털실 모자에 때 묻은 구식 오버9를 걸쳐 입었는데 첫눈에도 무척 음울해 뵈는 표정을 지니고 있다. 길게 자란 턱수염이며, 가무잡잡한 얼굴 그리고 유난히 번뜩이는 눈빛이 왠지 섬뜩하다. 오랜 세월을 햇볕 한 오라기 들지 않는 토굴 속에 갇혀 보낸 사람처럼 사내의 눈은 기묘한 광채마저 띠고 있다.

---

7 새 : '사이'의 준말
8 도회지 : 사람이 많이 살고 상공업이 발달한 땅
9 오버 : 추위나 눈비를 막기 위하여 양복 위에 덧입는 긴 겉옷

그 셋 말고도 저만치 벽을 따라 길게 붙어 있는 나무의자엔 잠바 차림의 청년 하나가 웅크리고 앉아 있다. 그리고 청년으로부터 약간 떨어진 곳에는 미친 여자가 의자 위에 벌렁 누워 있다. 닥치는 대로 옷을 껴입은 여자는 속을 가득 채운 걸레 보퉁이 모양으로 몸집이 퉁퉁하다.

청년은 추운지 호주머니에 두 손을 찔러 넣은 채 어깻죽지를 잔뜩 웅크리고 있으면서도 무슨 까닭인지 난로 곁으로 갈 생각은 하지 않는 눈치다. 뭔가 골똘히 생각하는 표정으로 청년은 들여다볼 만한 것이라곤 아무것도 없는 시멘트 바닥을 뚫어져라 내려다보고 있다.

톱밥이 부족할 것 같은데…….

창 너머 그들을 하나하나 둘러보다가 문득 난로 쪽을 슬쩍 쳐다보며 늙은 역장은 중얼거린다. 불을 지핀 게 두어 시간 전이니 지금쯤은 톱밥이 거의 동이 났을 것이다.

톱밥은 역사 바깥의 임시 창고에 저장해 놓고 있었다. 월동용[10] 톱밥이 필요량의 절반 정도밖에 남아 있지 않다는 사실을 역장은 아까서야 알았다. 미리미리 충분한 톱밥을 확보해 두는 것은 김씨가 맡은 일이었지만 미처 확인하지 못한 자신에게도 책임은 있다고 역장은 생각한다.

역원이라고 해야 역장인 자신까지 합해 기껏 세 명뿐이니 서로 책임을 확실히 구분 지을 수 있는 일 따위란 애당초 있을 턱이 없었다. 하필 이

---

10 월동용 : 겨울을 넘기기 위한 용도

날따라 사무원인 장씨는 자리를 비우고 없는 참이었다. 아내의 해산일[11]이라고 어제 아침 고향인 K시로 달려갔으므로 그가 돌아올 때까지 역장은 김씨와 둘이서 교대로 야근을 해야 할 처지였다.

하지만 톱밥은 우선 당분간 창고에 남아 있는 것으로 이럭저럭 견디어 낼 수 있으리라. 대합실 난로는 하루 두 차례씩만 피우면 되니까.

역장은 웅크렸던 어깨를 한 번 힘차게 펴 보기도 하고, 두 팔을 앞뒤로 흔들어 보기도 한다. 역시 춥긴 마찬가지다. 그새 손발이 시려 오기 시작했으므로 역장은 코를 훌쩍이며 엉금엉금 책상 앞으로 되돌아간다. 그러고는 사무실용으로 쓰고 있는 석유난로를 마주하고 앉아 손발을 펼쳐 널었다.

"아야, 말이다. 이러다가 기차가 영 안 올라는 갑다."

"아따, 아부님도 참. 좀 기다려 보십시다. 설마 온다는 기차가 안 오기사 할랍디여."

아들은 짜증스럽다는 듯이 얼굴도 돌리지 않고 건성 대답한다. 그는 삼십 대 중반의 농부다. 다시 노인이 쿨룩거리기 시작한다. 그때마다 빈약하기 그지없는 가슴팍이 훤히 드러나도록 흔들리고 있다. 아들은 흘끗 노인을 내려다보았으나 이내 고개를 돌리고 난로만 들여다본다. 노인에겐 미안한 일이긴 하나 아들은 모든 게 죄다 짜증스럽다. 벌써 몇 달째

---

11 해산일 : 아이를 낳을 날

끌어온 노인의 병도 그렇고, 하필이면 이런 날, 그것도 밤중에 눈까지 펑펑 쏟아져 내리는데 기차를 타야 한다는 일도 그렇다. 그 모두가 노인의 괴팍한 성깔 탓이라는 생각이 들자 그는 버럭 소리라도 질러 주고 싶은 심정이다.

아들이 전에도 여러 번 읍내 병원에 가 보자고 했지만, 막무가내로 고집을 피우며 죽더라도 그냥 집에서 죽겠노라던 노인이 난데없게도 이날 점심나절에는 스스로 먼저 병원엘 가자면서 나선 것이었다. 소피에 혈이 반이 넘게 섞여 나온다는 거였다. 부랴부랴 차비를 꾸리고 나니, 이번엔 하루 두 차례씩 왕래하는 버스는 멀미 때문에 절대로 타지 않겠다며 노인은 한사코 역으로 가자고 우겼다.

이놈아, 병원에 닿기도 전에 내 죽는 꼴을 볼라고 그라냐. 놔라. 싫으면 나 혼자라도 갈란다. 어쩌나 엄살을 떠는 통에 할 수 없이 노인을 등에 업고 나오긴 했는데, 그나마 일이 안 되려니까 기차마저 감감무소식이었다.

"빌어묵을 놈의 기차가……."

농부는 문득 치밀어 오르는 욕지거리를 황황히 깨물며 지레 놀라 노인의 눈치를 살핀다. 다행히 눈곱 낀 노인의 눈은 아까처럼 질끈 닫혀져 있다. 아들은 고통으로 짙게 고랑을 파고 있는 노인의 추한 얼굴을 내려다보고는 약간 죄스러운 맘이 된다.

이거, 내가 무슨 짓이다냐. 죄받는다, 죄받아…….

노인이 또 쿨룩쿨룩 기침을 토해 낸다. 가슴 밑바닥을 쇠갈퀴로 긁어내는 듯한 고통스런 기침 소리.

그들 부자 곁에 서서 등을 돌린 채 난로의 불기를 쬐고 있는 중년 사내는 자지러지는 기침소리를 들을 때마다 깜짝깜짝 놀라는 시늉을 한다. 기침 소리를 들으면 사내에겐 불현듯 떠오르는 얼굴이 하나 있다. 감방 장인 늙은 허씨다. 고질인 해소12병으로 맨날 골골거리던 허씨는 그것이 감방에 들어와 얻은 병이라고 했다. 난리 후에 사상범으로 잡혀 무기형을 받은 허씨는 스물일곱 살부터 시작한 교도소 생활이 벌써 이십오 년에 이르고 있었지만, 언제나 갓 들어온 신참처럼 말도 없고 어리숙해 뵈는 사람이었다.

자네 운이 좋은 걸세. 쿨룩쿨룩. 나가면 혹 우리 집에 한번 들러봐 줄라나.

이거 원, 소식 끊긴 지가 하도 오래돼 놔서…… 죽었는지, 살았는지…….

사내가 출감하던13 날, 허씨는 고참 무기수14답지 않게 눈물까지 글썽이며 사내의 손을 오래오래 잡고 있었다.

사내는 저만치 유리창 밖으로 들이치는 눈발 속에서 희끗희끗한 허씨의 머리카락이며 움푹 패어 들어간 눈자위를 기억해 내고 있다.

아마 지금쯤 그곳은 잠자리에 들 시간일 것이다. 젓가락을 꽂아 놓은

---

12 해소 : '해수'의 변한말. '기침'을 한방에서 이르는 말
13 출감하다 : 무죄가 선고되거나 형기가 끝나 구치소나 교도소에서 놓여나오다.
14 무기수 : 형기를 정하지 않은 무기형을 선고 받고 종신토록 징역을 사는 죄수

듯한 을씨년스런 창살 너머로 이 밤 거기에도 눈이 오고 있을까. 섬뜩한 탐조등15의 불빛이 끊임없이 어둠을 면도질해 대고 있을 교도소의 밤이 뇌리에 떠오른다. 사내의 눈빛은 불현듯 그윽하게 가라앉고 있다. 그곳엔 사내가 잃어버린 열두 해 동안의 세월이 남아 있었다. 이렇듯 멀리 떨어져서도 그 모든 것들을 눈앞에 훤히 그려 낼 수 있을 만큼 어느덧 사내는 이미 그 생활의 일부가 되어 있었다.

출감한 지 며칠이 지났건만 사내는 감방 밖에서 보낸 그간의 시간이 오히려 꿈처럼 현실감이 없다. 푸른 옷과 잿빛의 벽, 구린내 같은 밥 냄새, 땀 냄새, 복도를 걷는 간수의 구둣발 소리, 쩔그렁대는 쇳소리……. 그런 모든 익숙한 색깔과 촉감, 냄새, 소리, 그리고 언제나 똑같이 반복되는 일과 같은 것들이 별안간 그에게서 떨어져 나가 버리고, 대신에 전혀 생소한 또 다른 사물들의 질서가 사내에게 일방적으로 떠맡겨진 거였다. 그 새로운 모든 것들은 다만 사내를 당혹감에 빠뜨리고 거북하게 만들 뿐이었다.

그 때문에 사내는 출감 후부터 자꾸만 무엇인가 대단히 커다란 것을 빼앗겼다는 느낌을 감출 수가 없었다. 감방 안에서 사내는 손바닥 안에 움켜쥔 모래알이 빠져나가듯 하릴없이 축소되어 가고 있는 자기 몫의 삶의 부피를 안타깝게 저울질해 보곤 했었다. 하지만 기이한 일이다. 낯선 시골 역에 홀로 앉아 있는 이 순간 정작 자기가 빼앗긴 것은 흘려보

---

15 탐조등 : 야간에 무엇을 찾거나 멀리까지 비추기 위하여 사용하는 조명 기구

내는지 모르게 보낸 지난 십이 년의 세월이 아니라, 오히려 그 푸른 옷과 잿빛 담벼락과 퀴퀴한 냄새들이 배어 있는 사각형의 좁은 공간일지도 모른다는 가당찮은16 느낌이 문득문득 들곤 하는 거였다.

쿨룩쿨룩. 아, 저 기침소리. 사내는 흠칫 몸을 돌려 소리가 나는 쪽을 찾는다. 그러나 그것은 감방장 허씨가 아니다. 낯모르는 사람들뿐.

사내는 낮게 한숨을 토해 내며 고개를 흔들어 버리고 만다.

밖엔 간간이 바람이 불고 있다. 전깃줄이 윙윙 휘파람을 불었고 무엇인가 바람에 휩쓸려 다니며 연신 딸그락 소리를 낸다.

대합실 안은 조용하다. 산골짜기를 돌아 달려온 바람이 역사 건물을 지나칠 때마다 유리창이 덜그럭거리고 이따금 난로 속에서 톱밥이 톡톡 튀어오를 뿐 사람들은 아무도 입을 열지 않는다. 저만치 혼자 쭈그려 앉은 청년은 줄곧 창밖의 바람 소리를 헤아리고 있던 참이다. 이윽고 청년은 의자에서 몸을 일으킨다. 딱딱한 나무의자로부터 배어나오는 한기로 엉덩이가 시리다. 창가로 다가가다 말고 그는 문득 누워 있는 미친 여자 쪽을 근심스레 살핀다. 여자는 새우등을 하고 모로 누웠는데 시체가 아닌가 싶을 만큼 미동조차 없다.

세상에, 이렇게 추운 곳에서…… 그런 지경에도 사람이 잠들 수 있다는 사실이 청년은 도대체 믿기지 않는 모양이다. 여자에게서는 가느다란 숨소리만 이따금 새어 나오고 있다.

---

16 가당찮다 : 사리에 합당하거나 마땅하지 않다.

청년은 다시 유리창 밖을 내다본다. 밤새 오려는가. 송이눈이 쏟아져 내리고 있다. 대합실 안에서 새어 나간 불빛이 유리창 가까운 땅바닥 위에 수북하게 쌓인 눈을 비추고 있다. 하얗게 쏟아지는 눈발을 망연히17 바라보며 청년은 그것이 무수한 나비 떼 같다고 생각한다.

그래. 나비 떼야. 활활 타오르는 불길 속으로 밤이 되면 미친 듯 날아들어와 비명조차 지르지 못하고 타 죽어 가는 수많은 흰나비 떼들…….

그는 대학생이다. 아니, 정확히 말하면 그건 보름 전까지의 이야기이다. 청년은 아직도 저고리 안주머니에 학생증을 지니고 있긴 하지만 앞으로 그것을 사용해 볼 기회는 영영 없을지도 모른다. 이젠 누렇게 바랜 어린 날의 사진만큼의 의미도 없는 그것을 미련 없이 찢어 버려야 하리라는 걸 잘 알고 있었음에도 불구하고, 여전히 간직하고 있는 자신을 스스로 감상적이라고 비난하고 있는 중이다.

청년은 유리창에 반사된 톱밥 난로의 불빛을 응시한다. 그 주홍의 불빛은 창유리 위에 놀랍도록 선명하게 재생되어지고 있었으므로 청년은 그것이 정작 실물이 아닌가 하는 착각을 일으킬 뻔했다. 그것은 한 폭의 그림처럼 아름다웠다. 먹빛 어둠은 화폭으로 드리워지고 네모진 창틀 너머 순백의 눈송이들이 화폭 위에 무수히 흩날리고 있다. 거기에 톱밥 난로의 불꽃이 선연한 주홍색으로 투영되자 한순간 그 모든 것들은 기막힌 아름다움을 이루어 내는 것이었다. 아아, 저건 꿈일 것이다. 아름답

지만 존재하지 않는 것, 존재하지 않으므로 아름다운 것. 청년은 불현듯
눈빛을 빛내며 한 발 창 쪽으로 다가서고 있다.

— 아우슈비츠18의 학살이 있었고, 그 후 아무도 아름다움을 노래하지
않았다. 더는 누구도 꿈꾸지 않았다.

— 침묵, 잠, 그리고 죽음.

— 가슴의 뜨거움에 대해서 우리는 얼마나 오래 생각해야 하는 것일
까. 이 ×자식들아.

그날, 청년은 누군가가 어지럽게 볼펜으로 휘갈겨 놓은 책상 위의 낙
서들을 물끄러미 내려다보며 홀로 강의실에 앉아 있었다. 텅 빈 하오19
의 교정20엔 차츰 땅거미21가 깔리기 시작하고 플라타너스나무에 설치
된 스피커로부터 나지막이 흘러나오고 있는 교내 방송의 고전 음악을
들으며 학생들이 띄엄띄엄 집으로 돌아가고 있을 무렵이었다.

그는 바로 전날 밤, 제적22 처분되었다는 사실을 학교로부터 통고받
았었다. 주인도 없는 새에 주인도 아닌 사람들이 주인도 모르게 자신의
이름 석 자를 제멋대로 재판했다는 거였다. 이튿날 조간신문 귀퉁이에

----

18 아우슈비츠 : 폴란드 남부, 크라코프 지방의 화학 공업 도시. 제2차세계대전 중에 나치스
   의 강제 수용소가 설치되어 400만 명 이상의 유태인 및 폴란드인이 학살되었다.
19 하오 : 낮 열두 시부터 밤 열두 시까지의 동안. 오후
20 교정 : 학교의 뜰이나 운동장
21 땅거미 : 해가 진 뒤 완전히 어두워지기 전까지의 어스름
22 제적 : 학적 따위에서 이름을 지워 버림.

서 제 이름을 찾아냈을 때 그는 한동안 자신과 기사 속의 그 이름과의 정확한 관계를 찾아내려 애를 썼다. 끝내 실감이 나지 않아서 여느 때하듯 귀퉁이가 쭈그러진 책가방을 챙겨들고 쭈뼛쭈뼛 강의실로 들어서자마자 친구들은 너도나도 그를 에워쌌다. 아침부터 학교 뒤 막걸리 집으로 끌고 가 술을 퍼먹이던 녀석들 중 몇은 저쪽에서 먼저 찔찔 짜기도 했다.

하는 데까진 해 봤네만 나로서도 어쩔 수가 없었네. 자네 볼 면목이 없구먼.

지도 교수는 짐짓 눈물겨운 표정으로 그의 손을 덥석 잡아 주었다.

괜찮습니다.

모두들 돌아가 버린 텅 빈 강의실은 관 속처럼 고요했다. 창틈으로 비껴 들어온 일몰의 잔광이 소리 없이 부유하는 무수한 먼지의 입자를 하나하나 허공으로 떠올리고 있었다. 미처 덜 지운 칠판의 글자들, 분필가루 냄새, 휴식중인 군대의 대오23처럼 흐트러져 있는 책상들, 강의실 바닥의 얼룩…… 그런 오래 친숙해 온 사물들 속에서 그는 노교수의 나직한 음성과 친구들의 웅얼거림, 그들의 체온과 호흡과 웃음소리와 함성이 아무도 없는 그 순간에 또렷하게 되살아나 오고 있음을 놀라움으로 지켜보고 있었다.

그리고 삼 년 동안이나 자신을 그 한 부분으로 포함시켜 왔던 친숙한

---

23 대오 : 편성된 대열의 줄

이름들로부터 대관절 무엇이 그를 억지로 떼어 내려 하고 있는 것인가에 대해 오래오래 생각했다. 그러나 끝내 알 수가 없었다.

강의실 문을 잠그러 들어왔다가 그를 발견한 수위가 의심스런 눈초리로 당장 나가기를 명령했을 때까지도 그는 해답을 찾지 못했다.

문학부 건물을 나설 즈음, 백마고지[24] 전투에서 훈장까지 받은 역전의 상이용사[25]인 수위 아저씨가 절뚝이며 뒤쫓아 나오더니 그의 가슴에 가방을 내던져 주고 가 버렸다. 그는 깜박 잊고 가방을 두고 온 거였다. 그러자 주체할 수 없이 웃음이 터져 나오기 시작했다.

무엇이 그토록 우스웠는지 모른다. 그는 혼자 미친 듯 웃어젖혔다. 한참이나 벤치에 엎디어 킬킬대다가 그는 배 속에 든 오물을 모조리 토해 내고 말았다. 토하면서도 자꾸만 웃고 또 웃었다. 그러다가 끝내 울음이 터져 나와 버렸던 거였다.

덜커덩.

대합실 출입문이 열리며 한 떼의 사람들이 나타난다. 우연인지 모르지만 네 사람 다 여자들이다. 그녀들의 등 뒤로 삼동[26]의 시린 바깥바람이

---

24 백마고지 : 강원도 철원군 북서쪽에 있는 높이 395미터의 고지. 6·25 전쟁 때의 격전지로, 심한 포격에 의해 하얀 바위 가루만 덮여 있어 멀리서 보면 흰말과 같다고 하여 붙은 이름이다.

25 상이용사 : 군복무 중 전투나 공무 집행 과정에서 부상을 입은 병사

26 삼동 : 겨울의 석 달

바싹 달라붙어 함께 들어왔다. 바람 끝에 묻어 온 싸늘한 냉기에 놀라서 대합실 안에 있던 사람들의 고개가 일제히 그쪽으로 꺾인다.

첫눈에도 그녀들이 모두 일행이 아니라는 걸 쉽게 알 수 있다. 몸집이 큰 중년 여자와 바바리코트를 입은 처녀, 그리고 나머지 둘은 큼지막한 보따리를 하나씩 이고 오는 품이 무슨 행상꾼27 아낙네들이 분명하다.

그녀들은 무척 서둘러 온 눈치다. 머플러며 어깨 위에 눈이 수북하다. 추위에 바짝 얼은 뺨을 씰룩이며 가쁜 입김을 뿜어내고 있다.

"기차, 떠난 건 아니죠?"

맨 처음 들어섰던 중년 여자가 그 말부터 묻는다. 그녀는 아까 문을 여는 순간 난롯가에 서 있는 사람들을 보고 기차가 오지 않았다는 걸 짐작했었지만 그래도 재차 확인하려는 속셈이다.

"아, 와야 뜨든지 말든지 하지요. 그 빌어묵을 놈의 기차가 한 시간이 넘었는디도 감감무소식이다니께요."

늙은이를 받쳐 주고 있던 농부가 부아28가 나서 대꾸한다.

그 말에 중년 여인은 대단히 만족한 표정을 역력히29 떠올린다. 아예 기뻐 어쩌지 못하겠다는 양 헤벌쭉 웃기까지 한다. 웃고 있는 그녀의 빨

---

27 행상꾼 : 이곳저곳 돌아다니며 물건을 파는 일을 직업으로 하는 사람
28 부아 : 분하고 노여운 마음
29 역력히 : 자취나 낌새가 환히 알 수 있게 분명하고 또렷하게

갛게 칠한 입술을 손으로 쥐어뜯어 주었으면 싶지만 농부는 참는다. 이 여편네는 기차가 연착하기를 오매불망하고[30] 있었다는 투로구나, 젠장.

"후유, 다행이지 뭐야. 난 틀림없이 놓쳐 버린 줄로만 여겼다구요. 고생한 보람이 있군요."

농부는 눈살을 찌푸리며 여자를 훑어본다. 그녀는 꽤 비쌀 게 틀림없는 밍크 목도리를 두르고 있지만 참 지독히도 뚱뚱하다. 기름 찬 아랫배가 개구리 모양 불룩하고, 코트 속에 감춘 살덩어리가 터져 나올 듯 코트 자락을 압박하고 있다.

농부는 여인의 무릎에 여기저기 짓이겨진 눈을 훔쳐보며 저렇듯 둔하고 커다란 몸뚱이가 논밭에 미끄러져 뒹굴었을 때 얼마나 거창한 소리가 났을까 하고 상상해 보는 걸로 화풀이를 대신한다.

처녀는 머리에서 눈을 털어 내고 있고 행상꾼 아낙네들은 보따리를 내려놓은 다음 난로로 달려와 한 자리씩 차지했다. 그러다가 뚱뚱보 중년 여자가 표를 사기 위해 매표구 쪽으로 가는 눈치였으므로 나머지 세 여자도 어정어정 그녀를 따라간다.

"여보세요. 기차 아직 안 왔다믄서요?"

뚱뚱보가 매표구 유리창을 두드리며 뻔한 질문을 안으로 쑤셔 박아 넣었을 때 늙은 역장은 벌써 차표를 준비하고 있던 참이다.

"예예. 조금만 기다리십시오. 곧 올 겁니다."

---

30 오매불망하다 : 사람이 어떤 대상을 자나깨나 잊지 못하다.

역장은 표를 넉 장 팔았다. 처녀와 중년 여인은 서울행이고 아낙네들
은 읍내까지 가는 모양이다.

그녀들이 다시 난로 쪽으로 달려가고 나자 역장은 대합실을 넘겨다보며
오늘 막차는 뜻밖에 손님이 많은 편이라고 생각한다. 대합실에 있는 아홉
명 가운데서 표를 산 사람은 여덟이다. 의자 위에서 웅크린 채 잠들어 있
는 그 미친 여자는 늘 공짜 승객이기 때문이다.

아홉 시 오 분 전이다. 역장은 암만해도 톱밥을 더 가져다주어야 하리
라고 여기며 장갑을 찾아 끼고 일어선다.

난로를 에워싸고 있는 사람은 어느덧 일곱으로 불어났다. 늦게 나타난 것
이 무슨 특권인 양, 여자들은 비좁은 틈을 비집고 들어와 각기 섭섭지 않게
공간을 확보했다. 그 통에 중년 사내는 연통 뒤켠으로 밀려나고 말았다.

청년은 아직도 저만치 창가에 서 있고, 미친 여자는 죽은 듯 움직이지
않는다.

한동안 여자들은 추위 속을 걸어온 끝에 마침내 불기를 쬘 수 있게 되
었다는 사실에 감격해서 한마디씩 호들갑을 떨기 시작한다. 덕분에 푹
가라앉아 있던 대합실이 부쩍 활기를 띠는 것 같다.

"영락없이 난 얼어 죽는 줄 알았당께. 발톱이 다 빠질 것 같드라고,
금매31."

---

31 금매 : '글쎄'의 사투리

"그랑께 내 뭐라고 그랍디여. 눈 오는 날은 일찌감치 기차 탈 염을 해야 된다고라우. 싸래기만 조끔 쏟아져도 버스가 망월재를 못 넘어간당께요."

"글씨. 자네 말을 들을 거신디. 무담씨 그놈의 버스 기다리니라고 생고상32만 했네, 그랴."

아낙네들은 목청도 크다. 그녀들의 목소리가 대합실 사방 벽을 쨍쨍 울리며 튕겨 다닌다. 그녀들은 눈에 길이 막혀 버스가 오지 못한다는 걸 늦게야 전해 듣고는, 으레 지각하기 일쑤인 완행열차를 혹시나 탈 수 있을까 하고 역까지 허겁지겁 달려 나온 참이었다.

"어머, 안심하긴 아직 일러요. 혹시 누가 알아요. 기차도 와 봐야 오는가 부다 하지."

뚱뚱이 여자가 말했을 때 아낙네들은 문득 멀뚱한 얼굴로 그녀를 쳐다본다. 하지만 둘 중 누구도 그 말을 선뜻 받지 못한다. 눈부시게 흰 밍크 목도리와 값비싼 코트를 걸친 여자의 반질반질한 서울 말씨가 그녀들을 주저하게 했을 것이다.

무엇보다도 그녀가 난로 가까이 바로 그녀들의 코앞에 보란 듯이 펼쳐 놓은 손, 비록 과도한 영양 섭취 탓으로 뭉뚝하게 살이 쪄서 예쁘지는 않지만 그래도 뽀얗게 살집이 고운 그 손가락에 훌륭한 보석 반지가, 그것도 두 개씩이나 둘러져 있는 것 때문에 아낙네들은 은근히 기가 질린다.

---

32 생고상 : '생고생'의 방언

저 여자는 구정물 통에 손 한 번 담가 보지 않고 사는 모양인갑네. 아낙네들은 불어 터진 오징어 발 모양 볼품없이 아무렇게나 난로 위에 펼쳐 놓은 자기들 손이 문득 죄 없이 부끄럽다.

뚱뚱이 서울 여자는 눈치도 빠르다. 주위의 그런 분위기를 이내 간파해 내고 내심 우쭐한다. 그녀는 이제 얼었던 몸이 풀리고 나니 입이 심심해지기 시작한다. 하지만 시골 보따리장수 여편네들 따위와 얘기한다는 것은 자신의 품위에도 관계가 있을 것이므로 다른 마땅한 상대를 찾기 위해 고개를 휘둘러본다.

마침, 맞은편에 서 있는 바바리코트 아가씨에게 초점이 맞춰진다. 스물대여섯쯤. 화장이 짙은 편이고, 머리엔 노리끼한 물을 들였다. 얼굴은 제법 반반한 편이지만 어딘지 불결감33 같은 게 숨어 있는 듯하다. 도시의 뒷골목, 어둡고 침침한 실내, 야하게 쏟아지는 빨간 불빛, 청승맞은 유행가 가락…… 그런 짤막한 인상들이 티브이 광고처럼 서울 여자의 시야에 잠깐씩 머무르다 사라진다.

틀림없어. 그렇고 그런 계집애로군.

아무리 눈가림을 해도 내 눈은 속일 수가 없지, 하고 뚱뚱이 서울 여자는 바바리 아가씨에 대한 까닭 없는 악의를 준비하며 확신하듯 중얼거린다.

바바리코트 처녀는 고개를 갸웃 숙인다. 처녀는 맞은편 중년 여자의

---

33 불결감 : 어떤 생각이나 행위가 도덕적으로 떳떳하지 못하다는 느낌

시선이 제게 따갑게 부어지고 있음을 느끼면서도 일부러 모른 척한다.

흥, 지까짓 게 쳐다보면 어때.

처녀의 이름은 춘심이다. 그래, 춘심이가 내 이름이다. 어쩔래. 그녀는 은근히 부아가 치민다. 도대체 사람들은 뻔뻔스럽게 왜 남을 찬찬히 훑어보는 개 같은 버르장머리를 갖고 있는지 모르겠다. 그녀는 다른 사람들이 자기를 쳐다보는 듯한 눈치가 뵈면 아주 딱 질색이다. 그것은 흡사 온몸을 하나하나 발가벗기는 것 같아 불쾌하기 그지없다.

참 알 수 없는 일인 것이, 그녀는 어둠 속에서 혹은 빨간 살구 알전등34이 유혹하듯 은근한 불빛을 쏟아 내는 방구석에서, 또는 취한 사내들과 뚜덕뚜덕 젓가락 장단을 맞춰 가며 뽕짝을 불러 대는 술자리에서라면 누구 못지않은 용감한 여자인 것이다.

부끄러움? 흥, 그따위 잊은 지 왕년35이다. 실오라기 같은 팬티 한 잎 걸치고 홀랑 벗어젖힌 몸뚱이 하나만으로도 사내들 얼을 빼놓는 것쯤이야 그녀에겐 식은 죽 먹기다. 춘심이. 적어도 신촌 바닥에서 민들레집 춘심이 하면 아직은 일류다. 하지만 그런 그녀가 대낮에 한길에 나서기만 하면 형편없는 겁쟁이 계집애가 되고 마는 거였다.

무슨 벌거지36 떼처럼 무수히 거리를 오가는 행인들 중에 민들레집

---

34 알전등 : 갓 따위의 가리개가 없거나 전선 끝에 달려 있는 맨전구
35 왕년 : 이미 지나간 해
36 벌거지 : '벌레'의 비표준어

춘심이의 얼굴을 기억할 사람이라곤 좀체37 없을 터인데도 그녀는 언제나 고개를 쳐들기가 어려웠다. 벌써 삼 년째 되어 가는 이력에도 불구하고 그 버릇은 여전히 떨어지지 않고 있었다.

춘심이는 애써 고개를 빳빳이 세워 뚱뚱이 여자가 자기를 여전히 뻔뻔스레 훑고 있음을 확인한다. 이제 춘심이는 아까보다 훨씬 오만한 표정을 떠올리며 무심한 척 난로의 불빛만 들여다보기로 한다.

춘심이는 고향에 내려왔다가 서울로 다시 올라가는 길이다. 중학을 졸업하고 나서 몇 년 빈둥거리다가 어느 날 밤 무작정 상경한 후로 ─그때도 바로 이 기차였다.─ 삼 년 만에 처음 찾아온 고향집이었다. 그래도 편지는 가끔 띄웠었다. 물론 이쪽 주소는 한 번도 알려 주지 않았다. 화장품 회사에 다닌다고 전해 두긴 했지만 식구들이 꼭 믿는 눈치는 아니었다.

어쨌든 그녀의 귀향은 비교적 환영을 받은 셈이었다. 때 묻은 가방 하나만 꿰차고 줄행랑을 친 계집애가 완연한 멋쟁이 처녀로 변신해서 얼마의 돈과 식구들은 물론 친척 어른들 몫까지 옷가지며 자질구레한 선물들을 꾸려 갖고 나타났으니 그럴 법도 했다.

휴가를 틈타 내려온 걸로 된 그 닷새 동안, 오랜만에 그녀는 고향에서 어린 시절의 행복을 되찾은 기분이었다. 이름도 춘심이가 아니라, 예전의 옥자로 돌아왔다. 하지만 고무줄처럼 느즈러진 시골 생활이 조금씩 지겨워지기 시작했을 즈음, 알맞게도 닷새간의 옥자 역은 끝나 주었으므

---

37 좀체 : 여간하여서는. 좀처럼

로 그녀는 다시 춘심이가 되기 위해 산골짜기 고향집을 나선 거였다.

언니, 나도 언니 댕기는 회사에 취직 좀 시켜 주소, 잉.

그래, 염려 마. 내 서울 가서 연락해 줄게.

더러는 콧물을 찍어 내고 있는 식구들을 뒤로한 채, 하이힐을 삐적거리며 고샅38을 빠져나올 때 동생 옥분이가 쭈르르 뒤쫓아 나와 신신당부하던 일이 떠올라 춘심이는 혼자 쓴웃음을 짓는다.

미친년. 그 짓이 뭔지도 모르구⋯⋯.

문득 가슴 한쪽이 싸아 아려 와서 그녀는 손수건을 꺼내어 핑 코를 푼다.

이윽고 멀리서 기적 소리가 울려왔다.

기차다. 온다. 행상꾼 아낙네들과 서울 여자가 맨 먼저 짐 꾸러미를 챙겨 들었고, 의자에 앉아 졸고 있는 노인을 황급히 흔들어 깨워 농부가 등에 업었다. 중년 사내와 창가에 혼자 서 있던 대학생도 천천히 몸을 돌려세운다. 미친 여자마저 그 소란 통에 부스스 일어났다.

그들이 문을 열어젖히고 플랫폼 쪽으로 바삐 몰려가고 있을 때 저편 어둠을 질러오는 불빛을 확실히 볼 수 있었다. 하지만 뜻밖에 기차는 속도를 조금도 늦추지 않은 채로 그들을 지나쳐 가고 말았다.

유난히 밝은 기차 내부의 불빛과 승객들의 거뭇거뭇한 머리통 정도조

---

38 고샅 : 마을의 좁은 골목길

차도 언뜻 분간하기 어려웠을 만큼 기차는 쏜살같이 반대쪽으로 내달려 가버렸다.

기차가 사라지고 난 뒤 사위는 다시금 고요해졌다. 눈발이 하염없이 쏟아지고 있을 뿐 모두가 아까 그대로 남아 있다.

달려 나왔던 사람들은 한참이나 어안이 벙벙하다. 방금 그들의 눈앞을 스쳐 지나간 것은 꿈속에서 본 휘황한 도깨비불이거나 난데없는 돌풍에 휩쓸려 날아가 버린 무슨 발광체39였는지도 모른다. 그만큼 그것은 순식간에 일어난 일이었다.

기차가 스쳐 간 어둠 저편에서 손전등을 든 늙은 역장이 나타나 그것이 특급열차40라고 알려 주었을 때에야 사람들은 풀죽은 모습으로 대합실로 어기적어기적 되돌아왔다.

"나 원 참, 좋다가 말았구마이."

누군가 투덜댔다. 난로를 차지하고 둘러서서 한동안은 모두들 입을 봉하고41 있다. 저마다 실망한 기색이다. 대학생은 아까처럼 창을 내다보고 있고 미친 여자는 의자에 멀뚱하게 앉아 있다.

조금 있으려니, 문이 열리며 역장이 바께쓰42를 들고 나타난다. 바께쓰 속엔 톱밥이 가득 들어 있다.

---

39 발광체 : 태양, 전구, 촛불 따위와 같이 제 스스로 빛을 내는 물체
40 특급열차 : 보통의 급행열차보다 더 빨리 달리는 열차
41 봉하다 : 사람이 입을 다물고 말을 하지 아니하다.
42 바께쓰 : 한 손으로 들 수 있도록 손잡이를 단 통

"추위에 고생하십니다요."

농부가 얼른 인사를 차린다. 그에겐 제복을 입은 사람은 무조건 존경의 대상이 된다.

"뭘요. 그나저나 이거 죄송합니다. 기차가 자꾸 늦어지는군요."

눈이 오니까 그렇겠지라우, 하고 너그러운 소리를 농부가 또 덧붙인다.

역장은 난로 뚜껑을 열고 안을 살펴본다. 생각보다 톱밥이 꽤 남았다. 바께쓰를 기울여 톱밥을 반쯤 쏟아 넣은 다음 바께쓰는 다시 바닥에 내려놓는다. 역장은 돌아가지 않고 함께 이야기를 주고받기 시작한다. 그도 역시 무료했으리라.

눈 얘기, 지난 농사와 물가에 관한 얘기, 얼마 전 새로 갈린 면장43과 머지않아 읍내에 생기게 된다는 종합 병원 이야기에 이르기까지 화제는 이어진다. 처음엔 역장과 농부가 주연이었지만 차츰 여자들도 끼어들게 된다. 그들 중 음울한 표정의 젊은 사내만이 끝내 입을 열지 않은 채로이다.

역장이 나타나는 바람에 자리가 더욱 좁아졌으므로, 중년 사내는 난로 가까이 놓아 둔 자신의 작은 보퉁이를 한편으로 치워 놓는다. 그 보퉁이엔 한 두름44의 굴비, 그리고 낡고 때 묻은 내복 따위 같은 사내의 옷가지가 들어 있을 뿐이다. 그것은 사내가 벽돌담 저쪽의 세상에서 가지고

---

43 면장 : 면의 행정을 주관하는 우두머리
44 두름 : 물고기나 나물을 짚 따위로 길게 엮은 것

나온 유일한 재산이다.

"선생은 향촌리에 사시우?"

늙은 역장이 곁의 중년 사내에게 묻는다.

"아, 아닙니다."

"그래요. 근데 무슨 일로……."

"누굴 찾아왔다가 그만 못 만나고 가는 길입지요."

"누굴 찾으시는데요. 어디 말씀해 보구려. 이 근처 삼십 리 안팎에 있는 동네라면 내가 얼추 다 아니까요. 허허."

"아, 아닙니다. 제가 주소를 잘못 알았었나 봅니다."

오, 그래요. 역장은 사내가 뭔가 말하기를 꺼려한다는 느낌을 받았으므로 더 캐묻지 않는다.

톱밥 난로의 열기가 점점 강하게 퍼져 오르고 있다. 역장은 난로의 뚜껑을 닫고 나서 한산도를 꺼내 사내와 농부에게 권한다. 그들은 담배를 피우기 시작한다.

사내는 기차를 타기 전, 서울역 앞에서 그 굴비 한 두름을 샀었다. 언젠가 감방에서 허씨가 흰 쌀밥에 잘 구운 굴비를 먹고 싶다고 말한 적이 있었기 때문인지도 모른다. 비록 허씨 자신은 먹을 수 없겠지만, 홀로 산다는 허씨의 칠순 노모에게 빈손으로 찾아갈 수는 없을 것이라는 생각에 역 광장의 행상꾼에게서 한 두름을 샀다. 그리고 밤 내내 완행열차를 타고 이날 새벽 사평역에서 내려 허씨가 일러준 대로 그 조그마한 산골 마을을 찾아들었던 것이다.

하지만 허씨의 노모는 이미 만날 수가 없었다. 죽어 묻힌 지가 오 년도 넘었다고 했다. 노모가 죽은 이듬해, 허씨의 형도 식솔들을 데리고 훌훌 마을을 떴고, 그 후 그들의 소식은 영영 끊어졌다는 거였다.

그 말을 전해 듣는 순간 사내는 사지의 힘이 일시에 빠져나가는 듯한 허탈감을 맛보았다. 어느덧 초로45에 접어든 허씨의 쓸쓸한 모습이 눈앞에 선히 떠올랐다. 노모의 죽음조차 모르고 비좁은 벽돌담 안에 갇힌 채 다만 다른 사람들의 것일 따름인 그 숱한 계절들을 맞고 보내다가, 어느 날인가는 푸른 옷에 싸여 죽음을 맞아야 할 한 늙고 병든 무기수의 얼굴이 사내의 발길을 차마 돌릴 수 없도록 만드는 거였다.

등 뒤에 두고 돌아서려니, 사내는 그 마을이 바로 자기의 고향인 듯한 느낌이 들었다. 그의 고향은 본디 이북46이었지만 피난통에 가족들과 헤어져 집도 부모도 없이 떠돌아다니며 커 왔던 것이었다.

하염없이 눈송이만 펑펑 쏟아지는 산길을 걸어 나오며 사내는 자꾸만 발을 헛디뎠다. 문득 되돌아보면 멀리 산골 초가의 굴뚝에선 저녁 짓는 연기가 은은히 피어오르고 있었다. 눈 내리는 산자락에 고요히 묻혀 가는 저녁 무렵의 산골 풍경은 눈물겹도록 평화스러워 보였다.

이보쇼, 허씨. 당신이나 나는 이젠 매양47 마찬가지구려. 피차 어디 찾아갈 곳 하나 없어졌으니 말이오. 하지만 그래도 당신은 나보다야 낫

---

45 초로 : 노년에 접어드는 나이. 또는 그런 사람. 예전에는 흔히 40, 50대를 일렀으나 수명
   이 늘어난 요즈음에는 주로 50, 60대를 이른다.
46 이북 : 한반도의 북위 38도 선 위쪽
47 매양 : 한결같이 늘

소. 그 속에 있으면 애써 고향을 찾아 나설 수도, 또 그래야 할 필요도 없을 테니까 말이외다. 허허허. 그나저나 난 도대체 이제부터 어디로 가야 한다는 말이오.

사내는 휘적휘적 눈길을 헤쳐 내려오며 몇 번이나 그렇게 넋두리를 했다.

역장은 시계를 본다. 아홉 시 반. 이거 너무 늦는걸. 그러다가 역장은 저만치 창가에서 서성이고 있는 청년을 새삼 발견한다.

청년은 벽에 붙은 지명 수배자 포스터를 들여다보고 있는 참이다. 포스터엔 스무 명 남짓, 지극히 평범하게 생긴 한국 사람들의 얼굴이 적혀 있고 그 밑에 성명, 나이, 범행 내용, 인상착의[48] 따위가 기록되어 있다. 그 중 몇은 '검거'라고 쓰인 붉은 도장이 쿵쿵 박혀 있다. 수배자들의 사진 가운데엔 대학생이 아는 얼굴도 하나 끼여 있다.

그는 청년의 선배이다. 시위를 주동한 혐의로 선배는 몇 달 전부터 수배되어 있는 중이다. 청년은 지금 그 선배의 사진과 무슨 얘기라도 나누는 양 골똘히 마주 대하고 있다. 바로 그때 역장이 청년을 불렀으므로 청년은 적이 놀란 모양이다.

"이봐요, 젊은이. 추운데 거기 있지 말고 이리 와서 불 좀 쬐구려."

청년은 우물쭈물하더니 이윽고 난로 쪽으로 걸어온다. 그리고 역장에게 꾸벅 고개를 숙인다.

---

48 인상착의 : 사람의 생김새와 옷차림

"누구…… 더라."

역장은 의외라는 표정이다. 청년의 얼굴이 금방 기억나지 않는다.

"저, 역장님은 잘 모르실 거예요. 고등학교 때 통학하면서 줄곧 뵈었는데…… 재 너머 오동삼 씨가 제…….."

"아아, 이제야 알겠네. 자네가 바로 오씨 큰아들이구먼. 지금 대학에 다닌다면서, 그렇지?"

"예…….."

"맞아. 작년 여름에 내려왔을 때도 봤었지. 그래, 방학이라서 집에 왔구먼."

"예…….."

역장은 청년을 새삼 믿음직스러운 듯 바라본다. 역장은 그를 기억해 낼 수 있다. 어릴 때부터 남달리 성실하고 착한 학생 같았다. 여느 애들과는 다르게 생각이 많아 뵀고 늘 손에 책이 들려 있는 것도 대견스러웠다. 그러기에 청년이 인근 마을에선 유일하게 도회지의 국립대학에 합격했다는 소문을 들었을 때, 그게 우연이 아니라고 여겼던 것이다.

"아믄, 공부 열심히 해서 성공해야지. 뒷바라지하시느라 촌구석에서 뼈 빠지게 고생하시는 부모님 호강도 시켜드리고, 고향에 좋은 일도 많이 해야 하네. 알겠는가."

"예…….."

역장이 어깨를 툭툭 두드려 주며 격려했고, 청년은 고개를 떨군 채 희미한 대답을 한다.

불현듯 청년의 뇌리엔 아버지의 얼굴이 떠오른다. 소나무 등걸49처럼 터부룩한50 아버지의 손. 그 손으로 아버지는 평생을 논밭만 일구며 살아왔다. 아버지의 꿈은 판사 아들을 두는 거였다. 그렇게만 된다면 내일 죽어도 한이 없노라고, 젊은 시절을 남의 집 머슴으로 전전했던 가난한 아버지는 대학생이 된 아들 앞에서 주먹을 불끈 쥐어 보이곤 하던 거였다.

청년에겐 동생이 다섯이나 있었다. 모두가 초등학교만 겨우 마쳤거나 아직 다니고 있는 중이었다. 청년은 그의 집의 유일한 희망이었고, 어김없이 찾아올 밝아 오는 새벽이었다. 그런 부모와 형제들 앞에서 끝내 퇴학당했다는 말을 꺼낼 수가 없었다.

언젠가 여름에 자기도 그냥 집에 내려와 농사나 짓는 게 어떻겠느냐고 한마디 건넸다가, 그만 노발대발한 아버지에게 용서를 비느라 혼쭐이 난 적도 있었다. 결국 아무런 얘기도 꺼내 보지 못하고 이젠 누구 하나 찾아갈 사람도 없는 그 거대한 도시를 향해 집을 나섰을 때 청년은 하마터면 울음을 터뜨릴 뻔하였다.

자, 이거 받으라이. 느그 아부지가 준 돈은 책값하고 하숙비 빼면 니 쓸 것도 부족하꺼이다. 괜찮다이. 내, 그동안 몰래 너 오면 줄라고 모아 둔 돈이니께. 달걀도 모았다가 팔고 동네 밭일 해주고 품삯 받은 거이

<hr />

49 등걸 : 나무의 줄기를 베어 내고 남은 밑동
50 터부룩하다 : 거칠고 무성하다.

다. 아무쪼록 애껴 쓰면서, 공부도 좋재만 항상 몸을 살펴야 쓴다이.

동구 밖까지 따라 나온 어머니는 꾸깃꾸깃 때에 전 돈을 억지로 손에 쥐여 주었다. 어머니와 동생들은 마른버짐51이 허옇게 핀 얼굴로 그가 고개를 꼬박 넘어설 때까지 손을 흔들고 있었다.

흥, 대학생? 그까짓 대학생이 무슨 별거라구…….

춘심이가 역장과 청년의 대화를 들으며 입을 비쭉인다.

춘심이가 벌써 삼 년간이나 몸 비비고 사는 민들레집 근방 일대엔 서너 개의 대학이 몰려 있었으므로 허구한 날 보는 게 대학생이었다.

그 녀석들은 덜렁대며 책가방을 들고 다니긴 하지만 대체 언제 공부를 하는 줄 모르겠다고 그녀는 늘 의아해했다. 아침이면 교문으로 엄청난 수가 떼를 지어 몰려 들어갔고 어쩌다 교문 앞을 지나치다 보면 거의 날마다 무슨 운동회다 축제 행사다 해서 교정이 뻑적지근하도록 시끄러웠다. 게다가 삐끗하면 데모다 시위다 하여 죄 없는 부근 주민들까지 매운 냄새를 맡게 만들었기 때문에 번번이 장사에 지장도 많았다.

하필 학교 정문으로 통하는 네거리 길목에 자리 잡은 민들레집으로서는 데모가 터졌다 하면 그날 장사는 종을 쳤다. 그런 날은 일찌감치 문 닫고 그녀들은 옥상으로 올라가 한여름에도 신라 시대 장군들처럼 투구에다 갑옷 차림으로 학교 문 앞을 겹겹이 막고 도열해52 있는 사람들을

---

51 마른버짐 : 피부가 건조하고 가려우며 흰 비듬이 일어나는 피부 질환
52 도열하다 : 여러 사람이나 사물이 어떤 장소에 죽 늘어서다.

재미나게 구경하는 거였다.

하교시간이면 술집들이 빽빽하게 들어차기 시작했다. 무슨 뼈 빠지는 막노동이라도 종일 하고 온 사람처럼 열나게 술을 퍼마시는 녀석들, 알아듣지도 못할 골치 아픈 얘기 따위나 해대며 괜스레 진지한 척 애쓰는 배부른 녀석들. 그것이 춘심이네가 생각하는 대학생들이었다. 그러다가 그들은 자정이 넘어서야 곤드레53가 되어 더러는 민들레집을 찾아 기어들어 오기도 했는데 가끔 술값이 모자라 이튿날 아침이면 가방을 잡혀 두고 허겁지겁 돈 구하러 뛰어나가는 얼빠진 녀석들도 있었다.

그러나 아무리 비쭉여 대긴 해도 대학생은 역시 부러운 존재였다. 그들은 모두 멀잖아 도심지의 고층 빌딩을 넥타이 차림으로 오르락내리락할 것이고, 유식하고 잘난 상대를 만나 그럴싸한 신혼살림에 그럴싸하게 살아갈 것이라는 빤한 사실 때문인지도 모른다.

언젠가 춘심이는 민들레집 계집애들과 함께 일이 없는 오후에 근처 대학교로 놀러갔었다. 그러나 그녀들은 교문에 들어서기도 전에 수위한테 내쫓김을 당했다. 씨발, 여대생은 얼굴에 무슨 금딱지라도 붙이고 다니다던.

춘심이는 홧김에 씹고 있던 껌을 교문 돌기둥에 꾹꾹 눌러 붙여 놓고 왔었다.

---

53 곤드레 : 술이나 잠에 취하여 정신이 흐릿하고 몸을 잘 가누지 못함. 또는 그러한 사람

쿨룩쿨룩.

노인이 기침을 시작한다. 농부는 노인의 가슴을 크고 볼품없는 손으로 문질러 준다. 난로가 달아오르고 있다. 훈훈한 열기가 주위에 서 있는 사람들의 몸을 기분 좋게 적신다.

남자들이 담배를 피우는 모습을 보고 있으려니 여자들은 문득 입안이 허전한가 보다. 아낙네 하나가 보따리에 손을 집어넣고 무엇인가를 찾고 있다.

이윽고 아낙의 손끝에 북어 두 마리가 따라 나온다. 그녀는 그걸 대뜸 난로 위에 얹어 굽더니 북북 찢어 내어 사람들에게 골고루 나누어 준다.

"벤벤찮으요만 잡숴들 보실라요. 입이 궁금할 때는 이것도 맛이 괜찮합디다."

"고맙긴 하오만, 이렇게 먹어 버리면 뭐 남기나 하겠소?" 역장이 한 조각 받아들며 말한다.

"밑질 때 밑지드라도 먹고 싶을 때는 먹어야지라우. 거시기, 금강산도 식후갱이라 안 합디여. 히히히."

아낙은 제법 유식한 말을 했다는 생각에 스스로 대견해서 익살맞게 이빨을 드러내고 웃는다.

농부와 대학생과 춘심이도 한 오라기54씩 입에 넣고 우물거리고 있다. 뚱뚱이 서울 여자는 마지못한 시늉으로 그걸 받더니, 행여 더러운 것이

54 오라기 : 가늘고 긴 조각

라도 묻지 않았나 싶은 듯 손가락 끝에서 요모조모 뜯어보다가 입에 넣었다. 그녀는 여전히 마지못한 표정을 짓고 있었지만 속으로는 그게 생긴 것보다는 맛이 괜찮다고 생각한다. 그러고 보니 그녀는 저녁을 거른 채로였다.

"북어를 팔러 다니시는가 보죠."

뚱뚱이 여자는 북어 얻어먹은 걸 반지르르한 서울말로 갚아야겠다는 속셈이다.

"북어뿐 아니라 김, 멸치, 미역 같은 해산물도 갖고 다녀라우. 산골이라 해산물이 귀해서 그런지 사평에 오면 그런대로 사 주는 편입디다."

"저쪽 아주머니두요? 보따리가 꽤 커 보이는데."

"아니라우. 나는 옷장사요. 정초55도 가까워오고 해서 애들 옷가지랑 노인네 솜바지 같은 걸 조까 많이 떼어 와 봤등만, 이번엔 영 재미를 못 봤소야. 삼사 일 전에 다른 옷장사가 먼저 들러 갔다고 그럽디다. 오가는 차비 빠지기도 힘들게 돼부렀는갑소."

"아따, 성님도 엄살은. 그만큼 팔았으면 됐지, 손해는 무슨 손해요."

젊은 아낙은 북어 두 마리를 더 꺼내어 난로에 얹으며 호들갑을 떤다.

"근데 이거 기차도 다 틀린 건 아닌지 모르겠네. 어떡하믄 좋지. 이눔의 시골바닥엔 여관 하나도 안 보이던데, 쯧."

서울 여자가 코를 찡그린다.

---

55 정초 : 정월의 초승. 또는 그 해의 맨 처음

"누구, 아는 사람을 찾아오신 게 아닌갑네요?"

젊은 아낙이 퍽 호의를 보이며 묻는다.

"아는 사람이 누가 있겠수. 이런 두메산골은 눈 째지고 나서 첨 와 봤다구요. 말만 들었지, 종이쪽지 하나 들구 찾아와 보니깐 이거 원. 이게 모두가 다 그……."

모두가 다 그 몹쓸 년 때문이지 뭐야, 하려다가 서울 여자는 입을 오므리고 만다. 단무지같이 누렇게 뜬 사평댁의 낯빛이 눈에 선하게 떠오른 까닭이다.

뚱뚱이 여자는 이날 아침 버스로 사평에 도착했다. 하지만 사평댁이 사는 마을은 고개를 둘이나 넘어야 하는 산골짜기에 있었다. 커다란 몸집을 절구통 옮기듯 씩씩거리며 두어 시간이나 걸려 마을에 다다랐을 때는 점심나절이 한참 넘어서였다.

그녀는 사평댁을 만나면 머리채부터 휘어잡고 그동안 쌓인 분풀이를 톡톡히 할 참으로 벼르고 있었다. 그녀는 서울에서 음식점을 하나 갖고 있었는데, 몇 달 전만 해도 사평댁은 주방에서 일을 했었다. 갓 서른이 넘은 나이에 성깔도 고와 뵈고 믿을 수 있을 것 같아서 그녀는 남다른 신뢰와 애정을 베풀어 주었노라고 지금도 자부하고 있는 터였다.

한데, 믿는 뭣에 뭐가 핀다더니 바로 그 사평댁에게 가게를 맡기고 단풍놀이를 갔다가 돌아와 보니 사평댁은 돈을 챙겨 넣은 채 온다간다 말도 없이 사라져 버리고 없던 거였다. 이상한 건 금고에 돈이 더 있었는데도 없어진 것은 다만 삼십여 만 원 정도였다. 하지만 그녀가 분해하는 것은 없어진 돈 때문만은 아니었다.

세상이 아무리 막되었기로서니 친언니보다도 더 극진히 믿고 위해 주었던 은혜를 사평댁이 감쪽같이 배신했다는 사실이 더욱 분했다. 처음엔 그저 잊어버리고 말지, 했으나 생각하면 할수록 부아가 치밀어 올라 급기야는 어설픈 기억을 더듬어 사평댁의 고향으로 이날 쫓아 내려온 거였다.

사평댁이 살고 있는 마을은 지독한 빈촌이었다. 겨우 이십여 호 남짓한 흙벽돌집들은 대부분이 초가였고, 한결같이 금방이라도 귀신이 나올 듯한 험상 맞은 꼬락서니를 하고 있었다. 산비탈 여기저기에 밭을 일구어 간신히 입에 풀칠이나 하고 살아가는 화전민촌56이라는 사실을 첫눈에 쉽사리 알 수 있었다.

세상에, 이눔의 동네는 그 요란한 새마을 운동인가 뭔가도 여태 구경 못 했담.

발 디딜 자리 없이 쇠똥이 지천으로 내갈겨진 고샅을 더듬어 올라가며 그녀는 내내 오만상57을 구겨야 했다. 엄청나게 큰 아가리를 벌리고 있는 똥통이며 두엄더미58, 그리고 어쩌다 마주치는 시골 사람들의 몰골은 하나같이 수세미처럼 거칠고 쭈그러져 있었다.

금방 주저앉을 듯한 초가 사립을 들어섰을 때 그녀는 이미 그때까지

---

56 화전민촌 : 산이나 들에 불을 지르고 그 자리를 일구어 농사를 지어 먹고 사는 화전민들이 모여 만든 마을
57 오만상 : 얼굴을 잔뜩 찌푸린 모양
58 두엄더미 : 풀, 낙엽이나 동물의 배설물 따위를 썩혀 만든 거름을 쌓은 더미

등등하던 기세가 사그라져 버리고 없었다. 기척을 들었는지 누구요, 하고 방문을 연 것은 바로 사평댁이었다. 순간 그녀를 보자마자 사평댁은 그 자리에서 풀썩 주저앉고 마는 거였다. 처음에 그녀는 송장같이 핼쑥한 그 여자가 바로 사평댁이라는 사실을 깨닫지 못했다. 그만큼 사평댁은 오랜 병석의 기색이 완연했다.

에구머니나. 이게 무슨 꼴이야. 곱던 얼굴이 세상에 이렇게 못쓰게 될 수가 있담. 아니, 정말 네가 사평댁이 틀림없니, 틀림없어?

머리채를 박박 쥐어뜯어 놓겠다고 벼르던 일은 까맣게 잊고 뚱뚱이 여자는 사평댁의 허깨비 같은 몸뚱이를 부둥켜안고 안타까워 어쩔 줄을 몰랐다. 속사정이야 제쳐 두고 우선 두 여자는 한참 동안 울음보를 풀었다.

서울 여자는 일찍이 젊어 과부가 된 제 팔자가 새삼 서러웠을 테고, 송장같이 말라빠진 사평댁 또한 기구한 제 설움에 겨워 눈물을 쭐쭐 쏟아 내었다.

한바탕 소란이 끝나고 차츰 그간의 경위59를 들어보니 사평댁의 소행이 이해가 갈 만도 했다. 본디 사평댁은 결혼 후 그 마을에서 죽 살아왔노라고 했다. 주정뱅이에다가 노름꾼인 건달 남편과의 사이에 아이 둘을 낳았으나, 갈수록 심해지는 남편의 손찌검에 못 견뎌 집을 나온 거였다. 물론 그런 사실을 사평댁은 까맣게 숨기고 있었다.

---

59 경위 : 일이 되어 온 과정이나 경로

그런 어느 날 식당에 우연히 들어온 고향 사람을 만났고, 그에게서 지난겨울 술 취한 남편이 밤길 눈밭에서 얼어 죽었다는 소식을 들었다. 부모 없이 거지 신세가 되어 이집 저집에 맡겨져 있다는 아이들을 생각하니 한시도 머물러 있을 수가 없었노라고, 사평댁은 울먹이며 자초지종을 털어놓았다.

그러고 보니 방 한쪽 구석에는 사평댁의 아이들이 눈이 휘둥그레져서 그녀들을 쳐다보고 있었다. 머리통은 부스럼60 딱지로 더껑이61가 져 있고 영양실조로 낯빛이 눌눌한62 아이들은 유난히 배만 불쑥 튀어나온 기이한 모습들이었다.

다시 한바탕 설움에 겨운 넋두리를 퍼붓다가 뚱뚱이 여자는 몸에 지닌 몇 푼의 돈까지 쓸어 모아 한사코 마다하는 사평댁의 손에 쥐여 준 채 황황히63 그 집을 나오고 말았다.

젠장맞을. 하여간 나는 정이 많은 게 탈이라구. 그 꼴을 하고 있는 줄 알았으면 애당초 여기까지 찾아오지도 않았을 거 아냐. *쯔쯔쯔.*

서울 여자는 분풀이라도 하듯 북어를 어금니로 쭉 찢어서 씹기 시작한다.

---

60 부스럼 : 피부에 나는 종기를 통틀어 이르는 말
61 더껑이 : 걸쭉한 액체의 거죽이 엉겨 굳거나 말라서 생긴 꺼풀
62 눌눌하다 : 빛깔이 누르스름하다.
63 황황히 : 허둥지둥 매우 급하게

짧은 순간, 사람들은 모두 바깥의 어둠에 귀를 모은다. 분명히 기적 소리다.

아아, 오는구나.

저마다 눈빛을 빛내며 그들은 서둘러 짐 꾸러미를 찾아 들고 플랫폼을 향해 종종걸음을 친다. 그러나 맨 앞장선 서울 여자가 유리문에 미처 다다르기도 전에 문이 드르륵 열리며 역장이 나타났다.

"그대로들 계십시오. 저건 특급 열찹니다."

그렇게 말하고 역장은 문을 다시 닫더니 플랫폼으로 바삐 사라진다.

참, 그러고 보니 저건 하행선이구나. 대합실 안의 사람들은 일시에 맥이 빠진다. 이번에도 특급이야? 뚱뚱이는 짜증스레 내뱉었고, 아낙네들은 욕지거리를 섞어 가며 툴툴대었으며, 노인은 더 심하게 기침을 콜록거렸고, 농부는 이번엔 늙은이의 가슴을 쓸어 줄 생각을 하지 못했다. 중년 사내와 청년도 말없이 난롯가로 되돌아갔고, 맨 뒤로 몇 발짝 따라 나왔던 미친 여자는 쭈뼛쭈뼛 눈치를 살피며 도로 의자 위로 엉덩이를 주저앉힌다.

그사이, 열차는 쿵쾅거리며 플랫폼을 통과하고 있다. 차 내부의 불빛과 승객들의 미라 같은 형상들이 꿈속에서 보듯 현란한 흔적으로 반짝이다가 이내 사라져 버리고 말았다. 사위64는 아까처럼 다시금 고요해졌고, 창밖으로 칠흑의 어둠이 잽싸게 제자리를 찾아 들어온다. 열차가

---

64 사위 : 사방의 둘레

사라진 어둠 저편에서 늙은 역장의 손전등 불빛이 휘적휘적 걸어오고 있는 게 보인다. 그 모든 것이 아까와 똑같이 반복되고 있는 것이다.

대학생은 방금 눈앞에 나타났다가 사라진 열차의 불빛이 아직 자신의 망막에 남아 있는 듯한 느낌이다. 그것은 어느 찰나에 피어올랐다가 소리 없이 스러져 버린 눈물겨운 아름다움 같은 거였다고 청년은 생각한다. 어디일까. 단풍잎 같은 차창들을 달고 밤 열차는 또 어디로 흘러가고 있는 것일까. 그것이 마지막 가 닿는 곳은 어디쯤일까. 그런 뜻 없는 질문을 홀로 던지며 청년은 깊숙이 가라앉은 시선을 창밖 어둠을 향해 던지고 있다.

사람들은 누구도 입을 열지 않는다. 대합실 벽에 붙은 시계가 도착 시간을 한 시간 반이나 넘긴 채 꾸준히 재깍거리고 있었지만 누구 하나 눈여겨보는 사람은 없다.

창밖엔 싸륵싸륵 송이눈이 쌓여 가고 유리창마다 흰 보랏빛 성에가 톱밥 난로의 불빛을 은은하게 되비추어 내고 있을 뿐.

사람들은 약속이나 한 듯 말을 잊었다. 어쩌면 그들은 열차를 기다리고 있다는 사실조차 망각하고 있는 것인지도 모른다. 중년 사내는 담배를 입에 문 채 성냥불을 땅기려다 말고 멍하니 난로의 불빛을 들여다보고 있다.

노인을 안고 있는 농부도, 대학생도, 쭈그려 앉은 아낙네들도, 서울 여자도, 머플러를 쓴 춘심이도 저마다 손바닥들을 불빛 속에 적셔 두고 망연한 시선을 난로 위에 모은 채 모두들 아무 말도 하지 않았다. 저만치 홀로 떨어져 앉아 있는 미친 여자도 지금은 석고상으로 고요히 정지

해 있다. 이따금 노인의 기침 소리가 났고, 난로 속에서 톱밥이 톡톡 튀어 올랐다.

"흐유. 산다는 게 대체 뭣이간디……."

불현듯 누군가 나직이 내뱉었다.

그러자 사람들은 그 말꼬리를 붙잡고 저마다 곰곰이 생각해 보기 시작한다. 정말이지 산다는 게 도대체 무엇일까…….

중년 사내에겐 산다는 일이 그저 벽돌담 같은 것이라고 여겨진다. 햇볕도 바람도 흘러들지 않는 폐쇄된 공간. 그곳엔 시간마저도 아무런 흔적을 남기지 않는다. 마치 이 작은 산골 간이역을 빠른 속도로 무심히 지나쳐 가버리는 특급 열차처럼…….

사내는 그 열차를 세울 수도 탈 수도 없다는 것을 잘 알고 있다. 그러면서도 여전히 기다릴 도리밖에 없다는 것, 그것이 바로 앞으로 남겨진 자기 몫의 삶이라고 사내는 생각한다.

농부의 생각엔 삶이란 그저 누가 뭐래도 흙과 일뿐이다. 계절도 없이 쳇바퀴로 이어지는 노동. 농한기[65]라는 겨울철마저도 융자금[66] 상환과 농약 값이며 비료 값으로부터 시작하여 중학교에 보낸 큰아들 놈의 학비에 이르기까지 이런저런 걱정만 하다가 보내고 마는 한숨 철이 되고만 지도 오래였다.

---

65 농한기 : 농사일이 바쁘지 않아 한가한 시기
66 융자금 : 금융 기관으로부터 융통하는 돈

삶이란 필시 등뼈가 휘도록 일하고 근심하다가 끝내는 늙고 병들어 죽는 것이리라고 여겨졌으므로, 드디어 어려운 문제를 풀어냈다는 듯이 농부는 한숨을 길게 내쉰다.

서울 여자에겐 돈이다. 그녀가 경영하고 있는 음식점 출입문을 들어서는 사람들은 모조리 그녀에겐 돈으로 뵌다. 어서 오세요. 입에 붙은 인사도 알고 보면 손님에게가 아니라 돈에게 하는 말일 게다. 그래서 뚱뚱이 여자는 식사를 마치고 나가는 손님들에게 결코 안녕히 가세요, 라는 말은 쓰지 않는다. 또 오세요다. 그녀는 가난을 안다. 미친 듯 돈을 벌어서, 가랑이를 찢어 내던 어린 시절의 배고픈 기억을 보란 듯이 보상받고 싶은 게 그녀의 욕심이다. 물론 남자 없이 혼자 지새워야 하는 밤이 그녀의 부대 자루 같은 살덩이를 이따금 서럽게 만들기도 한다. 하지만 그녀는 두 아들을 끔찍이 사랑했다. 소중한 두 아들과 또 그들을 행복하게 만드는 데에 쓰일 돈, 그 두 가지만 있으면 과부인 그녀의 삶은 그런대로 만족할 것도 같다.

춘심이는 애당초 그런 골치 아픈 얘기는 생각하기도 싫어진다. 산다는 게 뭐 별것일까. 아무리 허덕이며 몸부림을 쳐 본들, 까짓것 혀 꼬부라진 소리로 불러 대는 청승맞은 유행가 가락이나 술 취해 두들기는 젓가락 장단과 매양 한가지일 걸 뭐. 그래서 춘심이는 술이 좋다. 아무것도 생각나지 않게 해 주는 술님이 고맙다. 그래도 춘심이는 취하면 때로 울기도 하는데 그 까닭이야말로 춘심이도 모를 일이다.

대학생에겐 삶은 이 세상과 구별할 수 없는 그 무엇이다. 스물셋의 나이인 그에게는 세상 돌아가는 내력을 모르고, 아니 모른 척하고 산다는 것은 절대로 용서할 수 없다. 그런 삶은 잠이다. 마취 상태에 빠져 흘려 보내는 시간일 뿐이라고 청년은 믿고 있다. 하지만 그는 얼마 전부터 그런 확신이 조금씩 흔들리기 시작하는 걸 느끼고 있다. 유치장에서 보낸 한 달 남짓한 기억과 퇴학. 끓어오르는 그들의 신념과는 아랑곳없이 이루어지고 있는 강의실 밖의 질서…… 그런 것들이 자꾸만 청년의 시야를 어지럽히고 혼란을 일으키고 있는 중이다.

행상꾼 아낙네들은 산다는 일이 이를테면 허허한 길바닥만 같다. 아니면, 꼭두새벽부터 장사치들이 때로 엉켜 아우성치는 시장에서 허겁지겁 보따리를 꾸려 나와, 때로는 시골 장터로 혹은 인적 뜸한 산골 마을로 돌아다니며 역시 자기네 처지보다 나을 것이라곤 눈곱만큼도 없는 시골 사람들 앞에서 거짓말, 참말 다 발라 가며 펼쳐 놓는 그 싸구려 옷가지 같은 것인지도 모른다. 어쨌든 그녀들에겐 그따위 사치스런 문제를 따지고 말고 할 능력도 건덕지도 없다.

지금 아낙네들의 머릿속엔 아이들에게 맡겨 둔 채로 떠나온 집 생각으로 가득 차 있다. 어린것들이 밥이나 제때에 해 먹었을까. 연탄불은 꺼지지 않았을까. 며칠째 일거리가 없어 빈둥대고 있는 십 년 노가다 경력의 남편이 또 술에 취해서 집구석에 법석67을 피워 놓진 않았을까…….

그러는 사이에도, 밖은 간간이 어둠 저편으로부터 바람이 불어왔고, 그때마다 창문이 딸그락거렸다. 전신주 끝을 물고 윙윙대는 바람 소리,

---

67 법석 : 어수선하고 시끌시끌하게 떠들어 대는 일

싸륵싸륵 눈발이 흩날리는 소리, 난로에서 톡톡 튀어 오르는 톱밥, 그런 크고 작은 소리들이 간헐적으로 토해 내는 늙은이의 기침 소리와 함께 대합실 안을 채우고 있을 뿐, 사람들은 각기 골똘한 얼굴로 생각에 빠져 있다.

대학생은 문득 고개를 들어 말없이 모여 있는 그들의 얼굴을 하나하나 눈여겨본다. 모두의 뺨이 불빛에 발갛게 상기되어 있다. 청년은 처음으로 그 낯선 사람들의 얼굴에서 어떤 아늑함이랄까 평화스러움을 찾아내고는 새삼 놀라고 있다.

정말이지 산다는 것이란 때로는 저렇듯 한 두름의 굴비, 한 광주리68의 사과를 만지작거리며 귀향하는 기분으로 침묵해야 하는 것인지도 모른다.

청년은 무릎을 굽혀 바께쓰 안에서 톱밥 한 줌을 집어 든다. 그리고 그것을 난로의 불빛 속에 가만히 뿌려 넣어 본다. 호르르르. 삐비69꽃이 피어나듯 주황색 불꽃이 타오르다가 이내 사그라져들고 만다. 청년은 그 짧은 순간의 불빛 속에서 누군가의 얼굴을 본 것 같다. 어머니다. 어머니가 주름진 얼굴로 활짝 웃고 있었다.

다시 한 줌 집어넣는다. 이번엔 아버지와 동생들의 모습이 보였다. 또 한 줌을 조금 천천히 흩뿌려 넣는다. 친구들과 노교수의 얼굴, 그리

---

68 광주리 : 대오리나 싸리, 버들 따위로 엮어 만든 그릇
69 삐비 : '삘기'의 방언. 삘기는 볏과의 여러해살이풀인 '띠'의 어린 꽃이삭이다.

고 강의실의 빈 의자들과 잔디밭과 교정의 풍경이 차례로 떠오르기 시작한다.

음울한 표정의 중년 사내는 대학생이 아까부터 톱밥을 뿌려 대고 있는 모습을 곁에서 줄곧 지켜보고 있는 참이다. 대학생의 얼굴은 줄곧 상기되어 있다.

이 젊은 친구가 어쩌면 꿈을 꾸고 있는지도 모르겠군. 그러면서도 사내 역시 톱밥을 한 줌 집어낸다. 그러고는 대학생이 하듯 달아오른 난로에 톱밥을 뿌려 준다. 호르르르. 역시 삐비꽃 같은 불꽃이 환히 피어오른다.

사내는 불빛 속에서 누군가의 얼굴을 얼핏 본 듯하다. 허씨 같기도 하고 전혀 낯모르는 다른 사람인 것도 같은, 확실치 않은 얼굴이었다. 사내의 음울한 눈동자가 간절한 그리움으로 반짝 빛나기 시작한다. 사내는 다시 한 줌의 톱밥을 집어 불빛 속에 던져 넣고 있다.

어느새 농부도, 아낙네들도, 서울 여자와 춘심이도 이젠 모두 그 두 사람의 치기70 어린 장난을 지켜보고 있다. 누구도 입을 열지 않았다.

사평역을 경유하는 야간 완행열차는 두 시간이나 지난 후에야 도착했다.

막상 열차가 도착했을 때, 대합실에서 그때까지 기다리고 있던 승객들

---

70 치기 : 어리고 유치한 기분이나 감정

은 반가움보다는 차라리 피곤함과 허탈감에 젖은 모습으로 열차에 올라탔다.

늙은 역장은 하얗게 눈을 맞으며 깃발을 흔들어 출발 신호를 보냈고, 이어 열차는 천천히 미끄러져 가기 시작했다. 얼핏, 누군가가 아직 들어가지 않고 열차 난간에 기대어 서 있는 게 보였다.

역장은 그 사람이 재 너머 오씨 큰아들임을 알았다. 고개를 반쯤 숙인 채 난간 손잡이에 위태로운 자세로 기대어 있는 청년의 모습이 역장은 왠지 마음에 걸렸다. 이내 열차는 어둠 속으로 길게 기적을 남기며 사라져 버렸다.

한동안 열차가 달려가 버린 어둠 저편을 망연히 응시하고 서 있던 늙은 역장은 옷에 금방 수북이 쌓인 눈을 털어 내며 대합실로 들어섰다. 난로를 꺼야 하기 때문이었다. 거기서 역장은 뜻밖에도 아직 기차를 타지 않고 남아 있는 한 사람을 발견했다.

미친 여자였다. 지금껏 난로 곁에 가지 않았던 유일한 사람이었던 그녀는 이제 난로를 독차지한 채, 아까 병든 늙은이가 앉았던 의자에 비스듬히 앉아 잠들어 있었다.

그녀의 집이 어디며, 또 어디서 왔는지 역장은 전혀 모른다. 다만 이따금 그녀가 이 마을을 찾아왔다가는 열차를 타고 떠나곤 했다는 정도만 기억할 뿐이었다. 오늘은 왜 이 여자가 다른 사람들을 따라 열차를 타지 않았을까 하고 역장은 의아하게 생각했다. 아마 그 여자에겐 갈 곳이 없었을지도 모른다. 그녀에게 있어서 출발이란 것은 이 하룻밤, 아니 단 몇 분 동안이나마 홀로 누릴 수 있는 난로의 따뜻한 불기만큼의 의미조차도 없는 까닭이리라.

역장은 문득 그녀가 걱정스러웠다. 올겨울 같은 혹독한 추위에 아직 얼어 죽지 않고 여기까지 흘러들어 왔다는 사실이 신기했다. 꿈이라도 꾸는 중인지 땟국물에 젖은 여자의 입술 한 귀퉁이엔 보일락 말락 웃음이 한 조각 희미하게 남아 있었다.

이거 참 난처한걸. 난로를 그대로 두고 갈 수도 없고…….

하지만 결국 역장은 김씨를 깨우러 가기 전에 톱밥을 더 가져다가 난로에 부어 줘야겠다고 생각하며 천천히 사무실로 돌아가고 있었다. 눈은 밤새 내내 내릴 모양이었다.

선생님이 들려주는 그 시절 이야기

서연 : 안녕하세요, 선생님. 저희가 이번에 읽은 소설은 임철우의 「사평역」이에요. 이 작품 얘기를 들려주세요.

선생님 : 알았어. 오늘도 너희들의 소감부터 듣고 이야기를 나눠 보자. 어떤 점이 가장 기억에 남았니?

태환 : 저는 무엇보다 이 소설이 다른 시인의 시를 읽고 창작된 작품이라는 사실이 신기했어요. 첫머리에 시의 일부가 나와 있었는데, 소설을 전부 읽고 나니까 인용된 시와 유사하다는 느낌을 받았어요.

그래서 찾아보니까 곽재구 시인의 「사평역에서」를 바탕으로 이 소설을 썼다고 하더라고요. 짧은 서정시를 읽고 이렇게 긴 이야기를 꾸며내는 게 놀라웠고, 소설가들의 상상력이 뛰어나다는 것을 새삼 느꼈어요.

선생님 : 시를 모티프로 소설을 창작한 경우는 보기 드물고 흥미로운 사례라 할 수 있지. 그러면 시 「사평역에서」를 찾아 전문을 읽어 봤니?

태환 : 네, 읽어 봤어요. 두 작품의 소재와 주제가 흡사하더라고요. 간이역의 대합실에서 톱밥 난로의 불을 쬐며 막차를 기다리는 사람들, 송이눈이 내리는 창밖의 풍경, 침묵 속에 삶에 대해

생각하는 일, 조는 사람과 기침 환자, 한 두름의 굴비까지 많은 소재와 상황이 겹치고, 주제와 전체적인 분위기도 상당히 비슷했어요.

선생님 : 그래, 두 작품 모두를 꼼꼼히 읽었구나. 네 말대로 배경과 소재가 일치하고, 서민들의 고달픈 삶과 비애를 서정적으로 그리고 있는 점도 공통되지. 그럼, 차이점은 뭐라고 할 수 있을까?

서연 : 음……, 시에서는 대합실에 있는 사람들의 사연은 나오지 않는데, 소설에서는 다양한 인물들의 삶의 모습이 구체적으로 그려지고 있는 게 가장 큰 차이점 같아요.

선생님 : 그래, 맞아. 조금 설명하자면, 그건 시와 소설의 본질적인 차이를 보여주는 것이라 할 수 있어. 시가 기본적으로 화자인 '나'의 주관적 사고와 정서를 표현한다면, 소설은 다양한 화자와 시점을 적극 활용하며 세상 사람들이 살아가는 이야기를 펼치는 장르이지.

또 시가 대개 멈춘 시간의 단면을 묘사한다면, 소설은 시간의 흐름 속에서 일어나는 사건을 다룬다고 할 수 있어. 구체적으로 곽재구의 시가 어떤 한 시점의 대합실 상황을 포착했다면, 임철우의 소설은 회상된 과거의 일들과 함께 현재 시점에서 시간이 흐르면서 벌어지는 여러 사건들을 담고 있지.

가령 중반부에 네 명의 여자가 대합실로 들어와 합류하고, 얼마 후에는 지나치는 특급열차를 기다리던 막차로 착각했다가 실망하고, 마지막에는 사람들이 2시간이나 연착한 열차를 타고 떠나는 사건 같은 거 말이다.

이처럼 소설은 시간의 경과 속에서 어떤 상황이 어떻게 변화해 가는지에 대한 궁금증을 작품 서술의 원동력으로 삼는 장르라고 할 수 있어.

그런데 사실 이런 속성이 시와 소설을 가르는 절대적인 기준이라고 말하긴 어려운 측면이 있어. 서사적인 시도 있고 서정적인 소설도 존재하기 때문이야. 그렇지만 이런 점들이 시와 소설 장르의 기본적인 특질이라는 점은 기억해 두면 도움이 될 거다.

태환 : 네, 잘 알겠습니다.

선생님 : 이 소설에서 또 궁금하거나 인상적인 점은 없었니?

서연 : 네, 있었어요. 또 하나 흥미로운 점을 꼽자면, 주인공이 따로 없고 역장을 제외하고도 아홉 명이나 되는 인물들이 등장해 그들의 사연이 그려지는 것이었어요.

선생님 : 맞아. 그것도 이 소설의 특징 중 하나지. 작품 속에 많은 인물들이 등장할 때 흔히 인간 군상이라고 일컫는데, 장편이나 대하소설에서 주로 볼 수 있어. 이 작품은 단편소설임에도 다양한 인물들의 내력과 사연이 간결한 형태나마 모두 서술되고 있어 이채롭지.

그런데 인물들의 사연은 제각기 다르지만, 이들에게서 어떤 공통점을 발견할 수 있지 않니?

서연 : 음……, 모두 가난하고 힘겹게 살아가는 서민들 같아요. 특급열차는 정차하지도 않는 시골 간이역에 모여든 것부터가 이런 사실을 암시하고요.

선생님 : 그래, 잘 봤어. 그렇다면 이들이 겪는 고통과 슬픔의 원인은 어디서 찾을 수 있을까? 이 문제는 주제 의식과도 관련된 것이어서 한 번쯤 짚어볼 필요가 있어.

태환 : 저는 여러 인물 중에서 대학생이 가장 기억에 남는데, 그의 경우를 보면 시대 상황이 문제였던 거 같아요. 분명히 나타나 있지는 않았어도, 그가 학교에서 제적당한 이유가 민주화 운동과 연관된 것으로 보이거든요.

선생님 : 맞아. 이 소설은 1980년대를 배경으로 하고 있는데, 그때는 신군부가 독재 정치를 했던 시기였지. 작품 속 대학생은 그 시기 민주화 운동을 하다가 제적당한 거고.

태환 : 그런데 그 부분에서 잘 이해되지 않는 게 있어요. 작품을 보면, "아우슈비츠의 학살이 있었고, 그 후 아무도 아름다움을 노래하지 않았다. 더는 누구도 꿈꾸지 않았다."라는 구절이 나오는데, 이게 무슨 뜻이에요?

선생님 : 아우슈비츠가 제2차 세계대전 때 유태인을 대량 학살했던, 악명 높은 수용소인 건 알고 있지? 그 구절은 독일 철학자 아도르노가 '아우슈비츠 이후 서정시를 쓰는 것은 죄악이다.'라고 했던 말을 조금 바꾼 걸로 보여.

아도르노의 그 말은 600만 명에 이르는 무고한 사람들을 참혹하게 학살하고도 어떻게 아름다움을 노래하는 서정시를 쓸 수 있는가라는 뜻을 담고 있어. 광기 어린 역사에 대한 절망을 표현한 말로 널리 알려졌지.

작품 속에서 이러한 구절은 광주민주화운동과 관련된 맥락에서 이해할 수 있어. 1980년 5월 광주에서 군부에 의해 시민들이 학살되지 않았니?

서연 : 그런 역사적 배경이 있었군요. 저는 막연히 민주화 운동을 생각했지 광주 항쟁은 떠올리지 못했어요. 그러면 또 다른 인물인 중년 사내는 어떤 역사적 사건과 연관이…… 있나요? 교도소에서 갓 출소한 사내 말이에요.

선생님 : 그의 관련해서는 동료 무기수 얘기를 해야겠구나. 작품에서 그 인물 대신 동료 죄수 허씨의 이야기가 주로 서술되고 있으니까 말이다.

무기수 허씨는 전쟁 후 사상범으로 수감되어 25년째 복역하고 있는 걸로 나오지? 여기서 사상범이란 사회주의 운동을 벌인 사람을 가리키는 말이야. 그러니까 허씨는 전쟁 후의 분단과 이데올로기 대립으로 빚어진 민족적 비극을 상징하는 인물로 볼 수 있지.

태환 : 다른 인물들에 대해서도 설명해 주세요.

선생님 : 다른 인물들은 대부분 산업화 과정에서 소외되어 고달프게 살아가는 존재들로 이해하면 될 듯하다. 당시 산업화는 고도의 경제 성장을 가져왔지만, 그 성과의 혜택이 일부 계층과 도시에만 집중되어 부익부 빈익빈 현상과 농촌의 피폐화를 초래했지.

흙과 일이 삶의 전부이면서도 항상 빚에 시달리는 농부의 이야기가 당시의 농촌 현실을 드러낸다면, 술집 여자 춘심이의 사연은 가난이 싫어서 고향을 떠나 서울로 올라간 이들이 흔히 맞닥 뜨리게 되는 서글픈 현실을 보여준다고 할 수 있어.

그리고 아이들조차 보살피지 못하고 길 위를 떠돌아다녀야 하는 행상 아낙들이나 어린 시절의 배고픈 기억을 보상받으려고 악착 같이 돈을 버는 식당 주인의 이야기도 산업화의 그늘을 암시하 는 사례로 볼 수 있지.

마찬가지로 미친 여자도 암울한 현실의 한 단면을 보여주는 존재 라 할 수 있어. 삶의 어떤 충격과 상처로 정신질환을 앓게 되었 는데 사회와 가족으로부터 버림까지 받았으니까. 실제로 당시의 기차역과 터미널에서는 이런 이들을 쉽게 발견할 수 있었단다.

태환 : 네, 알겠습니다. 작품에 시대적 배경이 직접 나와 있지 않아서 잘 몰랐는데, 이제 구체적으로 알게 됐어요. 그래서 인물들의 처 지와 슬픔에 더욱 공감하게 되었고요.

서연 : 저도요. 오늘도 좋은 말씀 감사합니다!

모래톱 이야기

김정한 (1908~1996)

작가 소개

김정한은 1908년 경남 동래에서 태어났다. 어려서는 서당을 다녔고, 1928년에 동래고등보통학교를 졸업하였다. 졸업 후 대현보통학교에서 교원으로 일하다가, 일본으로 건너가 와세다 대학 제일고등학원에서 2년간 공부하고 귀국하였다.

대원보통학교에 재직할 때 민족적 차별 대우에 대항하기 위해 조선인 교원동맹을 조직하려다 일본 경찰에 검거되었고, 일본 유학 시절에는 사회주의 문학운동 단체인 '동지사'에 참여하는 한편 유학생회에서 발간하는『학지광』편집에 참여하였다.

1932년 귀국 후에는 양산 농민봉기사건과 관련해 다시 검거되었고, 1933년 남해보통학교 교사로 있으면서 농민문학에 관심을 가지기 시작하였다. 1940년 조선어교육이 금지되자 교직을 그만두고『동아일보』동래지국을 운영하다가 치안유지법 위반으로 또다시 피검되었다.

광복 후에는 부산중학교 교사를 거쳐 1949년부터 부산대학교 교수로 재직했다. 1961년 5·16 직후 한때 학교를 떠났다가 복직하여 1974년 퇴직하였고, 1996년 88세의 나이로 별세하였다.

그는 1936년『조선일보』신춘문예에 단편「사하촌」이 당선되면서 본격적인 작품 활동을 시작하였다. 등단 이후「옥심이」,「항진」,「기로」,「낙일홍」등 현실 비판적인 작품들을 발표하다가, 일제 말기인 1940년부터 절필에 들어갔다.

그러다가 26년 만인 1966년에 「모래톱 이야기」를 발표하며 문단에 복귀하여 화제를 모았다. 이 소설은 낙동강 하구에 사는 어촌민들의 수난과 항거를 형상화하고 있는데, 이는 일제강점기 수탈에 시달리던 소작농들의 고통과 저항 정신을 그린 등단작 「사하촌」의 맥을 잇는 내용이라 할 수 있다.

이후 그는 1960년대와 70년대에 걸쳐 「축생도」, 「수라도」, 「뒷기미 나루」, 「지옥변」, 「인간단지」 등의 작품을 발표하였다. 이 가운데서도 구한말부터 광복에 이르는 시기를 살다간 한 여인의 일생을 통해 민족의 수난사와 민중들의 저항 정신을 담아낸 「수라도」, 나환자 수용소를 배경으로 비인간적인 현실의 폭력에 맞서는 나환자들의 의지와 비극적 결말을 그린 「인간단지」 등이 문제작으로 꼽힌다.

이러한 작품들은 공통적으로 가난한 농민을 비롯한 민중과 사회적 약자들이 핍박받는 모습을 형상화하면서, 부조리한 현실을 강하게 고발하는 동시에 민중들의 주체적인 저항 정신을 부각시키는 특징을 보여준다.

이처럼 그는 투철한 작가 정신을 바탕으로 현실 비판적인 작품 세계를 일관되게 펼쳐 보였으며, 이로 인해 한국 리얼리즘 문학을 대표하는 작가 중 한 명으로 평가받고 있다.

작품 해설

　이 소설은 1960년대 낙동강 하구의 섬마을을 배경으로 일제강점기부터 소외되고 핍박받아온 주민들의 비참한 삶과 저항 정신을 사실적으로 그린 작품이다.

　교사인 '나'는 나룻배 통학생인 건우의 집으로 가정방문을 간다. 건우는 어머니와 할아버지랑 '조마이섬'에서 어렵게 살고 있었다. 방문을 끝내고 돌아가는 길에 '나'는 윤춘삼과 건우 할아버지 갈밭새 영감을 만난다. 윤춘삼은 '나'가 한국전쟁 시기에 사상범으로 육군 특무대에 잡혀 있을 때 함께 갇혀 있던 사람이었다.

　'나'는 그들로부터 섬에 얽힌 수난의 역사에 대해 듣게 된다. 선조로부터 물려받아 가꾸어 온 땅이 자신들도 모르게 일제강점기에는 동양척식주식회사로, 광복 후에는 국회의원에게 넘어갔고, 지금은 매립 허가를 받은 유력자의 소유가 되었다는 것이다.

　얼마 후 홍수가 나자, 조마이섬은 유력자가 엉터리로 쌓아놓은 둑으로 인해 수몰될 위기에 처한다. 이에 주민들이 둑을 허물고 있자 유력자의 하수인들이 나타나 방해하고, 갈밭새 영감은 그중 한 명을 물속에 던져버린다. 섬과 주민을 구하기 위해 살인까지 하게 된 갈밭새 영감은 구속되고, 새 학기가 되어도 건우는 학교에 나오지 않았다.

　이 소설은 1인칭 관찰자인 '나'가 건우라는 제자를 통해 알게 된 섬마을 사람들의 이야기를 소개하는 형식으로 전개되고 있다. 화자인 '나'가 중심인물들의 이야기를 전달하는 방식이므로 액자 소설의 성격을 지닌다고 할 수 있다.

이렇게 서술된 조마이섬의 내력은 지배 권력의 횡포에 의해 민초들이 수탈당해온 비극적인 역사와 비참한 농촌 현실을 선명하게 드러낸다. "선조 때부터 둑을 맨들고 물과 싸워 가며" 일구어온 삶의 터전이 권력자와 유력자의 소유로 "도깨비처럼 뒤바뀌고 있다는" 내용이 이를 잘 보여 준다.

작가는 이 같은 이야기를 통해 섬 주민들의 고난과 슬픔을 사실적으로 그리면서, 동시에 억압적인 현실에 굴하지 않는 민중들의 의지와 투쟁을 함께 담아내고 있다. 이는 이 소설이 단순히 농촌 현실의 모순을 증언하는 데 그치지 않고, 부당한 권력과 체제에 항거하는 저항문학의 성격을 지니고 있음을 알려 준다.

이러한 주제 의식은 적극적으로 구사되는 방언과 토박이말, 그리고 거칠고 강경한 어조를 통해 효과적으로 형상화되고 있다. 대화와 지문에 빈번히 등장하는 방언은 지역민들의 정서를 잘 드러내며, 무뚝뚝하고 울분에 찬 말씨는 등장인물의 강인한 성격과 의지를 생생하게 환기하기 때문이다.

이런 점으로 인해 이 작품은 부조리한 현실에 대한 고발과 저항의 정신을 강렬하게 구현하며 리얼리즘 문학의 한 전형을 보여준다는 평가를 받고 있다.

모래톱 이야기

이십 년이 넘도록 내처[1] 붓을 꺾어 오던 내가 새삼 이런 글을 끼적거리게 된 건 별안간 무슨 기발한 생각이 떠올라서가 아니다. 오랫동안 교원 노릇을 해 오던 탓으로 우연히 알게 된 한 소년과 그의 젊은 홀어머니, 할아버지, 그리고 그들이 살아오던 낙동강 하류의 어떤 외진 모래톱—이들에 관한 그 기막힌 사연들조차, 마치 지나가는 남의 땅 이야기나, 아득한 옛날이야기처럼 세상에서 버려져 있는 데 대해서까지는 차마 묵묵할[2] 도리가 없었기 때문이다.

건우란 소년은 내가 직접 담임했던 제자다. 당시 나는 K라는 소위 일류 중학에서 교편[3]을 잡고 있었다. 비가 억수로 내리던 날 첫 시간의 일이었다. 지각생이 많았다. 지각생이 많으면 교사는 짜증이 나게 마련이다. 그럴 때 유독 닦이는[4] 놈은 으레 그런 일이 잦은 놈들이다.

---

1 내처 : 한 가지 일을 한결같이 계속하여
2 묵묵하다 : 말없이 잠잠하다.
3 교편 : 교사가 수업이나 강의를 할 때에 필요한 사항을 가리키기 위하여 사용하는 가느다란 막대기. 여기서는 학생을 가르치는 일을 비유적으로 이르는 말이다.
4 닦이다 : 몰아세워져 닦달을 당하다.

"넌 또 지각이로군? 도대체 어찌 된 일이냐?"

건우의 차례였다. 다른 애와 달리 그는 옷이 비에 흠뻑 젖어 있었다. 아래 윗도리 옷깃에서 물이 사뭇 교실 바닥에 뚝뚝 떨어지고 있지 않는가!

"나릿배5 통학생임더."

낮고 가는 목소리가 그의 가냘픈 입술 사이에서 새어 나오듯 했다. 그리고 이내 울상이 된 얼굴을 아래로 떨구었다. 차라리 무엇인가를 하소연하는 듯이 느껴졌다.

"나릿배 통학생?"

이쪽으로선 처음 듣는 술어였다.

"맹지면에서 나릿배로 댕기는 아입니더."

지각생 아닌 다른 애가 대신 대답했다. 맹지면(鳴旨面)이라면 김해 땅이다. 낙동강 하류 강을 건너야만 부산으로 나올 수 있는 곳이다.

"나릿배 통학생이라……."

나는 건우의 비에 젖은 옷을 바라보면서 자리에 들어가라고 했다.

이런 일이 있고부터 나는 건우란 소년에게 은근히 동정이 가게 되었다. 더더구나 아버지가 없다는 걸 알고부터는. 동무들끼리 어울려 놀 때 그를 곧잘 '거무(거미)'라고 놀려 대던 이상한 별명의 유래도 곧 알게 되었다. 그의 고향 친구들의 말에 의하면 거미란 짐승은 물에 날쎈 놈이라

---

5 나릿배 : '나룻배'의 방언

해서 즈 할아버지가 지어 준 아명6이었다는 거다. 거미! 강가에 사는 사람들의 자식 아끼는 심정을 가히 짐작할 수가 있었다. 호적에 올릴 때는 부득이 건우로 했으리라. 그것도 아마 누구의 지혜를 빌려서.

두 번째로 내가 건우란 소년에 대해서 관심을 더욱 가지게 된 것은 학기 초 가정 방문을 나가기 전에 그가 써낸 작문을 읽고부터였다(나는 가정 방문을 나가기 전 가끔 학생들에게 자기 자신에 관한 글을 써 오라고 하였다).

'섬 얘기'란 제목의 그의 글은 결코 미문7은 아니었다. 그러나 내용은 끔찍한 것이라 생각했다. 자기가 사는 고장―복숭아꽃도, 살구꽃도, 아기 진달래도 피지 않는 조마이8섬은 몇 백 년, 아니 몇 천 년 갖은 풍상9과 홍수를 겪어 오는 동안에 모래가 밀려서 된 나라 땅인데, 일제 때는 억울하게도 일본 사람의 소유가 되어 있다가 해방 후부터는 어떤 국회의원의 명의로 둔갑이 되었는가 하면, 그 뒤는 또 그 조마이섬 앞 강의 매립10 허가를 얻은 어떤 다른 유력자11의 앞으로 넘어가 있다든가 하는―말하자면 선조 때부터 거기에 발을 붙이고 살아오던 사람들과는 무관하게 소유자가 도깨비처럼 뒤바뀌고 있다는, 섬의 내력을 적은 글이

---

6 아명 : 아이 때의 이름
7 미문 : 아름답게 꾸민 글이나 문장
8 조마이 : '주머니'의 방언
9 풍상 : 바람과 서리를 아울러 이르는 말
10 매립 : 우묵한 땅이나 바다, 하천을 돌이나 흙으로 메움.
11 유력자 : 세력이나 재산이 있는 사람

었다. 그저 그런 정도의 얘기를 솔직히 적었을 따름인데, 어딘지 모르게 무엇인가를 저주하는 듯한, 소년의 날카롭고 냉랭한 심사가 글 밑바닥에 깔려 있었다.

나는 나 자신이 갑자기 무슨 고발이라도 당한 심정으로 그 글발12을 따로 제쳐서 책상 서랍 속에 넣어 두었다.

가정 방문이 있는 주간은 대개 오전 수업뿐이다. 점심시간이 시작될 무렵 나는 건우를 교무실로 불렀다.

"오늘 명지로 갈까 하는데, 너 외에 몇이나 있지?"

"A반 학생은 저 하나뿐입니더."

건우의 노르께한13 얼굴에는 순간적인 그늘이 얼씬 지나가는 것 같았다.

"그래? 그럼 한 시 반쯤 해서 현관 앞으로 다시 오게."

명지 같음 어둡기 전에 돌아오기가 힘들는지 모른다. 나는 부랴부랴 점심을 마치고서 교무실을 나섰다.

건우는 벌써 현관께로 와 있었다. 역시 약간 어둔 얼굴을 하고. 아마 미리 어머니에게 알리지 않고서 가는 것이 약간 켕겼던 모양이었다.

"가 볼까!"

내가 앞장을 서듯 했다. 버스 요금도 제 것까지 내가 얼른 내는 걸 보고는 아주 송구스러운 듯한 표정을 지었다. 명지로 가는 하단 나루까지

---

12 글발 : 적어 놓은 글
13 노르께하다 : 아주 밝거나 진하지 않게 노랗다.

는 사오십 분이면 족했다. 그러나 한 척밖에 없다는 그 나룻배가 좀처럼 나타나지 않았다.

"집이 저쪽 나루터에서 먼가?"

나는 갈대 그림자가 그림처럼 고요히 잠겨 있는 강물을 내려다보며 물었다.

"예, 제북(제법) 갑니더."

그는 민망스런 듯이 나를 잠깐 쳐다보더니 눈을 역시 물 위로 떨어뜨렸다.

"얼마나?"

"반시간 좀 더 걸립니더."

"그럼, 학교까지 오려면 시간이 꽤 걸리겠는 걸?"

"나룻배만 진작 타지고 빠른 날은 두어 시간만 하면 됨더."

"그래? 그래서 지각을 자주 하는군."

나는 환경 조사표의 카피를 펴 보았으나, 곁에 사람들이 있기에 더 묻지 않았다. 아니, 설사 곁에 다른 사람들이 없다 하더라도, 아직 열다섯 살밖에 안 되는 소년에게 물어도 좋을 만한 그런 가정 형편이 못 되었다.

아버지는 없고,

어머니 33세 농업,

할아버지 62세 어업,

삼촌 32세 선원,

재산 정도 하(下)

끼우뚱거리는 나룻배 위에서도 건우의 행복하지 못할 가정환경이 자꾸만 내 머릿속에 확대되어 갔다.

나룻배를 내려서자, 갈밭 속을 뚫고 나간 좁고 긴 길이 있었다. 우리는 반시간 남짓 그 길을 걸어가면서도 별반 얘기가 없었다.

"아버진 언제 돌아가셨지?"

해 놓고도 오히려 후회할 정도였으니까.

"육이오 때라 캅디더만……."

건우의 말눈치14가 확실치 않았다.

"어쩌다가?"

"군에 나갔다가 그랬다 캅디더."

"언제 어디서 돌아가셨는지도 잘 모른단 말인가?"

"야, 그래도 살아온 사람들 말이 암마15 '워카 라인'인가 하는 데서 그랬을 끼라 카데요."

생각했던 바와는 달리, 건우의 이야기는 비교적 담담하였다.

"그래, 아버지의 얼굴은 기억하나?"

나는 속으로 그의 나이를 손꼽아 보았던 것이다.

"잘 모릅니더. 저가 두 살 때 군에 나갔다 카니…… 그라곤 통 안 돌아왔거던요."

---

14 말눈치 : 말하는 가운데 슬며시 드러나는 눈치
15 암마 : '아마'의 방언

나를 쳐다보는 동그스름한 얼굴, 더구나 그린 듯이 짙은 양미간16에는 미처 숨기지 못한 을씨년스런 빛이 내비쳤다. 순간 나는 그의 노르께한 얼굴에서 문득 해바라기 꽃을 환각했다17.

삼사월 긴긴 해라더니, 보릿고개는 오후 세 시가 훨씬 지나도 해가 메18 끝과는 멀었다.

길가 수렁과 축축한 둑에는 빈틈없이 갈대가 우거져 있었다. 쑥쑥 보기 좋게 순과 잎을 뽑아 올리는 갈대청19은, 그곳을 오가는 사람들과는 판이하게 하늘과 땅과 계절의 혜택을 흐뭇이 받고 있는 듯, 한결 싱싱해 보였다.

"저 갈대들이 다 자라면 지나다니기가 무서울 테지? 사람의 길이 훨씬 넘을 테니까."

나는 무료에 지쳐 건우를 돌아보았다.

"괜찮심더, 산도 아인데요."

그는 간단히 대답할 뿐이었다. 아직도 짐승보다 인간이 더 무섭다는 것을 미처 모르는 모양이었다.

길바닥까지 몰려나왔던 갈게20들이, 둔탁한 사람들의 발자국 소리에

---

16 양미간 : 왼쪽과 오른쪽 눈썹의 사이
17 환각하다 : 외부 사물이나 자극이 없는데 마치 있는 것처럼 느끼다.
18 메 : '산'을 예스럽게 이르는 말
19 갈대청 : 갈대의 줄기 안쪽에 붙어 있는 매우 얇고 흰 막
20 갈게 : 습기가 많은 갈대밭에 서식하는 방게

놀라 이리저리 황급히 구멍을 찾아 흩어지는가 하면, 어느 하늘에선지 종달새가 재잘재잘 쉴 새 없이 재잘거리고 있었다. 잔등21에 땀을 느낄 정도로 발을 재게22 떼 놓아, 건우가 사는 조마이섬에 닿았을 때는 해가 얼마만큼 기운 뒤였다.

섬의 생김새가 길쭉한 주머니 같다 해서 조마이섬이라고 불리어 온다는 건우의 고장에는, 보리가 거의 자랄 대로 자라 있었다. 강바람이 불어올 때마다 푸른 물결이 제법 넘실거리곤 했다.

낙동강 하류의 삼각주 일대가 대개 그러하듯이, 이 조마이섬이란 데도 사람들이 부락을 이루고 사는 것이 아니라 그저 한 집 두 집 띄엄띄엄 땅을 물고 있을 따름이었다.

건우네 집은 조마이섬 위쪽에서 그리 멀지 않았다. 역시 외따로 떨어진 집이었다. 마침 뒤꼍 사래23 긴 남새밭24에 가 있던 어머니가 무슨 낌새를 차렸던지 우리가 당도하기 전에 어느새 사립25께로 달려와 있었다.

---

21 잔등 : 등. 사람이나 동물의 몸에서 가슴과 배의 반대쪽
22 재게 : '빨리'의 방언
23 사래 : 이랑의 길이. '이랑'은 논이나 밭을 갈아 골을 타서 두두룩하게 흙을 쌓아 만든 곳을 이른다.
24 남새밭 : 채소를 심고 가꾸는 밭
25 사립 : 잡목의 가지를 엮어서 만든 문짝을 단 문

"인자 오나?"

아들에게부터 먼저 말을 건네고 나서 내게도 수인사26를 하였다.

"우리 건우 선생인가 배요?"

상냥하게 웃었다. 가정 조사표에 적혀 있는 서른세 살의 나이보다는 훨씬 핼쑥해 보였으나, 외간 남자를 대하는 붉은빛이 연하게 감도는 볼에는 그래도 시골 색시다운 숫기27가 내비쳤다.

"수고하십니더."

하고 나는 사립을 들어섰다.

물론 집은 그저 그러했다. 체목28은 과히 오래되지 않았지만, 바깥 일손이 모자라는 탓인지, 갈대로 엮어 두른 울타리에는 몇 군데 개구멍이 나 있었다.

"좀 들어가입시더. 촌집29이 돼서 누추합니더만……."

건우 어머니는 나를 곧 안으로 인도했다. 걸레질을 안 해도 청30은 말끔했다. 굳이 방으로 모시겠다는 것을 나는 굳이 사양하고 마루 끝에 걸쳤다.

"어머니 혼자 힘으로 공부시키기가 여간 힘들지 않으실 텐데……."

---

26 수인사 : 인사를 차림.

27 숫기 : 활발하여 부끄러워하지 않는 기운

28 체목 : 집을 지을 때 쓰는 기둥, 도리 따위에 쓰이는 재목

29 촌집 : 촌에 있는 집

30 청 : 대청. 한옥에서, 몸채의 방과 방 사이에 있는 큰 마루

건우가 잠깐 자리를 비키는 것을 보고 나는 으레 하는 식으로 가정 사정부터 물어보았다. 할아버지와 아저씨와 그리고 재산 따위에 대해서.

— 할아버지는 개깃배[31]를 타시고, 재산이랄 끼사 머 있십니꺼. 선조 때부터 물려받은 밭뙈기들은 나라 땅이라 캤다가, 국회의원 땅이라 캤다가…… 우리싸 머 압니꺼 — 이렇게 대략 건우 군의 글에서 알았을 정도의 얘기였고, 건우의 삼촌에 대해서는 웬일인지 일절 말이 없었다. 대신 길이 먼 데다 나룻배까지 타야 되기 때문에 건우가 지각이 많아서 죄송스럽다는 얘기와, 아버지가 없으니 그런 점을 생각해서 잘 도와 달라는 부탁이 고작이었다.

생활은 어떻게 무사히 꾸려 나가느냐고 했더니, 시아버님이 고깃배를 타기 때문에 가끔 어려운 돈을 기백 원씩 가져온다는 것과, 먹고 입는 것은 보리농사와 채소로써 그럭저럭 치대어 간다는 얘기였다.

"재첩[32]은 더러 안 건지세요?"

강마을 일이라 이렇게 물었더니,

"그건 남자들이라야 안 됩니꺼. 또 배도 있어야 하고요."

할 뿐. 그러나 이쪽에서 덤덤하니까,

"물 빠질 땐 개발이싸 늘 안 나가는기요. 조개 새끼도 파고 재첩도 줍

---

31 개깃배 : '고깃배'의 방언
32 재첩 : 부족류 백합과에 속한 조개

지만 그런기사 어데 돈이 댑니꺼."

이렇게 덧붙였다.

잠시 안 보이던 건우가 어디서 다섯 홉33짜리 정종을 한 병 들고 왔다. 이마에 땀이 번질번질한 걸 보면 필시 뛰어온 게 틀림없다. 아마 어머니가 시킨 일이려니 싶었다.

나는 미안스런 생각으로 건우 어머니가 따라 주는 술잔을 받았다. 손이 유달리 작아 보였다. 유달리 자그마한 손이 상일34에 거칠어 있는 양이 보기에 더욱 안타까울 정도였다.

기어이 저녁까지 대접하겠다고 부엌으로 가 버린 뒤, 나는 건우를 앞에 두고 잔을 들면서, 그녀의 칠칠한35 인사범절에 새삼 생각되는 바가 있었다.

나는 모든 것을 다시 보았다. 농삿집치고는 유난히도 말끔한 마루청, 먼지를 뒤집어쓰고 있지 않은 장독대, 울타리 너머로 보이는 길찬36 장다리꽃들…… 그 어느 것 하나에도 그녀의 손이 안 간 곳이 없으리라 싶었다. 이러한 집 안팎 광경들을 통해서 나는 건우 어머니가 꽤 부지런하고 친절한 여성이라는 것을 고대37 짐작할 수가 있었다. 젊음이 한창

---

33 홉 : 가루나 액체의 용량의 단위를 나타내는 말. 한 되의 10분의 1로, 약 180밀리리터이다.

34 상일 : 별로 기술이 필요하지 않은 막일

35 칠칠하다 : 사람이나 그 언행이 야무지고 반듯하다.

36 길차다 : 아주 알차게 길다.

37 고대 : 바로 곧

인 열아홉부터 악지38 세계 혼자서 살아왔다는 것과, 어려운 가운데서도 외아들 건우를 나룻배를 태워 가면서까지 먼 일류 중학에 보내고 있다는 사실, 그리고 농촌 아이라고는 믿어지지 않을 만큼 건우의 입성39이 항시 깨끗했다는 사실들이 어련히 안 그러리 싶어지기도 했다. 얼핏 보아서는 어련무던한40 여인 같기도 하지만 유난히 볼가진41 듯한 이마라든가, 역시 건우처럼 짙은 눈썹 같은 데선 그녀의 심상치 않은 의지랄까, 정열 같은 것을 읽을 수가 있었다.

나는 술상을 물리고서, 건우의 공부방을—어머니의 방일 테지만— 잠깐 들여다보았다. 사과 궤짝 같은 것에 종이를 발라 쓰는 책상 위에는 몇 권 안 되는 책들이 나란히 꽂혀 있었다. 그 가운데서 '섬 얘기'라고 잉크로써 굵직하게 등마루에 쓰인 두툼한 책 한 권이 특별히 눈에 띄었다.

"섬 얘기? 저건 무슨 책이지?"

나는 건우를 돌아보고 물었다.

"암 것도 아닙니더."

"소설?"

"아입니더."

---

38 악지 : 잘되지 않을 일을 억지로 해내려는 고집
39 입성 : '옷'을 속되게 이르는 말
40 어련무던하다 : 별로 흠잡을 데가 없고 무던하다.
41 볼가지다 : 거죽으로 둥글고 작게 톡 비어져 나오다.

"어디 가져와 봐!"

건우는 싫어도 무가내[42]라 뽑아 오면서,

"일기랑 또 책 같은 거 보고 적은 김더."

부끄러운 내색을 하였다.

"일기는 남의 비밀이니까 읽을 수가 없고, 어디 책 읽은 소감이나 뵈
주게."

나는 책을 도로 돌렸다. 건우는 마지못해 여기저길 뒤적거리다가 한
군데를 펴 주었다. 또박또박 깨알같이 박아 쓴 글씨였다.

××× 여사는 어머니처럼 혼자 사시는 분이라 그런지 그분의 글에는
한결 감동되는 바가 있었다. 「내가 본 국토」 속의 한 구절.

'그래도 선거 때가 되면 소속 육지에서 똑딱선[43]을 가지고 섬 백성을
모시러 오는 알뜰한 정당이 있어, 이들은 다만, 그 배로 실려 가서 실
상 자기네 실생활과는 무연한[44] 정치를 위하여 지정해 주는 기호 밑에
도장을 찍어 주고 그 배에 실려 돌아온다는 것입니다.

현대 문명의 혜택이라곤 아직 받아 보지 못한 그들의 생활 속에도 현
대 문명인이 행사하는 선거란 상식이 깃들게 되고, 어느 정당이나 정치

---

42 무가내 : 달리 어찌할 수 없음.
43 똑딱선 : 발동기로 움직이는 작은 배
44 무연하다 : 아무 인연이 없다.

의 영향도 알뜰히 받아 보지 못한 그녀들에게도 투표하는 임무만은 지워져야 하고 조국의 사랑이라곤 받아 본 일이 없이 헐벗고 배우지 못한 그들의 아들들이 먼저 조국을 수호해야 할 책임을 지고 훈련을 받고 총을 메고 군인이 되어 갔다는 것……'

우리 아버지도 응당 이러한 군인 중의 한 사람이었으리라. 그래서 언제 어디서 쓰러졌는지도 모르고, 따라서 국군묘지에도 묻히지 못하고, 우리에겐 연금도 없고…….

내 눈이 미처 젖기 전에 건우는 부끄러운 듯이 그 노트를 내게서 빼앗아 갔다.

"건우야!"

나는 노트 대신 건우의 손을 꽉 쥐었다.

"이 땅이 이곳 사람들의 땅이 아니랬지? 멀쩡한 남의 농토까지 함께 매립 허가를 얻은 어떤 유력자의 것이라고 하잖았어? 그러나 두고 봐. 언젠가는 너희들이 이 땅의 주인이 될 거야. 우선은 어떠한 괴로움이 있더라도, 억울하더라도 희망을 잃지 말고 꾹 참고 살아가야 해."

어조가 어떻게 아까 그 노트를 읽을 때와 같은 것을 깨닫고 나는 잠깐 말을 끊었다. 건우는 내처 묵연해[45] 있었다.

"나라 땅, 남의 땅을 함부로 먹다니! 그건 땅을 먹는 게 아니라, 바

---

45 묵연하다 : 입을 다문 채로 말없이 조용하다.

로 '시한폭탄'을 먹는 거나 다름없다. 제 생전이 아니면 자손 대에 가서라도 터지고 말거든! 그리고 제아무리 떵떵거려 대도 어른들은 다 가는 거다. 죽고 마는 거야. 어디 땅을 떼 짊어지고 갈 수야 있나. 결국 다음 이 나라 주인인 너희들의 거란 말야. 알겠어?"

나는 말이 절로 격해지는 것을 깨달았다. 저녁상이 들어왔다.

부엌에서 바깥 동정46을 죄다 엿들었는지 건우 어머니는 저녁상을 물리기가 바쁘게 손을 닦으며 청 끝에 와 걸치더니,

"선생님 이야기는 우리 건우한테서 잘 듣고 있심더. 그라고 이 섬 저 웃바지에 사는 윤샌도 선생님 말을 곧잘 하데요. 우리 건우가 존 담임 선생님 만났다면서……."

해가 막 떨어진 뒤라 그런지 그녀의 웃음이 적이 붉게 보였다.

"윤샌이라뇨?"

윤 생원이라는 말인 줄은 알았지만, 그가 누군지 미처 생각이 안 났다.

"성은 윤씨고, 이름이 머라 카더라……."

건우를 흘끔 돌아보며,

"수덕이 할배 이름이 멋고?"

"춘삼이 아잉기요."

건우의 말이 떨어지자,

"내 정신 보래. 그래, 춘삼 씨다."

---

46 동정 : 일이나 현상이 움직이거나 벌어지는 낌새

그녀는 다시 나를 돌아보며,

"춘삼이란 어른인데 와 선생님을 잘 알데요. 부산에도 가끔 나갑니더. 쬐깐47 포도밭도 가주고 있고요……."

"윤춘삼? ……네, 이제 알겠습니다."

비로소 생각이 났다.

"그분하고는 어데서도 같이 지냈담서요?"

건우 어머니는 '세상은 넓고도 좁지요?' 하는 듯한 눈매로 웃어 보였다.

"네."

아닌 게 아니라, 나는 적이 놀랐다. 어디서든 나쁜 짓 하고는 못 배기리라는 생각이 문득 들기까지 했다. 그와 동시에, 지난날 어떤 어두컴컴한 곳에서 그 윤춘삼이란 사람을 처음으로 만났던 일, 그리고 다시 소위 큰집48이란 데서 한때 같이 고생을 하던 갖가지 일들이 마치 구름 피어오르듯 기억에 떠올랐다.

— '육이오' 때의 일이었다. 나는 어떤 혐의로 몇몇 사람의 당시 대학 교수들과 함께 육군 특무대49란 데 갇혀 있었다. 거기서 윤 생원을 처음 만났다. 물론 그땐 그가 이곳 사람인 줄도 몰랐다. 무슨 혐의로 들어왔느냐고 물어도 그는 얼른 대답을 하지 않았다. 곧 나갈 거라고만

---

47 쬐깐 : '조금'의 방언
48 큰집 : '교도소'를 속되게 이르는 말
49 특무대 : 육군의 대간첩 업무와 그에 따른 범죄 수사를 관장하던 부대

했다. 곧 나갈 거라고 장담을 하던 사람이 얼마 뒤 역시 우리의 뒤를 따라 감옥으로 넘어왔다. 감옥에서는 그도 제법 사상범50으로 통해 있었다. 누가 붙였는지는 모르되, '송아지 빨갱이'라는 별명이 붙어 있었다. 그의 말에 의하면 이유는 간단했다.―한창 무슨 청년단인가 하는 패들이 마구 설칠 땐데, 남에게 배내51를 주었던 그의 송아지를 그들이 잡아먹은 게 분해서, 배내 먹이던 사람에게 송아지를 물어내라고 화풀이를 한 것이 동기의 하나였다고 한다. 그 바보 같은 사람이 뒤퉁스럽게 그 청년단을 찾아가서 그런 고자질을 한 것이 꼬투리가 되어, '이 새끼 맛 좀 볼 테야?' 하는 식으로 잡혀 왔다는 이야기였다. 그 밖에 또 하나 주목받을 이유가 될 만한 것은, 자기 고향인 조마이섬에 문둥이52 떼가 이주해 왔을 때―물론 정부의 방침이었지만―그들을 몰아내기 위해 싸우다가 결국 경찰 신세를 졌던 일이라 했다. 그러면서도 그 자신 무슨 영문인지를 확실히 모르고서 옥살이를 했다. 다만 '송아지 빨갱이'라는 별명으로서.

어쩌다가 세수 터에서라도 마주칠 때, '송아지 빨갱이!' 할라치면, 텁수룩한 머리를 끄덕대며 사람 좋게 웃던 윤춘삼 씨의 그때 얼굴이 눈

---

50 사상범 : 기존의 사회 체제에 반대하여 혁명적이거나 진보적 이념을 가지고 그 체제의 변혁을 꾀하려다 붙잡힌 사람
51 배내 : 남의 가축을 길러서 가축이 다 자라거나 새끼를 낸 뒤에 주인과 이익을 나누어 가지는 제도
52 문둥이 : '나환자'를 얕잡아 이르는 말

에 선해 왔다.

"좋은 사람이었지요."

"그라문이요! 지금도 우리 집에 가끔 옵니더."

건우 어머니도 맞장구를 쳤다.

이야기꾼들이 곧잘 쓰는 '우연성'이란 것을 아주 싫어하는 나지만, 그 날 저녁 일만은 사실대로 적지 않을 수가 없다.

어둡기 전에 건우의 집을 나서서 하단 쪽 나루터로 되돌아오던 길목에서 뜻밖에 이제 얘기하던 바로 그 윤춘삼이란 사람과 마주치게 되었으니 말이다.

"야, 이거 ×선생 아니요! 이런 섬에 우짠 일로?"

송아지 빨갱이, 아니 윤춘삼 씨는 덥석 내 손을 잡으며 반가워했다.

"아이들 가정 방문을 왔다 가는 길이죠. 참 오랜만이군요."

"가정 방문?"

그는 수인사는 제쳐 놓고,

"그럼 건우 집에도 들렀겠네요?"

"네, 이 섬에는 건우 한 애뿐입니다. 내가 맡아 있는 애로서는……."

"마침 잘됐다. 허허, 참 세상에는 이런 수도 다 있다 카이! 인자 막 선생 이바구53를 하고 오던 참인데……."

---

53 이바구 : '이야기'의 방언

윤춘삼 씨는 뒤에 따라오던 웬 성큼한 털보 영감을 돌아보며,

"자, 인사드리시오. 당신 손자 '거무'란 놈 선생이요."

하며 내처 허허 하고 웃어 댔다. 벌써 약간 주기[54]가 있어 보였다. 두 사람이 인사를 채 나누기 전에 윤춘삼 씨는,

"허허, 노상에서 이럴 수가 있나. 나도 여러 해 만이고……."

하며 털보 영감더러 하단으로 되돌아가자는 것이었다. 아니 바로 떠밀듯 했다.

"암, 그래야지. 나도 언제 한 분(한 번) 꼭 찾아볼라 캤는데, 바래다드 릴 겸 마침 잘 됐구만."

멀쩡한 날에 고무장화를 신은 품이 누가 보나 뱃사람이 완연한 건우 할아버지도 약간 약주가 된 데다 역시 같은 떼거리[55]였다.

윤춘삼 씨는 만나자 덥석 잡았던 내 손을 내처 아플 정도로 쥔 채 놓 지 않았고, 건우 할아버지도 나란히 서게 되어 셋은 가뜩이나 좁은 들길 을 좁으라 걸어 댔다. 땅거미를 받아선지, 건우 할아버지의 갯바람에 그 을린 얼굴이 거의 검둥이에 가까울 정도로 검어 보였다.

"갈밭새 영감, 오늘 참 재수 좋네. 내가 술 샀지. 또 이런 훌륭한 선생 님을 만났지……. 그러나 이분에는 영감이 사야 되오."

윤춘삼 씨의 말이 떨어지기가 바쁘게,

---

54 주기 : 술을 마신 후의 취한 기운
55 떼거리 : 부당하게 억지를 쓰거나 고집을 부리는 것을 속되게 이르는 말

"암, 내가 사야지. 이분에는 정종이다. 고놈의 따끈한!"

아마 '갈밭새'가 별명인 듯한 건우 할아버지는, 그 억세고 구부정한 어깨를 건들거리며 숫제 신을 내듯 했다.

하단 나룻가의 술집은 모두가 그들의 단골인 모양이었다.

"어이, 또 왔쇠이!"

건우 할아버지가 구부정한 어깨를 먼저 어느 목롯집56으로 들이밀었다. 다시 술자리가 벌어졌다. 술자리랬자 술상 대신 쓰이는 네 발 달린 널빤지를 사이에 두고 역시 네 발 달린 널빤지 걸상에 마주 앉은 것이었지만.

"술은 정종! 따끈한 놈으로. 응이, 알겠소? 우리 거무 선생님이란 말이어!"

갈밭새 영감은 자기와 비슷하게 예순 고개를 넘어 보이는 주인 할머니더러 일렀다.

그가 소원인 듯 말하던 '따끈한 정종'은 그와 윤춘삼 씨보다 나를 먼저 취하게 했다. 그러나 좀처럼 놓아줄 눈치들이 아니었다.

"한 잔만 더."

이번에는 건우 할아버지의 커다란 손이 연신 내 손을 덮쌌다.

"비록 개깃배를 타고 있지만 나도 과히 나뿐 놈이 아임데이. 내, 선생 이바구 다 듣고 있소. 이 송아지 빨갱이(섬에까지 그런 별명이 퍼졌던 모양

---

56 목롯집 : 널빤지로 좁고 길게 만든 상을 차려놓고 술을 파는 집. 목로주점

이다)한테도 여러 분 들었고 우리 손자 놈한테도 듣고 있소. 정말 정말 훌륭한 선생님이라고. 그까짓 국회의원이 다 먼교? 돈만 있음 ×라도 다 되는 기고, 되문 나라 땅이나 홅이고 팔아 묵고 그런 놈들이 안 많던기요? 왜, 내 말이 어데 틀렀십니꺼?"

갈밭새 영감은 말이 차츰 엇나가기 시작했다.

자기로선 취중 진담일지 모르나 듣기만 해도 섬뜩한 소리를 함부로 뇌까렸다.

그런 얘길랑 그만두고 술이나 들라 해도 갈밭새 영감은 물론 이번엔 윤춘삼 씨까지 되레 가세를 하고 나섰다.

"촌사람이라꼬 바본 줄 알지 마소. 여간 답답해서 그런 소릴 하겠소."

전깃불이 들어왔다. 불빛에 비친 갈밭새 영감의 얼굴은 한층 더 인상적이었다.

우악스럽게 앞으로 굽어진 두 어깨 가운데 짤막한 목줄기로 박혀 있는 듯한 텁석부리 얼굴! 얼굴 전체는 키를 닮아 길쭉했으나, 무엇에 짓눌려 억지로 우그러뜨려진 듯이 납작해진 이마에는, 껍데기가 안으로 밀려들기나 한 듯한 깊은 주름이 두어 줄 뚜렷하게 그어져 있었다. 게다가 구레나룻에 둘러싸인 얼굴 전면이 검붉은 구릿빛이 아닌가! 통틀어 원시인이라도 연상케 하는 조금 무서운 면상이었다.

"와 빤히 보능기요? 내 안주(아직) 술 안 취했음데이. 염려 마이소."

갈밭새 영감은 기름이 전 수건을 꺼내더니 이마를 한 번 훔치고서,

"인자 딴말은 안 하지요. 언제 또 만날지 모르이칸에 이왕 만낸 짐에 저 송아지 빨갱이나 이 갈밭새가 사는 조마이섬 이바구나 좀 하지요."

그러곤 정신을 가다듬기나 하듯이 앞에 놓인 술잔을 훌쩍 비웠다.

건우 할아버지와 윤춘삼 씨가 들려준 조마이섬 이야기는 언젠가 건우가 써냈던 '섬 얘기'에 몇 가지 기막힌 일화가 붙은 것이었다.

"우리 조마이섬 사람들은 지 땅이 없는 사람들이요. 와 처음부터 없기싸 없었겠소마는 죄다 뺏기고 말았지요. 옛적부터 이 고장 사람들이 젖줄57같이 믿어 오던 낙동강 물이 맨들어 준 우리 조마이 섬은—."

건우 할아버지는 처음부터 개탄조58로 나왔다. 선조로부터 물려받은 땅, 자기들 것이라고 믿어 오던 땅이 자기들이 겨우 철들락 말락 할 무렵에 별안간 왜놈의 동척59 명의로 둔갑을 했더란 것이었다.

"이완용이란 놈이 '을사보호조약'이란 걸 맨들어 낸 뒤라 카더만!"

윤춘삼 씨의 퉁방울60 같은 눈에도 증오의 빛이 이글거리기 시작했다.

1905년—을사년 겨울, 일본 군대의 포위 속에서 맺어진 '을사보호조약'이란 매국 조약을 계기로, 소위 '조선 토지사업'이란 것이 전국적으로 실시되던 일, 그리고 이태61 후인 정미년에 가서는 '한국 정부는 시

---

57 젖줄 : 어떤 필요한 것을 가져다주는 중요한 수단을 비유적으로 이르는 말
58 개탄조 : 어떤 일이나 현상에 대하여 못마땅해하는 말투나 말씨
59 동척 : 동양척식주식회사. 1908년 일본이 한국의 토지와 자원을 독점하고 수탈할 목적으로 설립한 국책 회사
60 퉁방울 : 품질이 낮은 놋쇠로 만든 방울
61 이태 : 두 해

정 개선에 관하여 통감62의 지도를 수할 사란 치욕적인 조목63으로 시작된 '한일 신협약'에 따라, 더욱 그 사업을 강행하고 역둔토(驛屯土)64의 대부분과 삼림 원야(森林原野)65들을 모조리 국유로 편입시키는 등 교묘한 구실과 방법으로써 농민으로부터 빼앗은 뒤, 다시 불하66하는 형식으로 동척과 일인 수중에 옮겨 놓던 그 해괴망측한 처사들이 문득 내 머릿속에도 떠올랐다.

"쥑일 놈들."

건우 할아버지는 그렇게 해서 다시 국회의원, 다음은 하천 부지의 매립 허가를 얻은 유력자…… 이런 식으로 소유자가 둔갑되어 간 사연들을 죽 들먹거리더니,

"이 꼴이 되고 보니 선조 때부터 둑을 맨들고 물과 싸워 가며 살아온 우리들은 대관절 우찌 되는기요?"

그의 꺽꺽한 목소리에는, 건우가 지각을 하고 꾸중을 듣던 날 "나릿배 통학생임더." 하던 때의, 그 무엇인가를 저주하듯 한 감정이 꿈틀거리고 있는 것 같았다. 얼마나 그들의 땅에 대한 원한이 컸던가를 가히

---

62 통감 : 1905년 을사조약 체결 이후 1910년까지 일본이 조선을 다스리기 위해 설치한 통감부의 장관
63 조목 : 법률이나 규정 따위에서 낱낱의 조항이나 항목
64 역둔토 : 예전에, 역토와 둔토를 아울러 이르던 말. '역토'는 역에 딸려 있는 논밭이고, '둔토'는 군대의 군량을 마련하거나 관청의 비용을 충당하던 논과 밭을 말한다.
65 원야 : 개척하지 않은 들
66 불하 : 국가나 공공 단체의 재산을 민간에 팔아넘김.

짐작할 수가 있었다.

"섬사람들도 한 번 뻗대 보시지요?"

이렇게 슬쩍 건드려 봤더니, 이번엔 윤춘삼 씨가 얼른 그 말을 받았다.

"선생님은 그런 걸 잘 알면서 그러네요. 우리 겉은 기 멀 알며, 무슨 힘이 있습니꺼. 하도 하는 짓들이 심해서 한 분 해 보기는 해 봤지요. 그 문딩이 떼를 싣고 왔일 때 말임더……."

윤춘삼 씨는 그때의 화가 아직도 사라지지 않는 듯이 남은 술을 꿀꺽 들이켰다.

"쥑일 놈들!"

마치 그들의 입버릇인 듯 되어 있는 이 말을 안주처럼 되씹으며 윤춘삼 씨는 문둥이들과 싸운 얘기를 꺼냈다.

— 큰 도둑질은 언제나 정치하는 놈들이 도맡아 놓고 한다는 게 서두였다. 그러면서도 겉으로는 동포애니 우리들의 현 실정이 어떠니를 앞세우겠다! 그때만 해도 불쌍한 문둥이들에게 살 곳과 일거리를 마련해 준다면서 관청에서 뜻밖에 웬 문둥이들을 몇 배 해 싣고 그 조마이섬을 찾아왔더란 거다. 그야말로 섬사람들에게는 아닌 밤중에 홍두깨 내미는 격으로…… 옳아, 이건 어느 놈의 엉큼순지는 몰라도 필연 이 섬을 송두리째 집어삼킬 꿍심으로 우릴 몰아내기 위해서 한때 문둥이를 이용하는 거라고…… 누군가의 입에서부터 이런 말이 퍼지기 시작하고, 그래서 그 섬사람들뿐 아니라 이웃 섬사람들까지 한 둥치가 되어 그 문둥이 떼를 당장 내쫓기로 했더란 거다.

상대방은 자다가 호박을 주운 격인 병신들인데 오자마자 그 꼴을 당하고 보니 어리둥절은 하였지만, 그렇다고 호락호락 떠나갈 배짱들은 아니었다. 결국 나가라니 못 나가겠느니 싸움이 벌어졌다.

"그때 바로 이 갈밭새 부자가 앞장을 안 섰능기요. 어데, 그때 문딩이 한테 물린 자리 한 분 봅시더."

윤춘삼 씨는 하던 말을 별안간 멈추고, 건우 할아버지 쪽을 쳐다보았다. 그러고는 골동품 같은 마도로스파이프67를 뻑뻑 빨고만 있는 건우 할아버지의 왼쪽 팔을 억지로 걷어 올렸다. 나이에 관계없이 아직도 우악스러워 보이는 어깻죽지 바로 밑에 커다란 흉터가 하나 남아 있었다.

"한 놈이 영감 여길 어설피 물고 늘어지다가 그만 터졌거든!"

윤춘삼 씨는 자랑삼아 이야기를 이었다.

— 그렇게 악을 쓰는 문둥이들에 대해서, 몽둥이, 괭이, 쇠스랑 할 것 없이 마구 들이대고 싸웠노라고. 그래서 이쪽에서도 물론 부상자가 났지만, 괜히 문둥이들이 많이 상하고, 덕택에 자기와 건우 할아버지를 비롯해서 많은 섬사람들이 그야말로 문둥이 떼처럼 줄줄이 경찰에 붙들려가고……. 그러나 뒷일이 영 켕겼던지 관청에서는 그 '기막힌 동포애'를 포기하고 그 문둥이들을 도로 싣고 갔다는 얘기였다.

"그 바람에 저 사람은 육이오 때 감옥살이 또 안 했능기요. 머 예비 검거라 카드나……."

---

67 마도로스파이프 : 담배통이 크고 뭉툭하며 대가 짧은 서양식 담뱃대의 하나

건우 할아버지가 이렇게 한마디 끼우니,

"그거는 송아지 때문이라 캐도……."

"누명을 써도 문딩이 빨갱이는 되기 싫은 모양이제? 송아지 빨갱이는 좋고."

건우 할아버지의 이런 농에는 탓하지 않고서,

"그런 짓들 하다가 결국 그것들이 안 망했나."

윤춘삼 씨는 지금도 고소한 듯이 웃었다.

"다른 패들이 나와도 머 벨 수 있더나?"

건우 할아버지는 내처 같은 표정을 하였다.

"그놈이 그놈이란 말이지? 입으로만 머니머니 해댔지, 밭 맨드라 카니 제우(겨우) 맨들어 논 강뚝이나 파헤치고, 나리(나루) 막는다 카면서 또 섬이나 둘러마실라카이……."

윤춘삼 씨도 그리 밝은 표정은 아니었다.

"× 선생님!"

건우 할아버지가 별안간 그 그로테스크한[68] 얼굴을 내게로 돌렸다.

"우리 거무란 놈 말을 들으니 선생님은 글을 잘 씬다 카데요? 우리 섬에 대한 글 한 분 써 보이소. 멋지기! 재밌실 낌데이. 지발 그 썩어 빠진 글을랑 말고……."

"썩어 빠진 글이라뇨?"

---

68 그로테스크하다 : 기괴하다.

가끔 잡문 나부랑이를 써 오던 나는 지레 찌릿해졌다.

"와 그 신문 같은 데도 그런 기 수타(많이) 난다 카데요. 남은 보릿고개를 못 냉기서 솔가지에 모가지들을 매다는 판인데, 낙동강 물이 파아랗니 푸르니 어쩌니…… 하는 것들 말임더."

갈밭새 영감이 이렇게 열을 내기 시작하자, 곁에 있던 윤춘삼 씨가,

"허허이 우리 선생님이 오늘 잘못 걸렸네요. 이 영감이 보통이 아임데이. 그래도 선배의 씨라꼬……."

핀잔 비슷이 말했지만, 건우 할아버지는 벌인 춤이 되어 버렸다.

"하기싸 시인들이니칸에 훌륭하겠지. 머리도 좋고…… 선생도 시인 아입니꺼. 그런데 와 우리 농사꾼이나 뱃놈들의 이바구는 통 안 씨는기요? 추접다꼬? 글 베린다꼬 그라능기요?"

입이 말을 한다기보다 차라리 수염이 떨어 댄다고 느껴질 정도로, 건우 할아버지는 열을 냈다.

"그만하소. 영감이 머 글이나 이르능기요. 밤낮 한다는 기 '곡구롱[69] 우는 소리'지. 어데 그기나 한 분 해 보소."

윤춘삼 씨가 또 참견을 했다.

"곡구롱 우는 소리라뇨?"

나도 윤씨의 그 말에 귀가 쏠렸다. 어떤 고시조가 문득 생각났기 때문이다.

---

69 곡구롱 : 꾀꼬리 우는 소리를 한자로 적은 말

"어데, 해 보소. 모초럼 선생님을 모신 자리니."

하는 윤춘삼 씨의 말에, 그는 괜한 소리를 했구나 하는 표정을 지으며, 그 꺽꺽한 목청에 느린 가락을 넣기 시작했다.

곡구롱 우는 소리에 낮잠 깨어 니러 보니
작은아들 글 이르고 며늘아기 베 짜는데 어린 손자는 꽃놀이한다.
마초아 지어미 술 거르며 맛보라 하더라.

건우 할아버지는 갑자기 침착해진 채 눈을 지그시 감고 불렀다. 땀에 번지르르한 관자놀이 짬에 가뜩이나 굵은 맥이 한 줄 불쑥 드러나 보이기까지 하였다. 가락은 육자배기70에 가까웠으나, 내용은 역시 내가 생각했던 오(吳) 아무개의 고시조였다.

"이 노래 하나만은 정말 떨어지게 잘한다 카이!"

윤춘삼 씨는 나 못지않게 감탄을 하면서 그가 그 노래를 즐겨 부르는 사연을 대강 이렇게 말했다. 그러니까, 그의 증조부 되는 분이 옛날 서울에서 무슨 벼슬깨나 하다가 그놈의 당파 싸움에 휘말려서 억울하게 이곳 조마이섬으로 귀양인지 피신인지를 해 와 살았는데, 그분이 살아 계실 때 즐겨 읊던 시조란 것이었다.

사연을 듣고 보니, 새삼 생각되는 바가 있었다. 그 노래를 부를 때의 갈

---

70 육자배기 : 전라도 지방을 중심으로 널리 불리는 남도 잡가

밭새 영감의 표정에, 은근히 누군가를 사모하는 듯한 빛이 엿보였을 뿐
아니라, 그 꺽꺽한 목청에도 무엇인가를 원망하는 듯, 혹은 하소하는 듯한
가락이 확실히 떨리고 있었기 때문이다. 착각이 아니리라! 동시에 나는
아까 본 건우 군의 집 사립 밖에 해묵은 수양버들 몇 그루가 서 있던 광
경이 새삼 기억에 떠오르고, 건우 어머니의 수인사 태도나 집안을 다스리
는 범절이 어딘지 모르게 체통이 있는 선비 가문의 후예같이 짚어졌다.

"아드님은 육이오 때 잃으셨다지요?"

내가 술을 한 잔 더 권하며 위로 삼아 물으니까,

"야……. 큰놈은 그래서 빼도 못 찾기 되고 작은놈은 머 사모아 섬이
라 카던기요, 그곳 바다 속에 너어(넣어) 버릿지요."

"사모아 섬?"

나는 그의 기구한 운명을 생각했다.

"야, 삼치 잡이 배를 탔거던요……."

이러고 한숨을 쉬는 건우 할아버지의 뒤를 곁에 있던 윤춘삼 씨가 또
받아 이었다.

"와 언젠가 신문에도 짜다라(많이) 안 났던기요. '허리켄'인가 먼가 하
는 폭풍을 만내 시운찮은 우리 삼치 배들이 마구 결단이 난 일 말임더."

나도 건우 할아버지도 더 말이 없는데, 윤춘삼 씨가 혼자 화를 내듯,

"낙동강 잉어가 띠이 정지(부엌) 바닥에 있던 부지깽이도 띤다 카듯이,
배도 남 씨다가(쓰다가) 베린 걸 사 가주고 제북(제법) 원양어업인가 먼가
숭(흉)내를 낼라 카다가 배만 카이는 사람들까지 떼죽음을 안 시킸능기
요. 거에다가 머 시체도 몬 찾았거이와 회사가 워낙 시원찮아 노오니 위

자료란 기나 어디 지대로 나왔능기요. 택도 앙이지 택도 앙이라!"

"없는 놈이 할 수 있나. 그저 이래 죽고 저래 죽는 기지 머!"

갈밭새 영감은 이렇게 내뱉듯이 해 던지고선, 아까부터 손안에서 만지작거리고 있던 두 알의 가래[71] 열매를 별안간 세차게 달가닥대기 시작했다. 마치 그렇게라도 함으로써 세상의 모든 근심 걱정을 잊어버리기나 하려는 듯이.

어찌 들으면 남의 신경을 곤두서게 하는 그 딱딱한 소리가, 실은 어떤 깊은 분노의 분출을 억제하는 그의 마음의 울부짖음 같기도 했다.

그러나 나는 이내, 따그르르 따그르르 하는 그 소리가, 바로 나룻가 갈밭에서 요란스럽게 들려오는 진짜 갈밭새들의 약간 처량스런 울음소리와 흡사하다 느꼈다. 한편 또 조마이섬의 갈밭 속에서 나고 늙어 간다는 데서 지어졌으리라 믿어 왔던 갈밭새란 별명에, 어쩜 그가 즐겨 굴리는 그 가래 소리가 갈밭새의 울음소리와 비슷한 데 연유되지나 않았을까 하는 생각이 들기도 했다.

세 사람은 한참 동안 말이 없었다. 갓 나온 듯한 흰 부나비 두 마리가 갈팡질팡 희미한 전등에 부딪칠 뿐이었다. 파닥거리는 소리도 없이.

그리고 두어 달이 지났다.

---

71 가래 : 가래나무의 열매. 호두와 비슷하나 조금 갸름하며 씨를 싸고 있는 껍질이 두껍고 맛은 떫다.

낙동강 물이 몇 차례 불었다 줄었다 하는 동안에 그해 여름도 어느덧 막바지에 접어들었다. 갈대도 이젠 길길이 자라서, 가뜩이나 섬사람들의 눈에도 잘 띄지 않는 갈밭새들이, 더욱 깃들기 좋을 만큼 우거진 무렵이었다. 아침저녁 그 속에서 갈밭새들이 한결 신나게 따그르르 따그르르 지저귀어 대면 머잖아 갈목[72]도 빠져나온다 한다. 물론 학교도 방학이 끝날 무렵이다.

건우는 그동안 그 지긋지긋한 지각 걱정을 안 해도 좋았다. 한나절이면 그야말로 물거미처럼 물 위를 동동 떠다녀도 무방했다.

아닌 게 아니라 한여름 동안 얼마나 물과 볕에 그을었는지, 마지막 소집 날에 나타난 건우의 얼굴은, 사시장철 바다에서 산다는 즈 할아버지 못잖게 검둥이가 되어 있었다.

"어지간히 그을었구나. 할아버지와 어머니도 잘 계시니?"

늦게까지 어름거리는 그를 보고 일부러 물어봤더니,

"예, 수박 자시러 오시라 캅디더."

어머니의 전갈일 테지, 딴소리까지 했다. 까막딱지[73]가 묻힐 정도로 새까매진 얼굴이라 이빨이 유난히 희게 빛났다.

"집에서 수박을 심었던가?"

"예, 언제쯤 오실랍니꺼?"

---

72 갈목 : 갈대의 이삭
73 까막딱지 : '주근깨'의 방언

숫제 다그쳐 묻는 것이었다.

"글쎄 언제 한 번 가지."

"꼭 모시고 오라 카던데요?"

"그래, 오늘은 안 되고, 여가 봐서 한 번 갈 테니까."

나는 그의 좁다란 어깨를 툭 쳐 주며 돌려보냈다. 처서74가 낼 모레니까 수박도 한물갈 때리라. 이왕이면 처서께쯤 한 번 가 볼까 싶었다.

그런데 공교히도 그 처서 날에 비가 내리기 시작했다. 처서에 비가 오면 독 안의 곡식도 준다는 하필 그날에 추적추적 비가 내리기 시작했으니, 내가 건우네 집으로 가고 안 가고가 문제가 아니라, 그러한 경험과 속담 속에 살아온 농촌 사람들의 찌푸려질 얼굴들이 먼저 눈에 떠올랐다.

게다가 이건 이른바 칠팔월 긴 장마가 아니라, 하루 이틀, 그러다가 사흘째부터는 바로 억수로 변해 가더니 마침내 광풍까지 겹쳐서 온통 폭풍우로 바뀌고 말았다. 육십 년 이래 처음이니 뭐니 하고 떠드는 라디오나 신문들의 신나는 듯한 표현들은 나중에 있은 얘기고, 아무튼 그날 새벽에는 하늘이 내려앉고 땅이 뒤흔들리기나 하듯이 우레 번개가 잦고 비바람이 사나웠다.

---

74 처서 : 24절기의 하나. 양력으로 8월 23일경인데, 일 년 중 늦여름 더위가 물러가는 때이다.

이렇게 되면 속담 말로 '칠월 더부살이75 주인마누라 속곳76 걱정' 정도의 장마 경황이 아니다. 더부살이도 우선 제 살 구멍 찾기가 급하다. 반면 제 한 몸이나 제 집구석에 별탈만 없으면 남의 불행쯤은 오히려 구경 삼아 보아 넘기는 게 도회지 사람들의 버릇이다.

한창 천지가 진동하던 몇 시간 동안은 움쭉달싹도 않던 사람들이, 비가 좀 뜨음하니까 사립 밖으로 꾸역꾸역 기어나오기가 바빴다. 늙은이와 어린애들은 하불실77 가까운 개울가쯤 나가면 족하지만, 어른들은 그 정도로서는 한에 차질 않는다.

"낙동강이 넘는다지?"

"구포다리가 우투룹단다78!"

가납사니79 같은 도시 사람들은 제멋대로 그럴싸한 소문을 퍼뜨리며, 소위 물 구경에 미쳐서 낙동강이 내려다보이는 언덕으로, 산으로 올라들 갔다.

내가 집을 나선 것은 반드시 그런 호기심에서만은 아니었다. 다행히 하단 방면으로 가는 버스가 통한다기에 얼른 그것을 집어탔다. 군데군데

---

75 더부살이 : 남의 집에 얹혀사는 일

76 속곳 : 예전에, 여자들이 치마 안에 입던 속옷. '칠월 더부살이 주인마누라 속곳 걱정'이란 속담은 남의 집에 더부살이하면서 제 옷도 변변히 못 입는 형편에 주인집 마누라의 속곳 마련할 걱정을 한다는 뜻으로, 주제넘게 남의 일에 대하여 걱정함을 비유적으로 이르는 말이다.

77 하불실 : 아무리 적어도, 적은 만큼의 희망이 있음을 이르는 말

78 우투룹다 : '위태롭다'의 방언

79 가납사니 : 쓸데없는 말을 크게 떠들어 대기 좋아하는 수다스러운 사람

시뻘건 뻘물이 개울을 이루고 있는 길을, 차는 철버덕 철버덕 기어가듯 했다. 대티 고개서부터 내 눈은 벌써 김해 들을 더듬었다.

'저런……!'

건우네 집이 있는 조마이섬 일대는 어느덧 벌건 홍수에 잠겨 가고 있지 않은가! 수박이 문제가 아니다. 다시 흩날리기 시작하는 차창 밖의 빗속을 뚫고서, 내 시선은 잘 보이지도 않는 조마이섬 쪽으로 얼어붙었다. 동시에 '나릿배 통학생임더!' 하던 건우 군의 가냘픈 목소리가 갑자기 귀에 쟁쟁 되살아나는 것 같았다.

고개 넘어서부터 차는 더욱 끼우뚱거렸다. 논두렁을 밀고 넘어오는 물살이 숫제 쏴 하는 소리까지 내면서 길을 사뭇 덮었다. 때로는 길과 논밭이 얼른 분간이 안 되어, 가로수를 어림해서 달리기도 했다. 그럴 때마다 차 안의 손님들은 한층 더 떠들어 댔다. 대부분이 무슨 사연들이 있어서 가는 사람들이었겠지만, 그러한 사연들보다 우선 눈앞의 사정에 더욱 정신을 파는 것 같았다.

하단 나루께는 이미 발목물이 넘었다. '사라호'에 덴 경험이 있는 그곳 주민들은, 잽싸게 이불이랑 세간 부스러기를 산으로 말끔 옮겨 놓았고, 부랴부랴 끌어올린 목선들이 여기저기 나뒹그러져 있는 길 위에는, 볼멘소리80를 내지르는 아낙네와 넋 잃은 듯한 사내들이 경황없이 서성거릴

---

80 볼멘소리 : 볼 안에 무엇인가를 가득 담고 내는 소리라는 뜻으로, 불만이나 짜증 때문에 통명스럽게 하는 말투를 이르는 말

뿐이었다. 물론 나룻배가 있을 리 없었다. 예측 안 한 바는 아니지만, 행여나 싶었던 마음에도 실망은 컸다.

배 없는 나루터를 비롯해서 가까운 강가에는, 경비를 나온 듯한 소방 대원 같은 복장의 사람들과 순경 한 사람이 버티고 있었다. 아무리 가까이 오지 마라, 혹은 가지 마라 외쳐대도 사람들은 들은 체 만 체했다. 물이 점점 더 붇고 있는 모양이었다.

나는 닭 쫓던 개 지붕 쳐다보듯이 밀려오는 강물만 맥없이 바라보았다. 어느 산이라도 뒤엎었는지 황토로 물든 물굽이가 강이 차게 밀려 내렸다. 웬만한 모래톱이고 갈밭이고 남겨 두지 않았다. 닥치는 대로 뭉개고 삼킬 따름이었다. 그러고도 모자라는 듯 우르르하는 강 울림소리는 더욱 무엇을 노리는 것같이 으르렁댔다.

둑이 넘을 정도로 그악스럽게 밀려 내리는 것은 벌건 물굽이81만이 아니었다. 얼마나 많은 들녘들을 휩쓸었는지, 보릿대랑 두엄더미82들이 무더기 무더기로 흘러내리는가 하면, 수박이랑, 외83, 호박 따위까지 끼리끼리 줄을 지어 떠내려왔다. 이상스런 것은 그러한 것들이 마치 서로 약속이라도 한 듯이 모두 강 한가운데로만 줄을 지어 지나가는 것이었다.

"쳇, 용케도 피해 간다!"

---

81 물굽이 : 바다나 강 따위의 물이 굽어 흐르는 곳
82 두엄더미 : 풀, 낙엽이나 동물의 배설물 따위를 썩혀 만든 거름을 쌓은 더미
83 외 : '참외'의 방언

저만큼 떨어진 데서 장대 끝에 접낫[84]을 해 단 억척보두[85]들이 둥글둥글한 수박의 행렬을 향해 군침들을 삼켰다.

"그까진 수박은 껀지서 머할라꼬? 하불실 돼지 새끼라도 담아 내야지?"

이런 농지거리도 들렸다. 역시 접낫을 해 든 주제에, 이들은 그저 물구경을 나온 것이 아니라, 그런 가운데서도 엄연히 생활을 계산하고 있는 것이었다.

나는 그들의 대담한 태도와 농담에 잠깐 정신을 팔다가, 다시 조마이섬이 있는 쪽으로 눈을 돌렸다. 부슬비가 계속 광풍에 흩날리고 있었다. 얼핏 홍적기(洪積期)[86]를 연상케 하는 몽롱한 안개비 속이라, 어디가 어딘지 분별할 도리가 없었다.

'건우네 집은 벌써 홍수에 잠기지나 않았을까?'

불안한, 그리고 불길한 예감이 자꾸 들기 시작했다.

"물이 이 정도로 불어나면 건너편 조마이섬께는 어찌 되지오?"

생면 부지한 접낫패들에게 불쑥 묻기까지 하였다.

"조마이섬?"

돼지 새끼를 안아 내겠다던 키다리가 나를 흘끗 쳐다보더니,

"맹지면에서는 땅이 조금 높은 편이라 카지만, 물이 이래 불으면 마찬

---

84 접낫 : 자그마한 낫
85 억척보두 : 속마음이 모질고 굳은 사람
86 홍적기 : 지질 시대 구분의 하나. 신생대 제4기의 전반의 시대. 인류가 발생하여 진화한 시대로, 지구가 널리 빙하로 덮여 몹시 추웠다.

가지지요. 만약 어제 그런 소동이 안 일어났이문 밤새 무슨 탈이 났을지도 모를 끼요."

"어제 무슨 일이라도 있었던가요?"

나는 신경이 별안간 딴 곳으로 쏠렸다.

"있다 뿐이라요? 문덩이 쫓아낼 때보다는 덜했겠지만 매립(埋立)인강 먼강 한답시고 밀가리만 잔득 띠이 처먹고 그저 눈가림으로 해 놓은 둘(둑)을 섬사람들이 우 대들어서 막 파헤쳐 버리고, 본래대로 물길을 티났다 카드만요. 글 안 했으문……."

키다리는 혼자서 신을 내가며 떠들었다.

"쓸데없는 소리 말게. 괜히 혼날라꼬."

곁에 있던 약삭빠른 얼굴의 사내가 이렇게 불쑥 쏘아붙이듯 하더니, 마침 저만큼 떠내려오는 널빤지를 향해 잽싸게 접낫을 던졌다. 그러나 걸리진 않았다. 그렇게 허탕을 친 게 마치 이쪽의 잘못이나 되는 듯,

"조마이섬에 누가 있소?"

내뱉듯 한 소리가 짐짓 퉁명스러웠다.

"건우란 학생이 있어서……."

나는 일부러 학생의 이름까지 대보았다. 약삭빠른 눈초리가 다시 물굽이만 쏘아보고 말이 없으니까, 또 키다리가,

"그 아이 아배가 누군교?"

하고 나를 새삼 쳐다보았다.

"아버진 없고, 즈 할아버지 별명이 갈밭새 영감이라더군요."

나는 건우 할아버지의 이름이 얼른 생각나지 않았다.

"아, 그렇기요? 좋은 노인임더."

키다리는 접낫대를 세워 들더니,

"조마이섬의 인물 아잉기요. 어지(어제) 아침 이곳에 지내갔는데, 그 뒤 대강 알아봤거든……. 가고 난 뒤 얼마 안 돼서 그 일이 났단 말이여."

말머리가 어느덧 자기들끼리로 돌아갔다. 나는 굳이 파고 묻지 않았다.

그때 마침 판잣집 용마루87 비슷한 기다란 나무가 잠겼다 떴다 하며 떠내려가자, 조금 떨어진 신신 바위쯤에서 별안간 쬐깐 쪽배 하나가 쏜 살같이 나타나더니, 기어코 그놈에게 달라붙어서 한참 파도와 싸우며 흐르다가 마침내 저 아래쪽 기슭에 용케 밀어다 붙였다. 박수를 치기보다는 모두 숨을 죽이고 바라보기만 했다. 용감하다기보다 차라리 처참한 광경이었다. 나는 거기서 누구에게도 보장을 받아 오지 못한 절박한 생활을 읽었다. 한 표의 값어치로서가 아니라, 다만 살기 위해서 스스로 죽을 모험을 무릅쓰는 그러한 행위는, 부질없이 그것을 경계하거나 방해하는 힘을 물리침으로써만 오히려 목숨 그 자체를 이어 갈 수 있다는 산 증거 같기도 했다.

'갈밭새 영감이나 송아지 빨갱이도 그냥 있지는 않았으리라!'

나는 조마이섬의 일이 불현듯 더 궁금해져서 이내 구포 가는 버스를 잡아탔다. 다리만 건너면 조마이섬에 가까이까지 갈 수 있으리라 믿었다.

구포 다릿목에서 차를 내렸으나 물은 이미 위험 수위를 훨씬 돌파해

---

87 용마루 : 지붕 가운데 부분의 가장 높은 곳에 있는 수평 마루

서, 다리는 통금이 돼 있었다. 비상경계의 붉은 깃발이 찢어질 듯 폭풍우에 펄럭이고, 다릿목을 건너지른 인줄[88] 곁에는 한국인 순경과 미군이 버티고 있었다. 무거워 보이는 고무 비옷에 철모를 푹 눌러쓰고 방망이를 해 든 폼이 여간 엄중해 뵈지 않았다.

그런데도 무슨 핑계들을 꾸며 대고 용케 건너가는 사람들이 있었다. 더러는 다리 위에서 유유히 물 구경을 하는 사람들도. 나도 간신히 그들 틈에 끼었다. 우르르르하는 강 울림은 다리 위에서 듣기가 한결 우람스러웠다.

통행금지의 팻말이 서 있어도, 수해[89] 시찰을 나온 듯한 새까만 관용차[90]만은 사뭇 물을 튀기며 지나갔다. 바람이 휘몰아칠 때는 거기에 날리기나 하듯이 더욱 빨리 지나갔다. 요컨대 일종의 모험이기도 했으리라. 안에 타고 있는 얼굴들은 알 길이 없었지만 어련히 심각한 표정들을 했으랴 싶었다.

내려다봄으로 해서 한결 사나운 물굽이가 숫제 강을 주름잡듯 둘둘 말려오다간, 거의 같은 지점에서 쏴아 하고 부서졌다. 그럴 때마다 구슬, 아니 퉁방울 같은 물거품이 강 위를 휘덮고 때로는 바람결을 따라서 다리 위까지 사뭇 퉁겼다. 그러한 강 한가운데를 잇달아 줄을 지어 떠내려

---

88 인줄 : 부정한 사람이 함부로 드나들지 못하도록 문이나 길 어귀에 건너질러 매는 줄
89 수해 : 홍수로 인한 재해
90 관용차 : 관청에 소속되어 운행되는 자동차

오는 수박이랑 두엄더미들이, 하단서 볼 때보다 훨씬 많았다. 말하자면 일종의 장관에 가까웠다.

"아까 그 송아지는 정말 아깝던데⋯⋯."

이런 뚱딴지같은 소리도 퍼뜩 귓가를 스쳐 갔다.

조마이섬이 있는 먼 명지면 쪽은 완전히 물바다로 보였다. 구름을 이고 한가하던 원두막들은 다시 찾아볼 길이 없고, 길찬 포플러나무들도 겨우 대공이만은 남은 듯, 바람에 누웠다 일어났다 했다.

지루하게 긴 다리를 지루하게 건너, 물 구경 나온 인파를 헤치고 강둑길을 얼마 못 갔을 때였다. 뜻밖에 거기서 윤춘삼 씨와 마주쳤다. 헐레벌떡 빗속을 뛰어오던 송아지 빨갱이, 아니 윤춘삼 씨는, 머리끝에서 발끝까지 온통 물에서 막 건져 올린 사람처럼 젖어 있었다. 하긴 내 꼴도 그랬을 테지만.

"우짠 일인기요?"

하고 덥석 내 손을 검잡는 윤춘삼 씨는, 그저 반갑다기보다 숫제 고마워하는 기색까지 보였다.

"조마이섬은 어찌 됐소?"

수인사란 게 이랬더니,

"말 마이소. 자, 저리 가서 이야기나 합시더⋯⋯."

그는 나를 도로 다릿목 쪽으로 끌었다.

"아니, 섬 쪽으로 가 보려 했는데요?"

"가야 아무것도 없소. 모두 피난소로 옮기고, 남은 건 물바다뿐임더. 우짤라꼬 이놈의 하늘까지⋯⋯."

별안간 또 한 줄기 쏟아지는 비도 피할 겸 윤춘삼 씨는 나를 다릿목 어떤 가겟집으로 안내했다. 언젠가 하단서 같이 들렀던 집과 거의 비슷한 차림의 주막집이었다.

둘 사이에는 한참 동안 말이 없었다. 너무나 다급하고 또 수다한 말들이 두 사람의 입을 한꺼번에 봉해 버렸다 할까!

"건우네 가족도 무사히 피난했겠지요?"

먼저 내 입에서 아까부터 미뤄 오던 말이 나왔다.

"야……."

해 놓고도 어쩐지 말끝이 석연치 않았다.

"집들은 물론 결딴이 났겠지만, 사람은 더러 상하진 않았던가요?"

나는 이런 질문을 해 놓고, 이내 후회했다. 으레 하는 빈 걱정 같아서.

"집이고 농사고 머 있능기요. 다행히 목숨들만은 건졌지만, 그 바람에 갈밭새 영감이 또 안 끌려갔능기요."

윤춘삼 씨는 가슴이 내려앉는 듯한 무거운 한숨을 내쉬었다.

"건우 할아버지가?"

나는 하단서 그 접낫패에게 얼핏 들은 얘기를 상기했다.

"그래서 내가 지금 경찰서꺼정 갔다 오는 길인데, 마침 잘 만냈심더. 글 안 해도……."

기진맥진한 탓인지, 그는 내가 권하는 술잔도 들지 않고 하던 이야기만 계속했다.

바로 어제 있은 일이었다. 하단서 들은 대로 소위 배짱들이 만들어 둔 엉터리 둑을 허물어 버린 얘기였다.

— 비는 연 사흘 억수로 쏟아지지, 실하지도 않은 둑을 그대로 두었다가 물이 더 불었을 때 갑자기 터진다면 영락없이 온 섬이 떼죽음을 했을 텐데, 마침 배에서 돌아온 갈밭새 영감이 설두[91]를 해서 미리 무너뜨렸기 때문에 다행히 인명에는 피해가 없었다는 것이다.

"그런데 와 건우 할아버진 끌고 갔느냐고요?"

윤춘삼 씨는 그제야 소주를 한 잔 훅 들이켜고 다음을 계속했다. — 섬 사람들이 한창 둑을 파헤치고 있을 무렵이었다고 한다. 좀 더 똑똑히 말한다면, 조마이섬 서쪽 강둑길에 검정 지프차가 한 대 와 닿은 뒤라 한다. 웬 깡패같이 생긴 청년 두 명이 불쑥 현장에 나타나더니, 둑을 허물어뜨리는 광경을 보자, 이내 노발대발 방해를 하기 시작하더라고. 엉터리 둑을 막아 놓고 섬을 통째로 집어삼키려던 소위 유력자의 앞잡인지 뭔지는 모르되, 아무리 타일러도, '여보, 당신들도 보다시피 물이 안팎으로 이렇게 불어나는데 섬사람들은 어떻게 하란 말이오?' 해 봐도, 들어 주긴커녕 그 중 힘깨나 있어 보이는, 눈이 약간 치째진 친구가 되레 갈밭새 영감의 괭이를 와락 뺏더니 물속으로 핑 집어 던졌다는 거다.

그러곤 누굴 믿고 하는 수작일 테지만 후욕패설[92]을 함부로 뇌까리자, 순간 화가 머리끝까지 치밀었을 갈밭새 영감도,

"이 개 같은 놈아, 사람의 목숨이 중하냐, 네놈들의 욕심이 중하냐?"

---

91 설두 : 먼저 앞서서 일을 주선함.
92 후욕패설 : 꾸짖으며 욕하고 사리에 어그러진 말

말도 채 끝내기 전에 덜렁 그자를 들어 물속에 태질93을 해 버렸다는 것이다. 상대방은 '아이고' 소리도 못해 보고 탁류94에 휘말려가고, 지레 달아난 녀석의 고자질에 의해선지 이내 경찰이 둘이나 달려왔더라고.

"내가 그랬소!"

갈밭새 영감은 서슴지 않고 두 손을 내밀었다는 거다. 다행히도 벌써 그때는 둑이 완전히 뭉개지고, 섬을 치덮던 탁류도 빙 에워 돌며 뭉그적뭉그적 빠져나가고 있었다는 것이다.

"정말 우리 조마이섬을 지키다시피 해 온 영감인데…… 살인죄라니 우짜문 좋겠능기요?"

게까지 말하고 나를 쳐다보는 윤춘삼 씨의 벌건 눈에서는 어느덧 닭똥 같은 눈물이 뚝뚝 떨어지기 시작했다.

법과 유력자의 배짱과 선량한 다수의 목숨……. 나는 이방인(異邦人)처럼 윤춘삼 씨의 캉캉한95 얼굴을 건너다보았다.

폭풍우는 끝났다. 60년래 처음이니 뭐니 하고 수다를 떨던 라디오와 신문들도 이젠 거기에 대해선 감쪽같이 말이 없었다. 그저 몇몇 일간 신문의 수해 구제의연란에 다소의 금액과 옷가지들이 늘어갈 뿐이었다.

---

93 태질 : 세게 메어치거나 내던지는 짓
94 탁류 : 황토 따위가 섞여 흘러가는 흐린 물
95 캉캉하다 : 몹시 야위고 파리하다.

섬사람들의 애절한 하소연에도 불구하고 육십이 넘는 갈밭새 영감은 결국 기약 없는 감옥살이로 넘어갔다.

그리고 구월 새 학기가 되어도 건우 군은 학교에 나오지 않았다. 끝내 돌아오지 않았다. 그의 일기장에는 어떠한 글이 적힐는지.

황폐한 모래톱 — 조마이섬을 군대가 정지[96]를 하고 있다는 소문이 들렸다.

---

96 정지 : 땅을 반반하고 고르게 만듦.

선생님이 들려주는 그 시절 이야기

태환 : 안녕하세요, 선생님. 오늘도 저희가 작품에 관한 얘기를 들으러 왔어요.

선생님 : 그래, 어서 오너라. 이번에는 어떤 소설을 읽었니? 작품을 감상한 소감은 어땠고?

서연 : 김정한의 「모래톱 이야기」를 읽었어요. 작품 속에 당시 주민들이 겪었던 고통이 생생하게 그려져 있고, 그들이 가졌던 억울함과 울분 같은 게 강하게 느껴졌어요.

태환 : 네, 저도 그랬어요. 과거 일제에 의해 땅을 빼앗기고 수탈당한 것도 억울한데, 광복이 되고도 비슷한 상황이 반복되는 게 너무 답답했어요.

선생님 : 그래, 잘 봤어. 실제로 우리 현대사를 돌아보면, 힘없는 민중들은 일제뿐 아니라 해방 후에도 국가나 권력자들에게 짓눌리고 버림받아 왔던 게 사실이지.

서연 : 네, 이 작품에서 그런 점이 잘 그려져 있는 거 같아요. 6·25 때 전사한 건우 아버지의 경우가 그랬어요. 건우의 일기를 보면, 아버지가 언제 어디서 죽었는지도 모르고 국군묘지에 묻히지도 못한 데다 가족들은 연금도 받지 못한다고 적혀 있어요. 국가를 위해 희생했는데, 그 가족들은 마땅한 보상을 받기는커녕 오히

려 횡포와 착취에 시달리고 있는 거죠.

건우 삼촌의 죽음도 마찬가지예요. 삼치잡이 원양어선을 탔다가 허리케인으로 배가 난파돼 시체도 못 찾았잖아요? 회사가 낡은 중고 배를 무리하게 투입해서 벌어진 일인데, 위자료도 제대로 못 받았고요. 가진 자들의 돈벌이 욕심에 허망하게 목숨만 잃은 거죠.

이것만 해도 가족들 입장에서 억울하고 원통할 수밖에 없는데, 건우네의 수난은 이게 끝이 아니었어요. 두 아들을 모두 잃자 건우 할아버지가 가족의 생계를 책임지고 있었는데, 결국 할아버지마저 부당한 권력자에게 맞서다 살인죄로 잡혀가고 말잖아요.

결말 부분에서 이렇게 할아버지가 구속된 후, 나룻배를 타고 2시간씩 걸려도 열심히 학교를 다니던 건우가 학교에 나오지 않는다는 대목을 읽고 가슴이 아팠어요.

선생님 : 그래, 건우 가족의 고통과 슬픔을 정확히 짚어냈구나.

태환 : 건우네 가족뿐 아니라 윤춘삼 씨에 대한 이야기도 부당한 권력의 횡포를 잘 보여줬어요. 6·25 때 반공 단체로 보이는 무슨 청년단원들이 자신의 송아지를 잡아먹어서 항의했다가 사상범으로 몰려 육군 특무대에서 고초를 겪었다고 나오잖아요?

이데올로기 대립이 극에 달했던 전쟁통이긴 했지만, 이래저래 힘없는 농민들은 억울하게 수탈당하고 핍박받을 수밖에 없었다는 걸 느꼈어요.

선생님 : 모두들 작품을 꼼꼼히 읽었구나. 부조리한 현실에 대한 강한

고발과 저항 정신을 보여주는 게 김정한 소설의 특징인데, 너희들이 잘 느끼고 이해한 거다. 작품을 읽으면서 궁금한 점은 없었니?

서연 : 작품의 공간적 배경이 낙동강 하류에 있는 '조마이섬'이라고 나오는데, 실제로 존재하는 곳인가요?

선생님 : 대개의 소설들이 그렇듯이 실재하는 지명은 아니야. 너희들이 읽었던 작품 중에 김승옥의 「무진기행」과 임철우의 「사평역」을 떠올려 보렴. '무진'과 '사평역'도 작가가 꾸며낸 곳 아니었니?
물론 그 작품들에서도 모델이 되는 곳이 있었듯이, '조마이섬'도 작가가 상상력을 발휘할 때 모방의 대상이 되었던 곳이 있었어. 낙동강 하구에 있던 섬인 을숙도와 일웅도가 모델이었다고 하는구나.

태환 : 철새 도래지로 유명한 을숙도 말이군요. 한 번도 가 보지 못했는데, 어떤 곳인지 조금 설명해 주세요.

선생님 : 지금은 일웅도가 을숙도에 합쳐진 상태인데, 이 섬들은 낙동강의 물줄기를 따라 떠내려 온 흙이나 모래가 쌓여 형성된 곳이야.
그래서 토양이 비옥한 편이긴 한데, 지대가 낮아 홍수가 나면 수몰 위험이 커 사람들이 많이 살지는 않았어. 습지대여서 갈대만 무성하게 자라는, 조금 외지고 고립된 지역이라 할 수 있지. 작품에 나오는 '조마이섬'의 상황과 거의 흡사하지?

서연 : 네. 그럼, 지금도 을숙도에 사람이 살고 있나요?

선생님 : 아니. 1987년에 낙동강하굿둑이 건설되면서 일대가 크게 바뀌었단다. 지금 을숙도에는 생태공원이 들어섰는데, 상류 쪽에는 여

러 편의시설과 체육시설이 설치되었고 하류 부근은 철새보호구
역으로 지정돼서 일반인의 출입이 금지되고 있어.

태환 : 알겠습니다. 작품을 보면 사투리가 많이 나오던데, 그게 그 지
역, 그러니까 부산 지역 사투리였군요?

선생님 : 그래, 맞아. 김정한은 젊은 시절 잠시 일본에 유학을 갔을 때를 빼
고는 평생을 그 지역에서 살았지. 자전적 에세이의 제목을 「낙동
강의 파수꾼」으로 붙일 정도로 토박이였어.

그러면서 낙동강변을 터전으로 살아가는 농민들의 삶을 그린 소
설을 많이 남겼단다. 이번 작품인 「모래톱 이야기」를 포함해 「수
라도」, 「뒷기미 나루」 등이 대표적이지.

태환 : 저도 이 작품을 읽으면서, 작가가 낙동강과 지역 사람들에게 많
은 애정을 가지고 있다고 느꼈어요. 특히 가난하고 힘없는 사람
들에 대해서요.

예를 들어 조마이섬의 지형과 풍경에 대해서도 잘 아는 듯하고,
낙동강에 홍수가 난 모습을 묘사한 장면도 아주 생생하고 사실
적이었어요. 특히 그 홍수 장면에서 어떤 사람이 목숨을 걸고
급류를 이룬 강물로 쪽배를 몰아 목재를 건지는 대목이 기억에
남아요.

그 모습을 보고 화자는 "용감하다기보다 차라리 처참한 광경이
었다. 나는 거기서 누구에게도 보장을 받아 오지 못한 절박한 생
활을 읽었다."라고 말하죠.

저는 그 구절을 읽으면서, 작가가 당시 소외된 민중들이 생존을

위해 어떤 생활을 하는지 분명히 알고 이를 안타깝게 생각하고 있구나 하고 느꼈어요.

선생님 : 그래, 날카로운 지적이야. 작품 속에 담긴 작가의 의식까지 잘 파악했구나. 네 말대로 작가는 평생 동안 억눌리고 핍박받는 민중들 편에 서서, 그들의 참혹한 삶과 부조리한 현실을 고발해 왔단다.

이 작품과는 별개지만 예를 하나 들어 본다면, 그의 소설 중에는 불교 용어를 제목으로 차용한 것들이 있어. 「수라도」, 「축생도」, 「지옥변」 등이 대표적이지. 불교에서 '수라도'는 싸움을 좋아하는 아수라들이 모여 다툼을 벌이는 세상이고, '축생도'는 생전에 죄를 지어 죽은 뒤 짐승으로 태어나 괴로움을 받는 세계를 말해. 모두 부당한 권력의 횡포로 힘없는 사람들이 고통 받는 현실을 지옥에 비유하고 있는 거지. 그만큼 부조리한 현실에 대한 작가의 고발정신이 투철했다고 할 수 있어.

서연 : 선생님 말씀을 들으니, 방금 갈밭새 영감이 했던 말이 떠올랐어요. '나'에게 글을 잘 쓴다니 우리 섬에 대한 이야기를 써 보라고 하잖아요? 그러면서 "지발 그 썩어 빠진 글을랑 말고……." 라고 덧붙이죠.

그래서 '나'가 썩어 빠진 글이 어떤 거냐고 물으니까, "남은 보릿고개를 못 냉기서 솔가지에 모가지들을 매다는 판인데, 낙동강 물이 파아랗니 푸르니 어쩌니…… 하는 것들 말임더."라고 대답해요.

갈밭새 영감은 이 말을 하기 전에 현실에 대해 울분을 강하게 터뜨렸는데, 사실 그 말들은 작가의 생각을 나타내는 걸로 들렸어요. 이런 관점에서 글에 관한 영감의 이야기도 작가의 문학관을 대변하는 걸로 보여요. 민중들의 비참한 삶을 외면하고 자연의 아름다움만 노래하는 게 무슨 의미가 있는가 하는 질문을 던지는 거죠.

선생님 : 그래, 훌륭하다. 앞으로도 이런 방식으로 소설을 읽는다면 작품 세계뿐 아니라 작가의 문학관까지 잘 이해할 수 있을 거야.

서연 : 감사합니다. 이번에도 선생님 말씀이 큰 도움이 됐어요.

태환 : 네, 저도요. 오늘도 좋은 말씀 감사합니다!